Romance viennoise

Du même auteur

Avec vue sur la mer
Actes Sud, 1988

La Vie conjugale
Stock, 1992

Et ils partirent pour la guerre
Denoël, 1993

Un amas de nuit
Métropolis, 1997

Le Sanatorium
Mercure de France, 2000

DAVID VOGEL

Romance viennoise

traduit de l'hébreu
par Rosie Pinhas-Delpuech

ÉDITIONS DE L'OLIVIER

Le manuscrit de *Romance viennoise* a été exhumé en 2010 du fonds David Vogel des archives Genazim à Tel-Aviv. Ce roman, dont l'existence a été ignorée durant presque un siècle, n'avait pas été revu par l'auteur dans la perspective d'une publication. Initialement édité par Lilach Netanel et Yuval Shimoni et publié en Israël par Am Oved en 2012 sous le titre *Roman Vinai*, il a ensuite paru dans divers pays européens (Italie, Allemagne, Espagne...). La présente édition reprend le texte publié par Am Oved.

ISBN 978.2.8236.0119.0

Prologue

Michaël Rost regarda par la fenêtre la rive nocturne ourlée par les minces filaments d'une pluie d'automne. Il laissa échapper un soupir et quitta sa chambre. Il était environ dix heures. Un ciel brun rougeâtre s'étalait sur les toits, les tuiles humides et moussues brillaient. Geignant et penché en avant, il marcha d'un pas pesant dans les rues qui se vidaient peu à peu, longea les vitrines à l'éclairage clinquant et dépassa des prostituées sous les porches. Puis il entra dans un café, salua d'un signe de tête quelques personnes de sa connaissance et s'assit à une table qui venait de se libérer face à la porte, dans la première salle. Mince et vêtue de noir, ses cheveux roux coupés court, Emmie Witler lui tendit une main longue et fine avec un rire affectueux. Elle s'assit spontanément à côté de lui et alluma une cigarette.

« Je sors du cinéma. Je suis partie au milieu du film, c'était ennuyeux.

– Tu étais seule ?

– Oui, ça m'arrive parfois. Au fait, ces derniers temps, la jolie Polonaise a du chagrin. Tu la connais, elle est charmante. »

Elle tendit les lèvres et but à petites gorgées son café brûlant. Puis elle sortit un poudrier de son sac à main noir et se poudra le visage. Un mince filet de fumée bleu foncé, parfumée, s'échappait de sa cigarette marquée par le vermillon de ses lèvres.

« Et qui le remplace en attendant ? demanda Rost en souriant.

– Quel curieux ! Je te le dirai quand même. Je fais une petite pause pour me livrer à quelques considérations philosophiques sur la vie, dit-elle avec un léger rire.

– Tu as déjà l'âge de ces questions ? En général, on commence à se les poser à partir de la cinquantaine. Si mes comptes sont exacts, tu en as encore pour vingt-cinq ans au moins.

– Les femmes qui ne sont pas belles commencent à tout âge.

– Tu veux me soutirer un compliment ? Tu en as besoin ?

– Toute femme en a besoin. Même les plus belles. Sans quoi elles enlaidissent.

– Et le plus flatteur l'emporte ?

– Sans doute…

– Alors… les infirmes ont tort de se croire exclus… »

Dans l'imagination d'Emmie se dessina aussitôt un homme difforme, pervers et dégoûtant qui se renversait sur son corps. Elle sentit une boule de répulsion monter à sa gorge. « Arrête. Tu me pousses à imaginer des choses horribles. »

Il y avait autour d'eux des hommes et des femmes de tous âges, de toutes langues et nationalités, attablés, serrés les uns contre les autres. Ils buvaient, bavardaient, riaient bruyamment, fumaient et se laissaient aller à l'ambiance réelle et artificielle de débauche qui régnait en ville. Rost tourna la tête vers la porte et regarda ceux qui entraient et sortaient, se pressaient et encombraient le passage des serveurs qui tenaient à bout de bras les plateaux de boissons au-dessus des têtes. Son visage bleuâtre, anémique, exprimait une dureté non dénuée de cruauté. Il était de nouveau en proie à un ennui profond, imprimé dans l'âme humaine comme un cancer, héritage de générations successives qui ne s'étaient privées d'aucun plaisir terrestre et à cause duquel certains avaient mis fin à leur vie, tant ils étaient repus et dégoûtés. Il prit une gorgée du café noir qui avait déjà refroidi.

« Voilà Gregor ! » dit Emmie en montrant un homme coiffé d'une kippa et vêtu d'un vieux manteau d'été ample qui lui arrivait à peine aux genoux. Il se dirigea droit vers leur table.

Emmie le présenta. L'homme prit une chaise libre à la table à côté, il s'assit et s'adressa aussitôt à Rost :

« Où se trouve votre atelier ? Vous êtes peintre, n'est-ce pas ? demanda-t-il en découvrant les rares chicots tachés de brun qui lui restaient.

– Non, je ne suis pas peintre.

– Oh, comme il est malin ! »

Et sa bouche se tordit en un rire silencieux. Il planta une courte pipe entre ses lèvres et de l'autre main ôta la kippa qu'il enfouit sous sa chemise. Son crâne nu, rond et brillant faisait ressortir encore plus les poils de sa barbe.

« Et quel philosophe lisez-vous en ce moment ?

– Aucun. Vous vous trompez complètement.

– Si c'est ainsi, vous me devez un café. Ou plutôt un verre de vin. Vous connaissez bien la vie, monsieur Rost !.... Paul Gregor aime converser avec des gens de votre valeur. Hé, garçon, du vin blanc ! »

Emmie rit aussi.

« Je ne sais pas si je le mérite, plaisanta Rost.

– Comment donc, monsieur ! Vous péchez par modestie. C'est comme ça que j'ai perdu mes dents et mes cheveux et je sais de quoi je parle. »

Il tira énergiquement sur sa pipe éteinte.

« Toutefois, si par hasard vous êtes écrivain, vous avez le droit de disposer de moi à votre guise. D'autres vous ont précédé en cela, et non des moindres. Mis à part quelques exceptions, l'imagination n'est pas le fort de ces pauvres écrivains et les gens intéressants sont rares ! Alors, ils se jettent sur moi comme des chiens affamés. Et moi, j'ai ce qu'il leur faut. À en revendre.

– Non, je ne suis pas écrivain.

– Ah bon ? Alors vous êtes vraiment un oiseau exotique ! »

Il appuya son monocle accroché par une ficelle noire à son œil droit et considéra son interlocuteur en clignant ses yeux aqueux et troubles, les lèvres tordues par un rire permanent. L'expression moqueuse, Rost résista à son regard tâtonnant.

« Non, trancha Gregor. Il n'existe même pas une demi-douzaine de gens comme vous, ici. Je suis prêt à parier. Pas dans ce quartier, non !

– Et vous-même, alors ?

– Moi ? Je suis écrivain, bien sûr !…. Cela va de soi ! J'adresse des suppliques aux grands seigneurs ! Que voulez-vous, les Allemands sont des barbares incultes ! En matière de peinture, ils ne valent pas plus que des singes ! Ils sont vulgaires, mal élevés, aussi stupides que des bovins ! Et si le destin a voulu que vous soyez né peintre allemand, il ne vous reste plus qu'à être écrivain… conclut-il en avalant bruyamment une grosse gorgée de vin.

– Monsieur Gregor est de nouveau d'humeur sombre, expliqua Emmie. Alors il déverse toute sa colère sur les pauvres Allemands.

– Mais oui, il m'est arrivé un grand malheur. Savez-vous qu'hier, mon chat s'est suicidé ?

– Il s'est suicidé ?

– Il s'est jeté du troisième étage. Et il est mort sur le coup. Il était très déprimé ces derniers temps. Cela se voyait. Il ne voulait plus manger. Peut-être était-il malade. »

Il cligna ses petits yeux et ajusta son monocle.

« Au déjeuner, j'achetais toujours deux côtelettes, une pour lui et une pour moi. Je n'en ai acheté qu'une aujourd'hui.

– Il est sans doute tombé de la fenêtre par hasard, fit remarquer Rost.

– Vous croyez ? s'émut Gregor en agitant sa pipe. Alors, cher monsieur, c'est que vous n'y comprenez rien ! Sachez qu'un chat ne se fait jamais mal en tombant. Il retombe sur ses pattes et s'en va. Je vous le répète : mon chat s'est *suicidé* ! Oui ! Par mélancolie ! Fallait-il qu'il se tire une balle pour que vous y croyiez ? »

Rost le fixa un instant de ses yeux perçants, vert foncé.

« Et mis à part cela, que faites-vous, monsieur Gregor ? les interrompit Emmie.

– Je peins, comme d'habitude. Le tout sur une même toile. Une année entière sur la même toile, ha-ha. J'en ai déjà peint une centaine.

– Une centaine sur une même toile ?

– Pourquoi pas ? J'en efface une et j'en peins une autre à la place. La dernière que je peindrai comprendra toutes les précédentes… Celui qui l'achètera devra payer pour les cent. À part ça… j'écris une philosophie nouvelle… L'écriture et les dessins sont conçus par moi. C'est l'œuvre la plus profonde et originale de notre génération, je vous l'assure. »

Il acheva son verre de vin et en commanda un autre.

« À cela, vous n'avez pas d'objection, monsieur Rost ! Et quelle est votre occupation dans cette ville ?

– C'est un secret.

– Ah bon ! Et quels sont vos moyens ? S'occuper de secrets exige des moyens, non ?

– J'ai ce qu'il me faut.

– Des emprunts, par exemple ?

– Ça dépend de qui à qui.

– De vous à moi, évidemment.

– Peut-être. Pour quel montant ?

– Au-dessus de vingt. Sans limites.

– Nous nous arrêtons à vingt », dit Rost en riant et il lui tendit deux billets pliés.

Gregor les saisit entre le pouce et l'index et les glissa dans la poche de sa veste.

« Que boirez-vous, monsieur Rost ? À présent, je suis riche de nouveau, je peux vous inviter. Et vous, *madame* ? Une bénédictine ? »

Il les supplia tellement qu'ils finirent par céder.

« Venez me rendre visite un jour, dit Gregor en rangeant sa pipe.

– Oui, à l'occasion.

– Mais je ne suis jamais chez moi…

– Et vous voulez que je vous rende visite ?

– En fait, ce n'est pas la peine. Je l'ai dit par politesse. Vous voyez, il m'arrive même d'être poli parfois, ha-ha. Mais à l'occasion je vous emmènerai chez moi. Vous verrez mes toiles. N'oubliez pas que vous avez devant vous le plus grand peintre allemand ! Ça se sait à Londres mais pas à Berlin. Les Allemands ne comprennent rien à la peinture. Oui, monsieur, c'est comme ça ! »

Et il s'élança vers un petit homme rougeaud, bedonnant, les yeux globuleux et bigleux, qui venait de sortir de la salle à côté.

« Un personnage original, dit Emmie. Pas bête du tout. J'aime l'écouter parler et passer d'un sujet à l'autre. Il dit des choses bizarres parfois. »

Rost lui tendit du feu.

« Il serait temps, lui dit-il, que toi et moi nous ayons une petite aventure, Emmie… sans engagement. »

Elle eut un rire qui signifiait aussi bien l'assentiment que le refus.

« Viens chez moi, demain vers trois heures.

– Pourquoi pas.

– Je t'attendrai », dit Rost avec insistance.

Puis il fit signe au garçon et paya l'addition.

Il se dirigea vers son hôtel dans la direction opposée. Lucie pouvait l'attendre ! Il n'avait pas envie de la voir aujourd'hui. Entretemps, la pluie avait cessé. Un vent glacé et mordant se déchaînait dans les rues. Il y avait dans l'air un parfum d'automne et de prostituées, la torpeur des citadins, la fumée de charbon d'un train proche. Les panneaux publicitaires clignotaient ici et là, bleus, mauves, roses, rouges. En passant devant les bouches béantes des métros du centre-ville, on sentait soudain l'haleine épaisse et répugnante des gens, conservée depuis des années et flottant parmi eux. On entendait par intermittence le roulement assourdi des wagons. La foule sortait des cinémas. Ici et là, une femme berçait dans ses bras un bébé endormi. On sentait un besoin urgent de chasser loin de soi une journée ordinaire et sans charme, grâce à Greta Garbo ou Adolf Monzu, mais aussitôt sorti du cinéma on était repris au collet par le jour cruel et oppressant, une lassitude se répandait dans les membres et la bouche était amère et sèche.

Rost marchait sans se presser dans la rue du Bac, qui serpentait en rétrécissant vers la Seine, et se laissait porter par le silence nocturne interrompu de loin en loin par de rares autobus. Le tumulte de la ville s'était apaisé. Il eut soudain une envie irrépressible de faire une chose qui commencerait et finirait avec la nuit, qu'il garderait secrète dans les replis de son âme, une de ces choses qui renferment les bourgeons de la vie à venir, comme le noyau d'un fruit. Mais il était incapable de définir cette chose. Les flammes des réverbères se balançaient lentement dans les eaux sombres, perpendiculaires aux deux rives comme deux rangées de taches de graisse.

Un homme qui marchait d'un pas sonore s'approcha de Rost accoudé au parapet du pont, en train de regarder en bas.

« L'eau est glacée, mon ami. La saison des baignades est passée…

– Personne ne pense à se baigner.

– C'est faux, il y a une heure à peine, j'étais ici quand une jeune fille a sauté par-dessus bord. À l'endroit même où vous vous tenez. J'ai couru pour l'en empêcher, mais je suis arrivé trop tard.

– Et pourquoi vouliez-vous l'en empêcher ?

– Par pure humanité, mon ami. C'est dommage. Je suis sûr qu'au dernier moment on le regrette. Pire encore, même pendant la chute.

– Pourtant vous n'avez pas sauté après elle. Vous vous êtes préservé.

– Voyez-vous, question de tempérament. Je ne suis pas de nature impulsive et je ne suis pas porté au sacrifice. Il faut veiller à sa santé, voilà ma devise.

– C'est un choix confortable. »

Rost se remit en marche et l'étranger lui emboîta le pas, il était petit, sec, quelconque, le visage long et moustachu.

Le col de son manteau relevé et les mains dans les poches de son pantalon.

« En fait, vous devriez m'offrir un verre. Pour ma bonne action à votre égard.

– Une bonne action à mon égard ?

– Bien sûr, dit l'homme d'un air grave. Je vous ai empêché de vous noyer... »

Rost éclata d'un rire bruyant.

« Vous avez perdu la tête, monsieur. Je n'avais aucune intention de me noyer.

– Ne dites pas ça. Vous ne pouvez pas le savoir. Je suis plus savant que vous en la matière. Quand un homme regarde ainsi l'eau, il est soudain saisi de... c'est comme ça ! C'est déjà arrivé une fois, j'ai eu un mal fou à saisir le malheureux par une mèche de son crâne et à le tirer en arrière, avant que... bref, je mérite un cognac !

– Vous le méritez peut-être. Tout le monde le mérite. Le problème est de savoir si j'ai envie de le payer... Au fait, est-ce pour vous l'unique moyen d'avoir un cognac ?

– Ces temps-ci, oui. »

Il planta un mégot sous sa moustache et l'alluma avec un briquet.

« Vous conviendrez avec moi qu'on ne peut pas obliger ceux qui ont les moyens de se payer un verre. »

Ils marchèrent pendant un moment le long du quai, puis prirent la rue conduisant au musée et à l'enchevêtrement de rues anciennes qui entouraient les entrepôts. Le lieu était animé. Des voitures chargées de marchandises s'acheminaient lourdement vers les halles. On s'agitait de toutes parts pour assurer les vivres de cinq millions d'âmes.

« Et demain soir, dit l'étranger, il ne restera pas la moindre trace des milliers de tonnes englouties par les ventres.

– Vous avez mérité votre cognac.

– Je pense bien.

– Ah bon ?

– L'avarice n'est plus de saison.

– Votre seule occupation est de sauver des âmes ?

– Vous plaisantez. C'est une occupation temporaire…

– Et quelle est la principale ?

– La principale… Je… ma sœur…

– Ah, votre sœur !

– C'est-à-dire que… j'étais acteur. Je vous assure.

– Bien sûr, acteur !

– Oui, acteur sur une petite scène de banlieue.

– Et maintenant…

– J'ai commencé à bégayer…

– Mais je ne vous entends pas bégayer, bien au contraire.

– Non, pas quand je parle avec vous. Je ne bégaie que sur scène. Je jouais le vengeur, il fallait que je tire mon épée et que je tue le traître en disant : "Meurs, escroc, scélérat !" Des mots de mélodrame. Alors, une idée m'a brusquement traversé l'esprit : et si je bégayais, ce serait ridicule. Aussitôt j'ai commencé à bégayer, impossible de me détacher du "*m*" et du "*k*". Depuis ce jour-là, il suffit que je monte sur les planches pour commencer à bégayer. Comme si les mots collaient à mes lèvres.

– Et votre sœur ?

– Elle est orpheline. »

Rost lui tendit une cigarette.

« Je lui ai appris la couture. Elle travaille dans un magasin de vêtements.

– Hmm…

– Le patron… elle plaît au patron… et vous, vous êtes étranger. Allemand, si je ne m'abuse.

– Disons plutôt autrichien.

– À la bonne heure. Pour ma part, je suis cosmopolite, c'est moins fatigant, n'est-ce pas ? Entrons ici, dit-il en montrant un petit bistrot. On m'y connaît. »

Dans le bistrot étroit et long se trouvaient quelques clients bruyants et pas très rassurants. Rost commanda deux verres. Son compagnon vida le sien en une gorgée et s'essuya la moustache du dos de la main. Rost regarda le breuvage doré dans le verre ventru posé sur un pied long et mince comme une paille, une pensée en entraîna une autre et il se souvint d'Emmie. Oui, elle viendrait ! Il en était sûr !….

« Un autre verre ?

– Si ce n'est pas trop vous demander ! Vous savez, j'étais prisonnier en Allemagne. J'ai travaillé dans la taverne d'un petit village. La patronne s'appelait Martha. Une femme robuste, grande comme vous, avec des bras comme de grosses barres de fer. Elle écrivait de longues lettres à son mari qui était au front et elle couchait avec moi. Que voulez-vous, c'était la guerre ! Mais sa fille avait dix-neuf ans et je couchais avec elle aussi. La mère a fini par le savoir, m'a collé deux gifles et m'a renvoyé au camp. J'ai su plus tard que c'est la mère et non la fille qui a accouché d'un garçon. »

Rost paya l'addition.

« Comment, vous partez déjà ? Bon, je ne veux pas vous retarder. Mais si un jour vous avez besoin de moi, vous pouvez toujours me trouver ici, on me connaît bien, il vous suffit de demander l'acteur. J'ai plusieurs occupations, vous comprenez – il prit un air rusé et fit un geste évasif de la main –, et quelqu'un comme vous…

– Quelqu'un comme moi ?

– Oui, quelqu'un comme vous peut avoir besoin parfois de quelqu'un comme moi…

– Vous croyez ?

– Je connais un peu le monde.

– Non. Quelqu'un comme moi n'a pas besoin de quelqu'un comme vous.

– Vous ne pouvez pas le savoir. Quoi qu'il en soit, vous pouvez me trouver ici. »

Il marcha sans but le long de rues tortueuses et désertes qui semblaient receler un secret et suscitaient en lui une tension incontrôlable. Par moments, un énorme rat glissait sur le trottoir humide et se faufilait entre les barreaux d'un caniveau. Un bruissement sourd, intermittent, en quelque sorte immatériel surgissait de-ci de-là, s'atténuait puis disparaissait, laissant derrière lui un silence oppressant entre les rangées d'immeubles aveugles et pétrifiés.

Le souvenir confus d'une nuit semblable, enfoui sous le poids des années et des événements, remonta à la mémoire de Rost, associé à quelque chose de clair et d'indéfini qui avait un rapport avec la nuit précédente et peut-être même lui servait de support. Rost n'aimait pas fouiller dans ses souvenirs. Comme tous les événements de sa vie se déposaient dans les profondeurs du passé, ils perdaient de leur consistance et semblaient n'avoir jamais existé. Quant au petit échantillon de présent qui s'incarnait dans cette nuit d'automne bien ronde et humide, il ne l'intéressait pas, malgré tous ceux qui couraient avidement d'un plaisir à l'autre. Mieux valait se diriger vers un boulevard et prendre un taxi pour rentrer.

Au même instant, il distingua une silhouette de femme se détacher d'un coin de rue plongé dans l'obscurité et se diriger droit vers lui. Rost se planta au milieu du trottoir et attendit qu'elle l'aborde. La lumière pâle et orangée d'un réverbère proche éclaira un visage jeune, avec des yeux bizarrement enfoncés, qui le regardaient d'un air hésitant. C'était un visage qui dégageait un charme particulier. Après un temps de silence, elle dit : « Viens passer avec moi le restant de la nuit. Je ne veux pas rester seule ce soir », puis elle ajouta : « Tu n'es pas obligé de payer, même pas la chambre d'hôtel. »

Rost réfléchit un instant et, mû par une impulsion soudaine, décida de l'accompagner. Ils marchèrent en silence pendant une dizaine de minutes et arrivèrent devant un petit hôtel dont l'enseigne indiquait : « Hôtel Grenoble, tout confort ». Rost fut conduit dans une chambre du troisième étage où flottait une légère odeur de parfum de femme. Une petite pièce orpheline et triste, tapissée d'un papier à fleurs rouges sur fond bleu, avec un grand lit aux montants en laiton qui occupait le tiers de l'espace. Après avoir enlevé son manteau et son chapeau qu'elle accrocha avec celui de l'homme à une patère derrière la porte, elle tira pour lui une chaise près de la table et sortit du placard une bouteille de vin et des verres.

« Ton visage n'est pas antipathique, dit-elle en s'asseyant face à lui, jambes croisées. Le hasard a bien fait les choses en te mettant sur mon chemin. » Elle servit le vin et prit une petite gorgée. Sa chevelure abondante, d'un châtain aux reflets dorés, était enroulée autour de sa tête qui ainsi ressemblait à un champignon.

Elle n'est pas laide ! décréta Rost en lui-même.

« Aujourd'hui, je fais la fête, dit-elle avec un sourire méchant. C'est mon anniversaire ! Mes parents, ha-ha, oui, mes parents ont fait de ce jour une fête… Et toi, tu as des parents ? En tout cas, sûrement pas comme les miens ! On n'en trouve pas deux comme eux !

– Hmm… fit Rost en lui tendant une cigarette. Tes parents ?

– Ah, tu veux en savoir plus ? Ça t'intéresse ?! Tu crois que je raconte ma vie privée au premier venu ? Doucement, chéri ! »

Soudain, ses yeux sombres lancèrent des éclats de haine profonde.

« Rien ! Tu ne m'arracheras pas un seul mot, tu m'entends ? »

Et d'un mouvement nerveux, elle rejeta la tête en arrière pour chasser des mèches de cheveux qui retombaient sur son front. Rost lui saisit la main et dit :

« Écoute, ma petite, je ne suis pas venu ici pour me disputer, compris ?

– Et pour quoi d'autre ? Tu veux coucher avec moi ? Tout de suite ? Pourtant, tu n'as pas l'air d'avoir manqué de femmes ! Je m'y connais, mon coco ! Et si c'est ce que tu veux… tiens ! »

Elle vida son verre. Un instant plus tard, d'une voix où tremblait un léger regret, elle dit : « Tu sais, l'être humain a besoin d'illusions… ne fût-ce qu'une fois… comment faire autrement ?…. L'amant se glisse en pleine nuit dans la chambre de sa maîtresse, ha-ha-ha !…. Tiens, trinque avec moi ! À la santé de ta maîtresse !…. » Elle se redressa et fit un pas vers le milieu de la pièce, puis se ravisa, vint près de lui et, changeant d'avis, elle se rassit à sa place. La tête entre les mains, elle resta un moment immobile.

« Bizarre, dit Rost tout en fumant d'un air pensif. Depuis quand tu fais ce travail ?

– Quatre ou cinq ans, dit-elle d'un ton venimeux, plutôt surprise par la question. À votre service, Excellence ! Tu veux savoir autre chose ? Dans le quartier, on m'appelle Jeannette la brunette, et mon "mari" a été condamné il y a quelque temps aux travaux forcés… T'es rassuré maintenant ? Tout est comme d'habitude, n'est-ce pas !

– Tu veux me pousser à la bagarre ? dit Rost en se redressant. Ou plutôt à un petit viol, hein ?.... Qu'est-ce que tu me vends ? »

Elle eut un mouvement de recul, rougit et commença à se déshabiller fiévreusement. Elle ôta d'abord sa robe orange, sa combinaison rose, son porte-jarretelles et lança le tout sur le lit, ne gardant que ses bas et ses chaussures. Son corps était superbe, merveilleusement sculpté. Bouillant de rage, elle s'approcha de lui et montra diverses parties de son corps : « Voilà ce que je vends, monsieur ! Ça... et ça... et ça ! C'est de la mauvaise marchandise, hein ? Bonne pour la poubelle, hein ?.... »

Rost éclata d'un rire bruyant. « Ma foi... pas mal comme début !.... » Il se rassit et attira contre lui la femme nue. « Viens, beauté ! On va fêter ensemble ton anniversaire ! »

Elle s'assit un instant, les épaules parcourues de frissons de dégoût. Puis elle se leva et s'enveloppa d'un ample peignoir qu'elle prit dans l'armoire. Des larmes brillaient dans ses yeux. Elle reprit sa place, se servit du vin et le but. « Ne me prends pas pour un folle ou une mégère. Je sais parfaitement qu'à tout moment tu risques de te lever et de partir... et c'est ce que j'appréhende le plus. Je le dis en toute franchise. Cette bouteille, la table, le lit, tout me dégoûte. Tout... Quand tu partiras d'ici, je me retrouverai de nouveau seule. Tu connais ce sentiment de solitude et d'abandon dans ce vaste monde et de la peur qui monte soudain ? En apparence, tout se passe comme hier et avant-hier. Mais un beau jour, une goutte de peur tombe sur toi... elle te pénètre, se répand et finit par envahir tout ton être comme un poison… Impossible de fuir… Mais pourquoi je te raconte tout ça ! Je vends mon corps, sers-toi ! Pour te récompenser de ta peine ! »

Les yeux baissés, elle resta immobile, son corps blanc brillant entre les pans de son peignoir entrouvert. Sa poitrine se soulevait et descendait, sa respiration était agitée. La nuit enserrait la chambre et les deux êtres étrangers l'un à l'autre. Des milliers de rats s'affairaient dans la nuit, secrets et silencieux, et quelque part on perpétrait un meurtre mystérieux. Loin de là ou peut-être tout près, un coup de feu déchira l'obscurité, suivi d'un cri désespéré. Ailleurs, l'amour couvait cette nuit-là aussi comme toutes les autres nuits d'un bout du monde à l'autre. Mais la femme sur sa chaise, avec son corps nu relâché, paraissait infiniment abandonnée, pleine de peurs et de désespoir. Pourquoi ne se levait-il pas pour passer lentement la main sur ses cheveux, ne fût-ce qu'une fois ? Non, il ne le fit pas et continua de rester assis et de fumer. Pourquoi le ferait-il ?! Fallait-il qu'il s'apitoie sur des femmes au bord du naufrage ? Lui, Michaël Rost ? Il n'avait pas le moindre talent pour cela ! Et si elle n'arrêtait pas cette guerre des nerfs, sa décision était prise… Mais en même temps il était curieux de savoir comment tout cela se terminerait.

La femme finit par lever la tête et le regarda. Ses lèvres s'entrouvrirent mais elle ne dit rien. Brusquement, elle se leva, comme si elle se détachait d'elle-même, s'approcha de lui et commença à l'embrasser, à lui caresser la tête et à presser son sein contre sa joue, en apparence réconciliée. Elle tomba à genoux devant lui, posa la tête contre sa poitrine et lui chuchota des mots inaudibles.

Il se sentit dans une position ridicule, la releva et la jeta sur le lit.

Elle se redressa et s'assit. « Tu crois que j'ai besoin de ta pitié ! Je crache sur toi, tu m'entends, je crache sur ta pitié ! Pouah ! »

Il s'assit à ses pieds. « Pourquoi tu t'énerves ? Je n'ai pas pitié de toi, tu te trompes. Au contraire, je te conseillerais de mettre fin à ta vie… »

Elle lui lança un regard épouvanté : « C'est nouveau, ça ? »

Rost eut un rire silencieux. Il vit ses cuisses rondes et blanches parcourues d'un léger frisson et sentit sous ses doigts un spasme. La femme sembla émerger d'un cauchemar, fit un bond et s'assit sur ses genoux. Elle mit les bras autour de son cou, son haleine était brûlante contre sa joue, et lui dit : « Mon amour, merci d'être avec moi cette nuit… et de n'avoir pas refusé… comment te remercier ? » Et brusquement : « Dis, tu veux que je mette fin à mes jours ?…. C'est ce que tu veux ? »

Rost rit de nouveau. Il y eut un silence, puis : « Si seulement je pouvais voir l'enfant, dit-elle comme si elle pensait à voix haute. Il doit avoir sept ans maintenant… je ne sais même pas à quoi il ressemble… je ne pourrai jamais le voir, jamais ! » Un de ses bras entourait le cou de Rost et ses doigts jouaient distraitement avec le lobe de son oreille. Dans le couloir, on entendit des pas feutrés étouffés par le tapis. Une porte s'ouvrit et se referma.

« Tu sais, je t'ai menti, dit la femme. Je ne fais ce travail que depuis quelques mois... trois mois environ. Et le restant non plus n'est pas vrai. Il y a peu de temps, je suis remontée du Sud. J'en ai eu marre de mon Hollandais boiteux et je l'ai quitté. Mais nous voulons nous amuser, n'est-ce pas ? Tu n'as pas goûté au vin encore ! Qu'est-ce que tu attends ? » Elle tendit la main vers la table, prit le verre qui était plein et le rapprocha des lèvres de Rost. Il en but un peu, lui prit le verre des mains et le reposa sur la table.

« Tu es une jeune femme sympathique, lui dit-il en passant les doigts dans sa chevelure.

– Oui, ha-ha... mais, tu sais... non ! J'ai envie d'être gaie ! Je veux m'amuser ! » Et penchant la tête vers lui elle lui mordit les lèvres jusqu'au sang.

« Ne te fâche pas, petite ! Je suis un peu trop gros pour être avalé. »

Elle se leva, prit le verre et le vida. Puis elle sortit une seconde bouteille de l'armoire et la déboucha d'un geste expérimenté.

« Disons que tu t'appelles Georges et que je t'aime depuis un mois, d'accord ?

– Disons ! répondit Rost en riant.

– Et dis-moi que tu ne te serais pas conduit comme ça... et je te croirai... ou bien non, mieux vaut que tu ne dises rien ! »

Elle resta immobile devant la table, avec le tire-bouchon dans la main droite et son dos blanc et nu souligné par le noir de la robe de chambre à grandes fleurs, couleur de la flamme d'une bougie.

« Ne me regarde pas comme ça !.... Tes yeux... Ne crois pas que j'ai peur de tes yeux... je n'ai pas peur, tu m'entends ? »

Elle vint s'asseoir sur le lit, à côté du lui. « J'aime ton parfum », lui dit-il. Mais elle semblait ne pas l'entendre. Au bout d'un moment, elle parla de nouveau comme si elle était seule :

« Soudain, ils ont surgi tous les deux. Le fils et la mère, une matrone anglaise, grande et sèche comme une trique. Elle broyait les mots comme si elle avait une pipe à la bouche. Je ne sais pas comment ils ont trouvé mon hôtel. Ils m'ont expliqué qu'ils souhaitaient prendre soin de nous : une jeune fille seule avec un bébé et sans aucuns moyens... J'étais encore épuisée par la grossesse, affamée, un travail difficile, des aventures et de la souffrance, et puis un accouchement périlleux. Le bébé avait six semaines à peine. Je les ai crus. J'étais si jeune. Que veux-tu, une adolescente de dix-sept ans qui, à peine un an plus tôt, était encore sur les bancs du lycée ! Ils m'ont donné de l'argent pour que je descende acheter divers objets pendant qu'ils garderaient le bébé ici. Après tout, ils avaient un lien avec l'enfant et avec moi. Quand je suis revenue une demi-heure plus tard, je n'ai trouvé personne. Un landau vide et une lettre sur la table.

– Et tu ne pouvais rien faire.

– Je ne pouvais rien faire. Où les chercher, je ne savais rien à leur sujet. Même pas leur nom ! Dans la lettre, ils annonçaient qu'ils emmenaient le bébé en Angleterre. Il était le père mais je ne savais même pas son nom, je ne sais pas ce qui m'est arrivé cette nuit-là. J'étais complètement ivre. En me réveillant le matin, le lendemain du bal masqué du lycée, je me suis retrouvée dans une chambre d'hôtel avec cet Anglais que je ne connaissais pas. Il m'a conduite en voiture chez moi et ça s'est arrêté là.

– Et tu ne l'as plus revu ?

– Quelques mois plus tard, je l'ai rencontré une ou deux fois par hasard, après que mes parents m'ont chassée de la maison. Il m'a proposé de l'argent, mais je lui ai craché à la figure. »

Elle resserra son peignoir comme si elle avait froid. Ses yeux semblaient scruter des secrets lointains à travers une muraille. Peut-être étaient-ils dirigés vers l'intérieur, vers les profondeurs de son être.

Rost caressa son corps. Il sentit à travers le tissu la chaleur de son dos souple et lisse qui tressaillit au contact inattendu de sa main. Elle se tourna vers lui. Son visage était beau à cet instant-là, ses traits aristocratiques et expressifs. Elle se colla contre lui comme pour se protéger, enfouit la tête dans sa poitrine et resta immobile. Rost prit un de ses petits seins dans sa main.

« Et après ?

– Après ? »

Elle se redressa. Une vague de colère immense la submergea de nouveau, troubla sa respiration. Elle bouillait de rage. Elle eut du mal à ouvrir son sac posé au chevet du lit et à en sortir un mouchoir. Elle se moucha bruyamment. « Après ?

J'ai cru à tort qu'ils s'adouciraient. Je ne leur ai pas demandé de m'accueillir à la maison, mais de m'aider à trouver le bébé, c'est tout. À qui d'autre pouvais-je m'adresser ?! J'ai surmonté ma fierté et je leur ai écrit. Deux semaines plus tard, je leur ai envoyé une deuxième lettre, tu comprends, je leur ai écrit deux fois.

– Et tu n'as pas eu de réponse.

– C'était comme si j'avais jeté les lettres dans la Seine. Au bout de six semaines, j'ai attendu devant leur porte le retour de mon père du travail. Il a fait semblant de ne pas me connaître et il est passé devant moi comme si j'étais un objet. Je lui ai barré le passage, il m'a repoussée si fort que je suis tombée sur le trottoir. Alors j'ai perdu la tête. Tout ce que je gardais en moi a brusquement fait irruption à l'extérieur. Je me suis jetée sur lui, je l'ai giflé, mordu, griffé, j'ai cassé ses lunettes, j'ai fait de lui un tas de détritus. Si j'avais eu un revolver, je l'aurais tué. La concierge et son fils nous ont péniblement séparés. Elle m'a fait entrer chez elle, s'est occupée de moi, a essayé par tous les moyens de me calmer. Je suis restée longtemps assise, à pleurer. Puis je suis partie, j'ai longtemps traîné sans but dans les rues. C'était déjà le soir, j'ai continué à marcher et je m'étonne encore de n'avoir pas mis fin à ma vie ce jour-là. Je crois que mon hébétude m'a empêchée d'y penser. Ensuite, un homme m'a suivie et m'a dit des choses. Je ne l'ai pas rejeté, je l'ai laissé faire à sa guise. Il m'a emmenée au restaurant. J'ai mangé et bu jusqu'à l'ivresse. Et je suis restée avec lui. Au bout de deux semaines, je l'ai quitté. Pourquoi ? Je n'en sais rien. C'était un homme gentil, il m'entourait d'amour. C'est peut-être à cause de ça. Je ne pouvais pas supporter la bonté, j'étais devenue dure comme la pierre. Quand je l'ai quitté, il a été très triste. »

Rost prit une gorgée de vin et alluma une cigarette. La femme lui en demanda une aussi. Il était trois heures moins dix à sa montre, une heure à peine s'était écoulée mais le temps semblait s'étirer. Il se leva et s'approcha de la fenêtre. La rue était déserte, les réverbères déversaient en vain leur lumière. La pluie fine semblait avoir repris. Sa ville natale était chichement éclairée par de rares réverbères, on y sentait un léger parfum de lilas porté par la brise qui se mêlait aux rires joyeux et purs de la jeunesse. Dans les maisons aux fenêtres rouges des alentours, on entendait par moments un autre rire, ivre, enroué, licencieux, amorti par la pénombre tranquille et propice de sa ville. Mais Rost n'y était plus retourné depuis longtemps.

Il quitta la fenêtre et regarda la femme qui fumait. Brusquement, toute la scène s'anima devant ses yeux : un fonctionnaire méticuleux qu'il imagina avec barbe et moustache, un homme respectable et maître chez lui, rentre seul du bureau un après-midi et soudain, devant sa maison, sa fille qu'il avait chassée du foyer et de sa mémoire se jette sur lui, le gifle, casse ses lunettes, déchire sa cravate et provoque un scandale public sous l'œil des voisins et de la concierge.

Rost se mit à rire bruyamment. La femme le regarda sans comprendre.

« Hmm, pas mal ! finit-il par dire en servant du vin dans les deux verres. Buvons à ton courage !

– À mon courage ? Oui… pourquoi pas… à mon courage ! Tu crois que je n'ai pas assez de courage ?.... Viens, approche-toi de moi, tu es un homme, non ?

– Oui, je crois.

– Est-ce que je te plais ?

– Je crois que oui.

– Alors pourquoi tu ne m'embrasses pas ? Un baiser qui m'enflamme, qui me fasse mourir de plaisir. »

1

Vingt ans plus tôt, Michaël Rost avait fait son apparition dans une des capitales d'Europe dont le roi était âgé, un peu sot, avec une barbe de part et d'autre de son menton rasé. La ville était ancienne, bâtie au bord d'un fleuve impétueux, une brume médiévale nimbait ses tours et ses églises gothiques. Michaël Rost avait dix-huit ans, c'était un jeune homme grand, blond, sans conscience ni argent. Il était en route vers un des pays du Proche-Orient, une terre déserte et abandonnée depuis des millénaires, qu'une poignée de gens animés de foi dans leur passé lointain essayaient de ressusciter à la force du poignet et de l'enthousiasme qui palpitait en eux. Dans sa ville natale, il avait quitté son père professeur, sa mère et ses quelques sœurs. Il s'était retrouvé dans cette ville par un hasard qui en valait un autre et s'était dit qu'il n'avait aucune raison de poursuivre son voyage. Il pourrait s'y installer comme partout ailleurs. Avec les cinq couronnes qui lui restaient après son long périple, il avait payé une semaine de pension chez Frau Schatzman, puces et punaises comprises, et avait pris quelques repas insipides à la soupe populaire. Après quoi, tout en frottant son pouce contre l'index, Frau Schatzman lui avait dit : « Des sous, jeune homme, des sous. Chez moi, on paie d'avance. Avec un oiseau comme vous ! » Rost n'avait pas compris à quelle espèce d'oiseaux elle l'associait. Et en guise de réponse, il lui avait soufflé au visage une pleine bouffée de sa cigarette et était reparti avec son balluchon.

La ville se parait déjà pour le printemps. Le fleuve charriait les derniers blocs de glace. Mais dans la cantine *Ahdout* (Union) de M. Schtock – un mélange de taverne, restaurant, auberge et café « ultra-cachère » – on pouvait boire un verre de thé pour trois sous et rester gratuitement au chaud toute la journée, enveloppé dans des nuages de mauvais tabac, de mauvaise cuisine, de cris et de discussions. Rost s'asseyait à une grande table pendant que ses voisins buvaient du thé brûlant accompagné de gâteaux et de raisins secs. Un Juif maigre, à la barbe pointue, acheva de boire et ajusta son pince-nez.

« Où vas-tu ? En Amérique ? lui demanda-t-il.

– C'est possible…

– Alors, ils t'ont roulé aussi, que le diable les emporte ! Ils t'ont promis un passage direct de la frontière jusqu'à Rotterdam et te voilà coincé ici, à manger tes derniers sous ! Et à courir tous les jours après l'agent de voyage ! Où vas-tu comme ça, si jeune, à Boston ou à Philadelphie ? Qui as-tu là-bas ?

– Je n'ai personne.

– Donc tu es seul ?

– Oui.

– Et ton navire, il part quand ?

– Il est déjà parti.

– Parti ? Et tu as l'intention de traverser l'océan à pied ?

– Je n'ai pas l'intention de traverser l'océan.

– Alors tu ne pars pas pour l'Amérique ? Parle, dis quelque chose ! Pourquoi ce silence ? Voyez-moi cet impertinent ! On lui parle comme à un homme, il vous répond comme une bête. Alors quoi ? Tu vas me dire que tu restes ici ?

– Tu as deviné, dit Rost en riant, je reste ici.

– Il reste ici ! Eh bien, tu n'as plus qu'à vendre tes dents, tu n'en auras pas besoin ici ! C'est une ville difficile, pas comme l'Amérique où chacun peut devenir riche. N'oublie pas ce que je te dis, je sais de quoi je parle. Tu as déjà entendu parler de Yankel Marder ? Non ? C'est moi – il pointa l'index sur sa poitrine –, célèbre de Mohilov à Odessa, d'un bout à l'autre de l'Ukraine ! Quand Yankel Marder parle, tu peux signer pour lui les yeux fermés. »

Mais la curiosité de l'homme n'était pas assouvie.

« Et que penses-tu faire ici, par exemple ?

– Épouser une femme, par exemple…

– Épouser une femme ? Qu'en penses-tu, Shebtil ? »

Il s'adressa à un grand jeune homme en casaque russe noire, à la pomme d'Adam tressautante, occupé à se curer les ongles avec un canif.

« Il va épouser une femme ! Qui va donner une femme à un voyou comme toi ?!

– On me la donnera !

– Tu rêves ! Quel dommage pour un garçon comme toi, tu laisseras tes plumes ici ! Je te conseille de partir pour l'Amérique. Tu ne le regretteras pas. Tu connaîtras la vie, tu vivras comme un prince, que dis-je, comme un roi ! On ramasse des dollars à tous les coins de rues. Il te suffit de tendre la main pour les empocher ! Ces stupides Yankees jettent l'argent par les fenêtres et toi, tu arrives et tu les ramasses. Ça c'est l'Amérique.

– Comment tu sais ? Tu y es allé ?

– Quelle question ! Tout le monde connaît l'Amérique. Même un nouveau-né la connaît ! Tiens, regarde ! »

Il sortit une photographie de la poche de son manteau et l'agita sous le nez de Rost.

« Tu vois ? Mon propre frère ! Ma chair et mon os, riche comme Crésus – la photographie montrait un bonhomme avec un chapeau melon et une cigarette entre les lèvres –, il est parti il y a trois ans à peine, et le voilà millionnaire ! Il peut acheter le palais du tsar si ça lui plaît !

– Eh, Mister, qu'est-ce que tu lui chantes sur l'Amérique ? » se mêla depuis la table voisine un individu avec trois dents en or, un nez bulbeux et des yeux de poisson. Il avait une barbe de quelques jours et une voix enrouée. « Moi, je suis allé en Amérique, que la terre s'ouvre et l'engloutisse ! Ha-ha-ha, il part pour l'Amérique ! Mieux vaut s'enterrer plutôt qu'aller dans ce maudit pays ! Ecoute mon conseil, Mister. Va à l'agence pour qu'ils te rendent l'avance sur le billet de bateau et rentre vite chez toi sans regarder à droite ni à gauche ! Écoute-moi, prends tes jambes à ton cou et va aussi loin que tu peux, mais ne va surtout pas dans ce pays !

– Et mon frère ? s'excita Yankel Marder. Mon frère est millionnaire, voilà sa photo ! Regarde !

– Ton frère ? Des bobards ! lança l'individu avec un geste de mépris et sans un coup d'œil vers la photo. Ton frère, millionnaire ! Mendiant, oui, *peddler*, colporteur misérable ! Il gagne tout au plus cinquante *cents* par jour ! *Yes, Mister !* Cinquante *cents* par jour, pas un de plus, et il travaille comme un âne, voilà ton frère ! Je peux en dire long sur l'Amérique !

– Pour en dire tant de mal, mon frère, c'est que la chance ne t'a pas souri en Amérique.

– La chance ne m'a pas souri ?! Tu ne sais pas à qui tu parles, Mister ! Tu as devant toi le chanteur Arnold Kroyn ! Un nom connu dans le monde entier. Arnold Kroyn, ténor héroïque ! Chanteur vedette de tous les théâtres d'Amérique ! Des airs de *Carmen*, de *La Traviata* et de *La Tosca* ! Moi, je n'ai pas réussi en Amérique ?! »

Le grand jeune homme en casaque noire russe finit de se curer les ongles, replia son canif et dit en riant :

« Ténor héroïque, chanteur vedette, avec cette voix ?

– Depuis quand tu es devenu expert en voix ?

– Mais tu es enroué comme un coq. Des airs, *Carmen*, *Tosca* ! Des fous comme toi, ça n'existe plus, Mister ! Si toi tu étais chanteur vedette en Amérique, alors c'est vraiment un pays maudit !

– Voyez-moi ce gringalet ! D'où tu sors ? Tu n'as jamais entendu un vrai chanteur ? Tu sors à peine du berceau ! Tu sais ce que c'est un ténor héroïque ?! *Do ré mi fa sol*, attends que mon rhume passe et tu entendras Arnold Kroyn !

– Ça ne m'intéresse pas.

– C'est bien ce que j'ai dit, tu t'y connais en chant comme une grenouille en philosophie !

– Tu peux offrir ton ténor héroïque au musée. Ils n'ont sûrement pas une telle créature dans leurs collections.

– Inutile de parler avec un hareng comme toi ! Il faudrait te pendre pour te faire sécher !

– Que penses-tu de lui, Shebtil, intervint Yankel Marder. Ce minus, chanteur en Amérique ! L'endroit des plus grands chanteurs au monde !

– Et toi, la barbiche, on ne te laisserait même pas poser le pied sur le continent ! On te renverrait chez toi par le même bateau. On ne veut pas de gens comme toi là-bas.

– Je suppose que toi non plus tu n'y es pas allé. Qu'en penses-tu, Shebtil ?

– Il n'y est pas allé, trancha ce dernier.

– Je ne vais pas m'abaisser à parler avec des gens comme vous. Arnold Kroyn, avec des voyous comme vous.

– Non, ne parle pas. Garde ta voix de ténor de peur qu'elle ne s'évapore. »

Michaël Rost ne savait pas encore où il dormirait et il ne s'était pas fatigué l'esprit à y penser. Il trouverait bien une solution. Il y avait beaucoup de monde et de bruit. Les trois salles étaient pleines de toutes sortes de gens de tous âges, tous pays et tous métiers. Debout ou assis, ils discutaient, bavardaient, faisaient des affaires louches, racontaient des bêtises, buvaient du thé, du vin, de l'eau-de-vie et faisaient un vacarme incessant.

Derrière le bar, en blouse blanche, se dressait Malvina,

la fille de Reb Hayim Schtock, le patron du restaurant. Ses cheveux noirs aux reflets dorés étaient retenus par un ruban en velours noir, elle avait de grands yeux noirs en amande, un nez aquilin, une bouche effacée, serrée et sans lèvres. Son sourire découvrait de jolies dents, mais quand sa mère sortait de la cuisine qui donnait sur l'une des salles, on imaginait aussitôt la fille quarante ans plus tard. La mère était petite, carrée, avec une perruque brune qui s'arrêtait aux sourcils. Son visage large, osseux et blanc, congestionné sans être rouge, et brillant de graisse, était agrémenté de quelques poils bouclés qui retombaient sur son menton et ses mâchoires. Elle se dressait devant la porte, agitait comme une arme menaçante son grand trousseau de clés posé sur ses hanches larges et lançait à la cantonade : « Un peu de silence, messieurs ! Pitié pour les oreilles ! » et le silence se faisait car on avait peur d'elle. Mais dès qu'elle disparaissait derrière la porte, le brouhaha reprenait. Alors on entendait sa voix cassée résonner dans la cuisine où elle déversait sa mauvaise humeur sur la cuisinière et les servantes qu'elle grondait à grands cris dans l'allemand de Tarnov. Ou bien elle réapparaissait et appelait : « Malvina, va voir où est passé ton père ! »

Au même moment, le père, un Juif respectable à la longue et belle barbe blanche, était occupé dans un coin sombre du couloir ou dans une des chambres libres de l'auberge, à pincer une jeune servante saine et rougeaude dont le refus cédait devant quelques pièces de monnaie. Il arrivait que Reb Hayim Schtock revienne des couloirs avec une joue de son auguste visage quelque peu rougie par une gifle assenée dans l'intimité. C'était l'unique trace sur sa personne imperturbable, modérée et respectable. Sa kippa posée sur son crâne dépassait comme d'habitude sous son chapeau, ses petits yeux aqueux vous observaient froidement à travers son pince-nez retenu par un ruban noir qui se perdait dans la poche de sa redingote, sa barbe retombait en cascades majestueuses. Ses gestes étaient mesurés, sa parole sereine, seule Mme Schtock qui connaissait la nature de son époux lui chuchotait à l'oreille afin que personne ne l'entende : « Vieux mécréant ! » mais il ne la gratifiait d'aucune réponse.

Ainsi passait le temps dans ce coin de la capitale où les servantes se suivaient, grâce à la vigilance de Mme Schtock et à la bienveillance de Reb Hayim Schtock. Et Malvina, sans quitter sa place derrière le bar, chuchotait longuement avec Max Karp, un jeune homme de Galicie, à la tête ronde et grosse comme un potiron, coiffé d'un chapeau en peluche vert au rebord abaissé sur une mèche blonde. Il surgissait toujours aux heures de repas, avec un cartable plein à craquer coincé sous l'aisselle. Il y avait un secret entre Malvina et ce jeune homme blond : elle attendait le moment propice pour l'épouser. En attendant, dans une pièce réservée aux invités de marque, elle le gavait de tous les plats qu'il aimait, tripes farcies, poulet rôti à la semoule, foie d'oie haché. D'une voix admirative, elle appelait le serveur, à l'autre bout de la salle : « Alfred, une belle cuisse de poulet bien rôtie pour M. Karp ! »

Max Karp allait à des cours du soir et se préparait en cachette à passer le baccalauréat. Selon le fervent témoignage transmis de bouche à oreille à quelques élus par son ami proche, il composait de superbes poèmes et voulait devenir un grand homme. Il n'avait encore rien publié, car la génération n'était pas prête, « je vous l'expliquerai une autre fois », chuchotait son ami avec ferveur. Le grand homme de l'avenir portait des souliers noirs vernis, un peu usés, sur des chaussettes vertes. Il s'accoudait souvent au comptoir et chuchotait avec Malvina. Son visage éclairé d'un sourire radieux, elle le mangeait des yeux tout en servant un verre d'eau-de-vie à un client, tandis qu'il prenait des airs de vierge déflorée.

À l'époque, Michaël Rost n'était pas encore un homme perdu. Pas du tout. Shebtil et Yankel Marder acceptèrent de partager avec lui leur chambre du premier étage de l'auberge Ahdout où ils disposaient d'une banquette libre. Il pourrait dormir chez eux quelques nuits, à condition que personne ne le vît entrer ou sortir, et de plus on lui offrirait même un verre de thé et du gâteau, mais n'anticipons pas.

Pendant ce temps, le jour déclina et Yasha d'Odessa fit son apparition, en costume blanc taché de couleurs. Ces derniers temps, faute de choix, Yasha s'était fait peintre en bâtiment et réussissait fort bien. Vers le soir, une fois son travail terminé, il se changeait et allait au cinéma, avec Fritzi la grosse, pleurer sur le sort amer de la pauvre Henny Porten gémissante, séduite et abandonnée avec un gros ventre. Comme il avait besoin d'être aidé à son travail pendant quelques jours, il en fit la proposition à Michaël Rost. Et l'affaire fut conclue pour le lendemain matin.

Yasha était un garçon courageux, avec un visage osseux à l'expression cruelle et enfantine à la fois. Il exerçait la terreur sur les voyous et brigands de son quartier et tous le craignaient. Il avait plus d'une fois passé la nuit au commissariat pour avoir brisé les os de l'un ou de l'autre. Il habitait sa chambre depuis quelques mois et avait une réputation douteuse. Il avait été, disait-on, chef des brigands à Odessa et il avait du sang sur les mains. Mais ce n'étaient que des rumeurs sans preuves véritables, dont on était en droit de douter. Encore qu'à en juger par son caractère, de telles actions paraissaient probables. On racontait aussi que, pendant les émeutes, lui et six de ses camarades avaient réglé leur compte aux émeutiers qui avaient fait irruption dans le faubourg de la Moldavanka.

Comme il avait de la sympathie pour Rost, il le prit sous sa protection. Le lendemain, Michaël se mit au travail avec Yasha, il décapa murs et plafonds, mélangea des couleurs, porta des seaux pleins, apprit à manier brosses et pinceaux, poussa du matin au soir la brouette avec l'échelle et les autres outils. Tout en travaillant, Yasha fredonnait des chansons en yiddish comme *Mayn Tate iz a Shmaravaznik* (Mon père est un sale ouvrier) et les pièces vides résonnaient de sa voix.

Le printemps se répandit sur toute la ville, coula dans les maisons par les fenêtres ouvertes. Domestiques et nourrices en tablier blanc dégageaient une odeur intime de labeur qui évoquait la maison maternelle, la vie était étalée, transparente, à portée de main. Rost commença lui aussi à chanter distraitement *Mayn Tate iz a Shmaravaznik* et les autres chansons de Yasha. Un soir qu'il était assis au cinéma avec ce dernier et Fritzi la grosse, elle glissa la main vers lui dans l'obscurité. Rost l'arrêta aussitôt. Mieux valait ne pas avoir affaire à Yasha.

Il retourna dormir en cachette sur la banquette, dans la chambre de Shebtil et Yankel Marder. Mais un jour, le travail cessa. Yankel Marder et Shebtil reprirent enfin la route de Rotterdam. Désormais, Rost avait un peu d'argent et il loua une chambre avec Berl Kanfer, un jeune homme au visage de jeune fille qui tirait un salaire de son doigt écrasé. Il avait travaillé pendant deux mois dans une usine et s'était fait écraser un doigt. Depuis, il vivait sur les deniers de la Sécurité sociale et attendait de toucher les dommages et intérêts de l'usine pour aller en Suisse, tenter sa chance dans le commerce. Pour l'instant, il passait le plus clair de son temps à l'Ahdout, à boire du thé et à discuter avec Markus Schwartz, le dramaturge, qui pensait sans doute s'inspirer de lui pour un personnage dans un prochain drame.

Markus Schwartz arborait tous les accessoires d'un dramaturge : chapeau noir au bord large comme une roue, cheveux longs, barbichette, lunettes d'écaille, foulard au vent, manteau de velours, pantalon rayé, chaussures noires vernies, bague à la tête de mort, canne originale, cartable plein de drames, crayons noir et rouge, et un gros livre sur la dramaturgie. Il avait l'habitude d'aller au parc, son cartable sous l'aisselle, un livre ouvert à la main qu'il lisait tout en marchant et soulignait au crayon rouge ou marquait de points d'interrogation ou d'exclamation appréciatifs. Il avait toujours à la bouche Sophocle, Eschyle, le *Faust* de Goethe, Shakespeare,

Les Tisserands de Hauptmann, qu'il mêlait à toutes les conversations. Ses drames avaient failli être mis en scène d'innombrables fois à Berlin et même dans cette ville-là, c'est du moins ce qu'il racontait à qui voulait bien l'entendre, mais chaque fois la censure s'était mise en travers…

Une hostilité permanente régnait entre lui et Dieu, et dans ses drames que personne n'avait jamais vus, il accablait à toute occasion le Ciel, la censure et bien évidemment tous ces pays rétrogrades… On peut même dire qu'il n'existait que par la censure, son adversaire, sans laquelle aucun obstacle ne se dressait sur son chemin. La veille, il venait de rencontrer Frost, le directeur du théâtre populaire qui lui avait promis de patienter tout au plus deux mois, durant la saison en cours… Et qui vivra verra ! Et cette fois-ci, il espérait que la censure ne s'en mêlerait pas… Grâce à cette histoire à répétition, il entretenait de bons rapports avec les nourrices à landaus dans les parcs et les matrones d'un âge honorable, prêtes à abriter en toute innocence sous leurs ailes protectrices un jeune talent promis à un brillant avenir et harcelé par la censure.

À part cela, Markus Schwartz avait un faible que l'on trouve parfois chez les gens simples : il aimait les gros livres difficiles, ouvrages scientifiques, critique, philosophie, et ne manquait jamais une occasion d'en acheter. Éditions précieuses, luxueusement reliées, exemplaires numérotés qui n'existaient plus sur le marché. Il possédait déjà quelques centaines de ces volumes dont il tirait une grande fierté. Peut-être n'avait-il jamais lu un livre de la première à la dernière page, mais ils étaient tous annotés au crayon ici et là, comme pour faire croire qu'il « travaillait » dessus. Mis à part son cartable rempli de drames, il changeait de livre tous les jours, comme on change de col de chemise.

Il partageait une chambre exiguë avec un peintre d'Odessa. Une moitié de la pièce était pleine de livres rangés sur des étagères, dans des caisses et sur la table, et l'autre moitié était encombrée de toiles, dessins, encadrements, boîtes de couleurs, pinceaux, chevalet. Ainsi habitaient-ils, chacun dans son coin, et ils faisaient du thé sur un réchaud à alcool.

Quant à Michaël Rost, il habitait avec Berl Kanfer au doigt écrasé, que l'on surnommait à l'Ahdout « Berl le puceau ». Leur chambre du sous-sol était étroite et longue comme un couteau, et la fenêtre donnait sur une petite cour haute et carrée où était emprisonnée, hiver comme été, une grisaille anémique et monotone. Selon les heures du jour, il y flottait une odeur de lessive, de langes de bébés en train de sécher, de cuisine, agrémentés de bruits de chiens et chats, pleurs de bébés, cris de femmes, empoignades et commérages d'une fenêtre à l'autre. Avant midi, la cour résonnait de coups sur la literie, de nuages de poussière et de puces, vers le soir on entendait parfois la voix jeune d'une domestique chantant sur sa jeunesse et les prairies de son village. Les générations avaient beau se succéder, le temps dans cette cour semblait suspendu et stagnant, la vie bouillonnante, avec son agitation, ses allées et venues, paraissait lointaine, comme dans un autre monde. Et Michaël Rost, qui parfois dans l'après-midi s'asseyait à la fenêtre pour apprendre la langue du pays, se sentait assiégé par la chambre de sa logeuse pleine de vieux meubles, de bébés, de cris, de puanteur. Alors il levait la tête de son livre et se disait avec un plaisir ineffable que sa vie à lui ne dégagerait pas l'ennui émanant d'habitudes immuables. Il savait déjà qu'aucune situation ne lui ferait peur et qu'il lui faudrait vivre jusqu'au bout le moindre sentiment et soumettre son corps souple et élancé à toutes les expériences de la vie.

À la nuit tombée, Berl Kanfer revint dans la chambre, de bonne humeur. Il venait de toucher l'argent de la Sécurité sociale et invita Rost à partager avec lui le repas qu'il avait apporté : du saucisson, du beurre et du fromage. Les joues pleines de Kanfer étaient un peu rougies et il mastiquait avec un plaisir évident.

« J'ai oublié de te raconter, dit-il en mâchant, que Reizel a demandé de tes nouvelles. Elle m'a donné un petit mot pour toi.

– Reizel ?

– Oui, la petite brunette de chez Ahdout. »

Rost lut le petit mot plein de fautes d'orthographe où Reizel lui donnait rendez-vous à huit heures au coin de la rue Untel.

« Je n'irai pas, dit Rost, catégorique.

– Une fille pareille, et moi, elle ne m'a pas invité.

– Vas-y à ma place si ça te chante.

– Tu plaisantes.

– Non, pas du tout. Dis-lui que je suis occupé ce soir, ou tout ce qui te passe par la tête, ça m'est égal. »

Berl Kanfer s'empressa d'achever son repas. Il changea

de cravate, graissa sa tignasse rousse, brossa ses vêtements et son chapeau et fut fin prêt. Avant qu'il sorte, Rost le délesta au passage d'une somme rondelette, un emprunt qu'il ne se serait pas permis à un autre moment.

La bonne humeur de Berl Kanfer dura encore deux jours après cet épisode. Après quoi son visage s'assombrit et sa démarche devint chancelante comme celle d'un marin. Il tourna plusieurs fois autour de Rost comme s'il voulait lui dire quelque chose et finit par exploser :

« Quelle vieille putain ! Il faut la dénoncer à la police ! »

Surpris, Rost resta un instant silencieux, puis il éclata d'un rire sonore.

« Une bonne affaire !

– Pourquoi tu ris, sale bête ! Tout ça est ta faute !

– Ma faute ? Comment ? Je ne la connais pas du tout ! Je ne lui ai jamais adressé la parole ! Va vite chez le médecin !

– J'y suis allé.

– Et ?

– Un traitement de deux à trois mois.

– Alors ce n'est pas si grave ! Tu t'en es tiré à bon compte.

– À bon compte, oui, c'est ça ! ricana Kanfer. Il faut que je souffre à ta place ! C'est toi qui avais rendez-vous, tu devais y aller ! Pourquoi tu envoies les autres à ta place ?

– Personne ne t'a obligé. Tout plaisir mérite sa peine. »

Sur ces paroles, Berl Kanfer s'étendit sur son lit, déprimé.

Par la suite, Yasha d'Odessa raconta les faits à quelques habitués de l'Ahdout et à Fritzi la grosse. Il conclut avec son grand rire de baryton : « Quel filou, ce Rost ! Il va finir sur l'échafaud ! » A peine quelques jours plus tard, Reizel n'était plus parmi les servantes de l'Ahdout, et Reb Hayim Schtock s'absenta tous les après-midi à heure fixe. Il souffrait d'un « dérangement d'estomac » qui exigeait un traitement de deux à trois mois.

2

Le printemps était déjà à son apogée. La ville et sa population semblaient apprêtées pour une occasion particulière. Les femmes étaient plus belles, plus coquettes dans leurs robes lilas et bleues. Les terrasses des cafés étaient peuplées de gens oisifs, maîtres de leur temps et de leurs actions du matin au soir, dans un entre-soi qui excluait les autres. Ils appartenaient pour la plupart à la même classe sociale, soucieux de leurs besoins frivoles, de leur confort et leur plaisir. Les autres travaillaient pour eux, ils étaient oisifs, souvent en proie à un ennui profond qui ne les quittait pas. Ils connaissaient déjà ce qui était permis et avaient goûté à ce qui est interdit. Et les voilà assis par un après-midi de printemps à la terrasse des cafés, des musiciens dédiaient à leur ennui des valses douceâtres et mélancoliques, tandis qu'ils cherchaient à combler leurs soirées vides d'excitations inédites.

Rost se rappela les derniers jours dans la rue de son enfance où, des premières lueurs de l'aube jusqu'au soir, s'étirait une longue file de charrettes de paysans chargées de betteraves pour la fabrique de sucre à l'autre bout de la ville. Des charrettes attelées à deux petits chevaux essoufflés, en sueur, le grincement de l'effort et les paysans qui marchaient de part et d'autre, lentement, soumis, fumant un tabac âcre, mastiquant du pain bis tartiné de saindoux ou des biscuits mous jaune verdâtre, safranés, le tout dégageait l'impression d'un labeur incessant, épuisant, de l'homme et de l'animal ensemble, un labeur qui n'avait ni début ni fin. Des garçons faisaient le guet de part et d'autre de la rue pour ramasser les betteraves orange foncé qui tombaient des charrettes. Certains étaient équipés de gaules à l'extrémité cloutée avec lesquelles ils partaient à la pêche à la betterave. Il leur arrivait d'être surpris en train de voler, alors ils prenaient la fuite à travers jardins, ruelles et passages, sous les cris des paysans qui ne parvenaient jamais à rattraper ces garnements au pied léger. Et les charrettes de betteraves se suivaient sans répit, jour après jour, à un rythme immuable, depuis les champs lointains jusqu'à la fabrique qui émettait son sifflement matin, midi et soir, ponctuait le temps pour les habitants de la ville qui n'avaient pas de montre, et le harnais s'enfonçait dans le poitrail et les côtes des chevaux, le frottement râpait le poil et laissait la peau nue.

Affamé, il marchait dans le centre-ville. Ces derniers temps, il habitait dans l'unique chambre d'une vieille de soixante-quinze ans, édentée et presque chauve. Il dormait sur le canapé, et la vieille sur un double lit en bois massif, aux dossiers arrondis comme des roues, où s'entassaient des piles de couvertures, et avec, entre deux fenêtres, un canari dans une cage. Une vague odeur de bois pourri, de café refroidi et de vieillesse flottait en permanence dans la chambre. On voyait par la fenêtre une grande place avec une pompe et un abreuvoir. Il s'y tenait un marché trois fois par semaine le matin, les femmes passaient avec des sacs pleins de légumes. Mais dans l'après-midi la place se vidait, des adolescents y jouaient au football et des pigeons picoraient des restes.

La vieille se préparait à aller dans une maison de retraite. Elle attendait son fils qui devait s'occuper de l'appartement et des meubles. Et pendant ce temps, elle exigeait jour et nuit la pension de Rost qui la menait en bateau en lui disant qu'il attendait incessamment l'argent que ses parents lui avaient envoyé par la poste. Elle lui offrait parfois un café insipide qu'elle préparait pour toute la semaine et lui racontait de sa bouche édentée des bribes d'histoires sans lien entre elles, sur la mort de son mari vingt ans plus tôt et son veuvage. Tout en parlant, elle lançait des regards fatigués au petit Jésus de bronze sur sa croix au-dessus du double lit, avec sa tête squelettique inclinée sur son épaule. Elle disait : « Bientôt, mon heure viendra aussi. Ces vieux os pourris ne méritent rien. Tout est déjà prêt. Ce sera un bel enterrement. »

Rost ne supportait pas l'odeur de mort et passait très peu de temps à la maison.

Un jour, devant la vitrine d'un magasin de vêtements, son regard se fixa sur un costume gris clair porté par un mannequin de cire au visage stupide. Le vêtement de Rost était déjà usé, il était temps de le changer.

« Lequel de ces costumes vous plaît ? » lui demanda quelqu'un à côté de lui. Rost se retourna. Un homme moustachu lui sourit.

« En quoi ça vous regarde ?

– Je ne voulais pas vous vexer. Je pense qu'un tel sujet ne

mérite pas plus d'attention que dix à quinze minutes, entre le choix, l'essayage et le paiement.

– Très intelligent », persifla Rost en observant l'étranger.

L'homme paraissait sympathique et plutôt séduisant sans être pesant.

« Je suis quelqu'un de pragmatique, dit-il, si vous me le permettez.

– Et si on n'a pas d'argent ?

– Ah, l'argent ! Vous croyez que c'est l'essentiel pour acheter un costume. »

Rost se remit en marche. L'homme marcha à ses côtés. Le boulevard était plein de monde à cette heure-là de l'après-midi, peuplé de capitaines tirés à quatre épingles et de femmes élégantes. Des airs de valses doux et mélancoliques s'échappaient des cafés et se fondaient dans le bruit de la rue.

« Vous fumez ? demanda l'homme.

– Quand j'ai du tabac.

– Voulez-vous que nous nous installions ici ? » demanda-t-il en montrant un café chic devant lequel ils passaient.

Rost but un chocolat et mangea des gâteaux. « Puis-je commander un autre gâteau ? J'ai un peu faim. »

Assis en face de lui, l'étranger le regarda manger avec appétit. Il avait un visage intelligent, le front dur, carré, énergique et même peut-être un peu têtu. Sa chevelure épaisse, taillée en brosse au-dessus du front, grisonnait légèrement sur les tempes. Il avait la quarantaine. « Quant au costume », reprit l'étranger en hésitant. Rost finit de manger. Une certaine lassitude se répandit dans ses membres. Il y avait longtemps qu'il n'avait pas mangé de telles quantités de nourriture.

« Quant au costume ?

– Vous pouvez l'avoir évidemment. Rien n'est plus simple ! Vous entrez, vous l'essayez et vous l'achetez. »

Rost l'observa attentivement. Quel homme étrange ! Soit il n'avait pas tous ses esprits, soit il avait de mauvaises intentions. Quoi qu'il en fût, mieux valait attendre la fin. Il n'était pas homme à reculer devant l'aventure. N'était-ce pas la raison de son départ vers le vaste monde ?

« La chose vous semble bizarre, dit l'homme comme s'il lisait dans ses pensées, parce que cela ne se fait pas. Reconnaissez-le. Mais c'est justement la raison ! Mes actions ne se mesurent pas à l'aune des habitudes. J'obéis à d'autres lois qui sont les miennes », et il tendit un paquet de cigarettes à Rost. « Vous n'avez rien à faire avec les sots, mon jeune ami. Cela se voit au premier coup d'œil. Vous voulez commencer une nouvelle vie. C'est facile et difficile à la fois, cela dépend du point de départ. Moi aussi un jour, je suis parti de rien, comme vous à votre âge. Comment pensez-vous commencer, si je puis me permettre de vous le demander ?

– Je ne sais pas encore. J'attends la bonne occasion.

– Bien. Disons qu'aujourd'hui vous changez votre apparence. À commencer par un costume pour finir par une belle chambre. Est-ce que cela vous semble une bonne occasion ?

– Je crois que oui.

– Et dans trois jours, jeudi prochain, venez ici. À la même heure qu'aujourd'hui. »

Il se présenta comme Peter Dean, puis appela le garçon et paya l'addition. Quand ils sortirent du café, le soleil était déjà au-dessus des immeubles. Ils entrèrent dans les magasins. Peter Dean ne regardait pas à la dépense. Il acheta ce qu'il fallait, de la meilleure qualité, avec le goût averti d'un homme du monde, sans oublier d'acheter aussi une belle valise. Puis il remit à Rost un billet de cent couronnes et le quitta. « Trouvez une belle chambre et rendez-vous comme promis jeudi prochain au café. »

Rost prit le tram et se rendit avec sa valise pleine chez la vieille au canari et au petit Jésus squelettique. Le lendemain matin, il annonça qu'il n'avait pas l'intention d'attendre le départ de sa logeuse à la maison de retraite. La vieille en fut désolée, elle s'était habituée à lui, dit-elle, et même s'il ne pouvait pas la payer dans l'immédiat, elle était prête à attendre. Peu importait le retard. Rost lui répondit : « Au revoir, Frau Messerschmidt, je m'en vais changer de peau ! »

Il se dirigea vers un quartier tranquille du centre-ville, avec ses immeubles respectables, protégés et silencieux. Des habitations bourgeoises, cossues, dont les montants de porte ne comportaient pas les annonces habituelles de « chambres à louer » si nombreuses dans les quartiers pauvres. Il longea des rues assoupies où le tumulte de la grande ville était assourdi et lointain. Après la visite d'une ou deux chambres qui ne lui convenaient pas, il sonna au deuxième étage d'un immeuble.

La plaque en laiton portait le nom de Georg Stift. Une femme d'environ trente-cinq ans, plutôt jolie, lui ouvrit la porte. « C'était la chambre de mon beau-frère, dit-elle comme pour s'excuser. Il est parti étudier à Heidelberg. »

C'était une pièce spacieuse, meublée avec goût, aérée par la brise d'un après-midi d'été. Les deux fenêtres donnaient sur la rue tranquille et étaient garnies d'épais rideaux bordeaux. La logeuse suivait les mouvements de Rost avec un sourire charmant. Hongroise ou italienne, se dit Rost. Il loua la chambre.

Frau Stift lui dit : « Faites comme chez vous. Si vous avez envie de jouer du piano, vous pouvez disposer à votre guise de celui du salon. »

Dans l'après-midi, Rost emménagea dans la chambre. Après quelques petites emplettes et le loyer mensuel de la chambre, il lui restait une vingtaine de couronnes. Il sortit vers le soir et la ville lui parut différente. Elle semblait plus ouverte, la vie y était moins confinée que dans la basse ville où tout se concentrait sur un seul point, un seul endroit où se nourrir, si bien que tout le reste devenait immatériel. Autour de lui, les choses s'imposaient au regard. Une angoisse diffuse se dissipa, son œil se libéra, devint plus perspicace, le cœur plus léger. Le soir s'étendait peu à peu sur les rues. Les rideaux de fer des vitrines s'abaissaient. Les lettres colorées des publicités au néon clignotaient. Des trams pleins d'employés et de commis de magasins partaient du centre vers les faubourgs. Rost marchait sans se presser dans sa nouvelle peau, prêt à s'ouvrir au soir à travers tous ses pores. L'eau du canal s'assombrissait pour y accueillir la nuit.

À l'Ahdout, les tables étaient déjà mises pour le soir. Reb Hayim Schtock passait de salle en salle avec sa démarche lente et honorable, les mains dans le dos, Malvina derrière le bar servait de l'eau-de-vie et des bocks de bière. Deux serveurs avec leur kippa noire aplatie comme un ravaudage sur la mèche de cheveux, et veste blanche presque propre, s'occupaient des premiers clients et criaient avec un accent hongrois en direction des cuisines : « Un cou farci, une côte de bœuf, de la purée ! » et à Malvina : « Du vin blanc à l'eau pétillante ! » et à la cantonade : « Attention, de la sauce ! »

Dans le salon de thé, séparé de la salle par une cloison en verre opaque à hauteur d'homme, toute une compagnie était réunie autour d'une table : Yasha d'Odessa avec Fritzi la grosse, Arnold Kroyn le grand ténor, Markus Schwartz le dramaturge, Berl le puceau qui tirait sa subsistance de son doigt écrasé, Micha l'anarchiste qui contrait ses interlocuteurs par un « Je crache sur tout », et un individu noueux, osseux, borgne, dont l'unique œil sain était petit, noir et perçant comme une pique. Rost le voyait pour la première fois.

La compagnie avait déjà vidé quelques verres d'eau-de-vie et on était d'humeur joyeuse.

« Voilà Heno ! dit Yasha d'Odessa de sa voix de baryton. Ça fait une éternité !

– Voyez-moi ce dandy ! s'écria la grosse Fritzi. Tu as dévalisé une banque ?

– Tire une chaise ! dit Yasha en chef de bande. Qu'est-ce que tu veux boire ?

– Je paie la tournée. Alfred, de la gnole pour tous ! Et un bout de hareng, de la meilleure qualité !

– Je vous ai bien dit qu'il avait dévalisé une banque ! »

Markus Schwartz passa la main dans sa mèche de cheveux. Son foulard voletait au vent comme un oiseau noir exotique.

« D'ici deux semaines, tout sera décidé, dit-il en s'adressant à Berl Kanfer et à Micha l'anarchiste. Quand *La Roue de la fortune* montera sur les planches. Je vous régalerai de champagne ! On fera la noce !

– Ne me raconte pas d'histoires ! » l'interrompit Micha l'anarchiste.

Le borgne buvait en silence et surveillait tout. Son regard s'attarda sur Rost assis en face de lui. Il l'examina d'un air curieux qui mit ce dernier mal à l'aise.

L'homme avait fait son apparition à l'Ahdout depuis quelques semaines. Personne ne savait d'où il venait, qui il était ni ce qu'il faisait. On l'appelait Jan, mais on ignorait son vrai nom. Il se taisait la plupart du temps et ne se mêlait à aucune conversation. Quand il trouvait des partenaires, il jouait aux dominos ou aux cartes dans une arrière-salle spéciale dont la porte donnait sur le couloir, et la fenêtre sur la cour. Il gagnait presque toujours. On sentait une rivalité larvée entre lui et Yasha d'Odessa qui attendait la bonne occasion pour lui briser les os. Mais Jan lui échappait sans cesse et ne répondait pas à ses provocations. Il faisait semblant de ne pas l'entendre et paraissait s'amuser en toute innocence avec un couteau qu'il avait tiré de sa poche.

Le restaurant s'emplit de bruits de couverts, de bavardages, de rires et d'appels. À l'extérieur, par les fenêtres ouvertes, on entendait des enfants qui jouaient, les aboiements de chiens qui se battaient, le son rouillé d'un harmonica lointain. Assise face à Rost, Fritzi la grosse le mangeait des yeux. Ce dernier fit semblant de ne rien remarquer.

« Quand vas-tu te marier, petit Rost ?

– Bientôt, lui répondit-il en riant.

– Une brune ?

– Bien sûr. Une brune comme toi. »

Fritzi était blonde comme les pelures d'oignon.

« Il faudrait marier d'abord Berl le puceau, dit Yasha. Il ne peut plus attendre.

– Il ne veut pas de brune, dit Fritzi en riant. C'est Reizel ou rien. »

Embarrassé, Berl sourit sans rien dire.

« Jan, espèce de peste éborgnée, chante-nous une chanson ! plaisanta Yasha en provoquant des rires autour de lui. Notre ténor a oublié sa voix à la maison. »

Jan lui décocha un regard perçant de son œil unique et se tut. Ils burent un verre, puis Yasha proposa de jouer au vingt-et-un. Ils allèrent dans la salle de jeu et fermèrent la fenêtre. Jan sortit de sa poche un jeu de cartes usées.

« Non, le borgne, dit Yasha. On va en prendre d'autres. »

On envoya Berl Kanfer chez le serveur, il revint quelques

minutes plus tard avec des cartes neuves. Ils jouèrent à quatre : Jan, le ténor, Yasha et Rost. Assis derrière eux, les autres regardaient. Jan commença par perdre. Il distribua les cartes en silence. Par moments, il lançait un regard mauvais à Rost devant lequel les piles de monnaie s'accumulaient.

« Il reste combien à la banque, compta Rost, dix-sept, vingt et un, le tout ! Carte ! » Jan lui donna dix. « Assez ! » Il prit une carte, c'était un huit, il empila. Il avait vingt-trois, mais Rost ne faisait que quatorze avec ses trois cartes, par conséquent il gagna. Il ramassa les piles de monnaie et les glissa dans sa poche.

« Tu ne joues plus ? » lui demanda Jan.

Non, il ne voulait plus jouer. Peut-être une autre fois. Il salua la compagnie et partit. Il venait de gagner une quarantaine de couronnes.

Rost marchait lentement dans la nuit, le long de rues faiblement éclairées, et se disait qu'il était bien facile de gagner de l'argent et qu'une fois dans la poche il perdait toute valeur ! Il y a quelques jours à peine, il était sans le sou et son seul espoir était le café froid de la vieille Frau Messerschmidt qui dégageait une odeur de mort et de déclin, et voilà qu'il avait une chambre luxueuse dans la maison d'une jeune et belle femme, de beaux habits et, dans sa poche, quelque menue monnaie.

Après avoir traversé le pont au-dessus du canal dont les eaux sombres renvoyaient le reflet tremblotant des becs de gaz comme des traînées de graisse jaune, et s'être dirigé vers une des rues du centre-ville, Rost entendit derrière lui des pas rapides. Aussitôt après, quelqu'un le saisit par le bras. Il se retourna et vit Jan avec sa vilaine tête osseuse et son œil fermé enfoncé dans son orbite.

Il rejeta avec dégoût la main qui s'était posée sur lui.

« Qu'y a-t-il ?

– J'ai perdu une trentaine de couronnes.

– C'est possible.

– Tu vas me rendre tout de suite cet argent, dit Jan tranquillement.

– Est-ce que tu rends l'argent de ceux qui ont perdu face à toi ?

– Non.

– Et tu crois que je vais te le rendre ?

– J'en suis sûr.

– Tu te trompes. »

Ils se trouvaient au coin d'une rue, devant une librairie dont les vitrines éclairées par un lampadaire exposaient de grands livres. Sur la gauche se trouvait une petite rue mal éclairée.

« Tu vois cet œil ? dit Jan en montrant le trou vide sur son visage. Quiconque jette de la poudre aux yeux se retrouve mort. Transpercé. »

Rost voulut s'en aller.

« Attends, mon ami ! Nous n'avons pas fini », fit Jan en lui saisissant le bras de sa main osseuse comme des tenailles.

– Lâche-moi.

– Rends-moi l'argent, espèce de chien.

– Lâche-moi et je te le rendrai ! »

Brusquement, Rost colla son poing de toutes ses forces sur l'œil valide de Jan. Il eut à peine le temps de l'entendre gémir en couvrant son visage de ses deux mains. Rost prit la fuite et tourna dans la ruelle mal éclairée, il courut pendant dix minutes en zigzaguant d'une rue à l'autre, puis il ralentit. Il n'y avait personne derrière lui.

Il a eu une bonne leçon ! se dit-il en reprenant son souffle. Arrivé à proximité de la Schottentor, il se dirigea vers le Ring et décida de rentrer à pied. C'était une soirée de printemps tiède et parfumée comme un vin capiteux. Sa main droite gardait la mémoire confuse du choc avec les os de Jan. Il éprouvait une légère répulsion au souvenir du corps à corps avec cet homme peu sympathique. Ni le coup de poing ni la course à travers les rues n'avaient calmé son ardeur décuplée par cet événement. Il avait besoin de se dépenser encore pour se détendre.

Il commença par aborder un policier pour lui demander la direction d'une rue dont il n'avait pas besoin. Le policier lui indiqua le chemin avec politesse et précision, mais Rost n'écouta pas ses explications. Puis il entra dans un café et mangea une côte de veau froide accompagnée d'une bière. Une jeune femme très maquillée, assise seule à une table proche, le regarda avec insistance et lui sourit d'un air engageant. Rost ne lui répondit pas, il paya et sortit. La rue où il habitait n'était pas loin. Il reprit le Ring, traversa le jardin de la place Karl où de jeunes couples flirtaient sur des bancs ombragés et contourna l'église dont la forme se dessinait dans le ciel gris. Devant la porte de sa maison, il croisa sa logeuse, Mme Stift, accompagnée d'une jeune fille élancée d'environ seize ans. Elle la présenta en souriant :

« Ma fille, Erna.

– Votre fille ? s'étonna Rost. Je croyais que c'était votre sœur.

– Comme vous le voyez, je ne suis plus très jeune, dit Mme Stift avec coquetterie.

– Non, je ne le vois pas. »

On entendit un cliquetis de clés de l'intérieur et le portier ouvrit le portail. Ils montèrent ensemble au deuxième étage. Une fois la lumière allumée dans le couloir, Rost lança un coup d'œil à Erna qui ne le gratifia pas du moindre regard. Elle avait de superbes yeux bleus et des cheveux noirs comme le jais. Rost leur souhaita une bonne nuit et se retira dans sa chambre. Il nota qu'au lieu de lui répondre, Erna avait fait une grimace de mépris.

Il était près de onze heures. Rost n'était pas encore fatigué. Il fit les cent pas dans la chambre, inspecta ses meubles et des photographies montrant des femmes du XIXe siècle et un capitaine de hussards moustachu. Puis il s'approcha de la fenêtre et regarda la rue déserte où coulait secrètement la nuit de printemps. La rumeur de la ville paraissait lointaine, ouatée, irréelle. Dans l'immeuble d'en face, les lumières de deux fenêtres s'éteignirent. « Ah, il faut se coucher ! » se dit Rost, plutôt déçu. Au même moment, on frappa à sa porte. C'était Mme Stift, elle s'arrêta sur le seuil, enveloppée dans un peignoir orange qui moulait son joli corps. « Je voulais vous demander si vous n'aviez besoin de rien d'autre. La domestique dort déjà. » Un joli sourire déconnecté de ce qu'elle disait éclairait son visage.

Rost était troublé. « Besoin de quelque chose… euh… »

Souriante, Mme Stift s'attardait devant la porte. Elle était chaussée de mules à talons hauts et serra les pans de son peignoir autour de son corps.

Rost lui avança un fauteuil près de la table. « Prenez la peine de vous asseoir », lui dit-il. Elle entra et s'installa sur le canapé.

« Je vous dérange ? Vous vouliez vous coucher peut-être ?

– Non, je vous en prie ! Le plaisir est pour moi, je n'ai pas du tout sommeil !

– Sauf exception, quand mon mari est à la maison, nous nous couchons toujours à onze heures. Il aime l'ordre.

– Où est-il en ce moment, si je puis me permettre ?

– Il est parti pour trois semaines à Klagenfurt, pour ses affaires. Asseyez-vous, ne restez pas debout. »

Rost approcha une chaise du canapé et s'assit en face d'elle.

« J'aime m'attarder la nuit », dit Mme Stift en souriant. Elle arrangea d'un air faussement distrait son peignoir autour de ses hanches. Rost entrevit à la dérobée l'éclat d'un dos nu sous le déshabillé. Il sentit un frisson parcourir sa colonne vertébrale, hésita, voulut parler, dire une chose stupide, mais les mots restèrent coincés dans sa gorge, il sentit une boule dure l'étrangler. Mme Stift lui lança un regard brûlant tout en continuant de lui sourire. Soudain, il faisait très chaud dans la pièce, mais Rost claquait des dents. Le silence devint pesant. Rien ne bougeait. Brusquement, Rost s'arracha à sa place, à son immobilité, se redressa, fit quelques pas vers le milieu de la chambre, se ravisa et revint s'asseoir. Il murmura d'une voix étranglée : « Bien sûr ! », un mot orphelin, mollement suspendu en l'air, hors contexte. Puis il se surprit en train de sourire et se mit en colère contre lui-même.

« Vous êtes sûrement de Hongrie, dit-il d'une voix haut perchée.

– Pourquoi de Hongrie ?

– Comme ça. Une supposition.

– Mes parents sont de Trieste », dit-elle en s'appuyant au dossier.

Rost ne quittait pas des yeux sa bouche charnue, son cou et sa poitrine dégagés, en forme de triangle aigu.

« Comme vous êtes jeune ! ajouta-t-elle.

– Pas tellement. J'ai dix-neuf ans. »

Il se vieillit d'un an, de crainte qu'elle ne le trouve trop jeune et le dédaigne.

« Asseyez-vous ici, sur le canapé », lui dit-elle brusquement.

Rost lui obéit. Elle approcha son visage tout près du sien et le regarda dans les yeux. « Mon grand enfant ! » lui murmura-t-elle d'une voix rauque et, brûlante de passion, elle colla ses lèvres charnues, humides, enflammées, sur celles du jeune homme. Le baiser dura une éternité et laissa Rost à bout de forces.

Mme Stift se retrouva soudain nue, son peignoir avait glissé au pied du canapé. Elle se dressa devant lui, grande et nue, avec sa chair d'une blancheur éblouissante. Rost tomba à genoux et enfouit son visage dans ce feu blanc. À cet instant-là, il aurait pu beugler comme un bélier égorgé, tuer quelqu'un ou se tuer lui-même. Il se hissa le long de ce corps tressaillant, couvrit de baisers la saillie du ventre, prit dans sa bouche ses tétons et souhaita mourir ainsi. Mais Gertrude Stift lui pencha la tête en arrière et murmura, bouche contre bouche : « Déshabille-toi, chéri, mon grand enfant ! » Elle s'approcha de la fenêtre ouverte et tira l'épais rideau. Puis elle s'étendit sur le lit. Rost se déshabilla maladroitement et lança ses vêtements sur le tapis, puis s'avança, nu et magnifique, vers la femme qui l'attendait.

« Laisse-moi te regarder, mon amour, lui chuchota-t-elle, embrasée. Tu es beau comme un dieu ! » et elle l'attira vers elle. Un corps de femme tendre, chaud et frémissant se colla tout contre lui, réduisant le monde – depuis sa création jusqu'à la fin des temps – à cette seule présence et aux seules lois de la vie et de la mort. Ils se caressèrent, se griffèrent et se mordirent, se piétinèrent comme s'ils voulaient s'anéantir en se fondant l'un dans l'autre, jusqu'au moment où leurs corps enflammés s'entrelacèrent dans un ultime soubresaut semblable à celui de la mort. Puis ils se caressèrent de nouveau, le visage rayonnant. Une douce fatigue se répandit dans leurs membres, ils se sourirent, leurs yeux repus de la vision de leurs jeunes corps.

Gertrude promena ses doigts sur son corps musclé et long. « Comme c'est étrange, dit-elle, il y a deux jours à peine, nous ne nous connaissions même pas. Ton existence au monde m'était inconnue, comme tu ignorais la mienne, et voilà que nous nous aimons tellement. J'ai l'impression de vivre un rêve. » Elle l'enlaça et pressa contre lui ses seins ronds et frémissants comme des créatures douées d'une vie indépendante. « L'unique bonheur, la quintessence de la vie, est un péché ? Celui qui l'a pensé était fou, sot et niais ! Un péché ? La seule chose qui nous reste au monde, un péché ? C'est une vision si étriquée et stérile ! J'assume un tel péché avec joie et je veux bien le payer de ma vie. »

Une horloge lointaine sonna trois coups réguliers, la nuit était tiède, elle coulait sans bruit dans la rue endormie. L'ampoule suspendue au plafond diffusait une douce lueur orangée sur les deux corps brûlants, taches blanches sur le lit, avec l'édredon rouge qui couvrait à peine leurs pieds et retombait par terre.

« Raconte-moi ta vie, mon amour, raconte ton enfance. J'aime ta mère sans l'avoir connue, parce qu'elle t'a mise au monde, mon amour, et j'aime ton père.

– Mon père est enseignant. Il a un front clair et des yeux intelligents. Il sait beaucoup, mais le montre peu. Ma mère est grande, blonde et belle. Ma jeune sœur lui ressemble. Elle n'a pas encore de cheveux blancs et est amoureuse de mon père comme au premier jour. »

Il décrivit à son amante le grand fleuve qui traversait sa petite ville : l'hiver venu, il se couvrait de glace et les jeunes gens patinaient dessus, la neige atteignait un mètre de haut et les paysans chaussaient tous des bottes, hommes, femmes et enfants.

« Pourquoi as-tu quitté ta maison ?

– Je voulais découvrir le monde et les gens. »

Ils restaient couchés, s'aimaient de nouveau, se fatiguaient et s'endormaient un moment, puis se réveillaient, et ainsi jusqu'à l'aube qui bleuit les fenêtres. Gertrude Stift se redressa.

« Il faut que je te quitte. Je voudrais tellement rester avec toi, mais la vie nous dicte sa loi. Repose-toi et reprends des forces, mon amour, jusqu'à ce soir ! » Elle l'embrassa sur la bouche, s'enveloppa dans son peignoir et quitta discrètement la chambre. Rost plongea dans un sommeil profond où s'agitait Jan le borgne, pleurant, suppliant et menaçant de son œil unique comme un grand couteau, se transformant soudain en Gertrude Stift, toute nue, coiffée d'un étrange chapeau dont la longue plume lui chatouillait la poitrine, la bouche, et lui arrachait des rires sauvages.

Ce fut un de ces rires qui le réveilla. Sa montre indiquait midi et demi. Le soleil filtrait à peine à travers les rideaux épais et la chambre était plongée dans la pénombre. Rost se souvint de la nuit passée qui lui parut aussi irréelle qu'exagérée. Un sourire désinvolte se dessina sur son visage. Il fit un saut vers ses vêtements qui formaient un tas sur le plancher et s'habilla rapidement. Puis il écarta les rideaux et la chambre fut inondée d'une clarté chaude, juteuse et pleine de vie. Il entendit tout près une fine voix de femme chanter une chanson joyeuse et, plus loin, la rumeur de la ville. Comme il était bon de vivre, de respirer l'air par une journée aussi belle. Rost se sentit jeune, sain, libre, prêt à se lancer à la conquête du monde. Rien ne pouvait lui résister. Tout était proche, à portée de main, prêt à se laisser conquérir.

Dans le couloir, il tomba sur Erna Stift qu'il salua d'un grand sourire. L'adolescente marmonna quelque chose et voulut s'en aller. « Vous ne répondez pas quand on vous salue ? » lui lança-t-il, amusé. Erna s'arrêta et tourna la tête vers lui.

« Quel toupet !

– Si vous pensez que c'est du toupet, je ne vous saluerai plus.

– Je ne vous connais pas. Qui êtes-vous donc !

– Moi ? Nigaud von Rost de Kreltein, madame…

– Quel idiot ! » lui lança Erna et elle s'enfuit dans sa chambre.

Rost éclata d'un rire bruyant. La porte du salon s'entrouvrit et Gertrude Stift passa la tête.

« Pourquoi ris-tu comme ça ?

– Je me suis souvenu d'une blague. »

Elle lui fit un clin d'œil, il s'approcha d'elle, elle lui tendit ses lèvres, chuchota : « À ce soir, mon amour ! » et referma la porte.

3

À l'heure dite, Rost s'assit à une table près de la vitre du café. Il regarda le mouvement de la foule et des voitures dans la rue animée, les trottoirs humides et brillants après la pluie qui semblait avoir cessé, car les stores étaient remontés. Rost était intrigué. Il était impatient de connaître l'homme étrange avec lequel il avait rendez-vous, sa personnalité, l'enchaînement des événements qui l'avaient conduit jusqu'à lui. Mais sa curiosité était distante comme s'il ne s'agissait pas de lui. Il était évidemment impatient de savoir la tournure que prendrait sa propre vie, était conscient du rôle de la volonté, mais aussi de la chance toujours imprévisible.

Peter Dean entra. Il aperçut Rost et lui sourit de loin, pardessus les tables des clients. Puis il s'assit confortablement face à Rost. Il coupa à l'aide d'un canif le bout d'un gros cigare qu'il mit entre ses lèvres et alluma. L'odeur agréable se mêla à celle du café fumant.

Rost éprouva soudain de l'amitié pour l'homme assis en face de lui, avec ses petits yeux intelligents, en train de siroter son café entre deux bouffées de cigare. L'image de poteaux télégraphiques dans une nuit sombre brilla devant ses yeux. Puis il lui raconta brièvement la chambre qu'il avait louée, ne dit rien de sa relation intime avec la propriétaire que désormais il appelait Gertrude, sans ajout du nom de famille. Peter Dean l'écoutait en silence.

Dans l'alcôve formée par la fenêtre voisine, un couple se disputait à voix basse, avec une colère contenue. Rost ne voyait que le visage empourpré de la femme, embelli par l'émotion. Elle parlait vite, nerveusement, avalait la moitié des mots, écrasait les syllabes, pleine de venin et de fureur. Il n'en comprenait pas le sens. Son interlocuteur qui tournait le dos à Rost l'interrompait ici et là, d'un simple mot.

Dean lui demanda :

« Qu'est-ce qui vous intéresse en particulier ?

– Tout. Je suis curieux de tout.

– Vous voulez étudier ?

– Étudier quoi ?

– Je ne sais pas, les sciences ou autre chose.

– Je n'ai pas de préférence. Quant aux convenances, je m'en passe.

– Celui qui veut échapper aux lois de la société doit pouvoir imposer ses propres lois. Mon père n'était pas pauvre, mais il m'a dit : il appartient à chacun de se construire, petit chenapan ! Alors, je suis allé à la découverte du monde.

– Où ?

– Aux quatre coins du monde. D'abord en Amérique avec mon baccalauréat en poche, un billet de bateau et vingt pièces d'or.

– Sans votre père, seriez-vous parti ?

– Oui.

– Et ensuite ?

– Ensuite, je me suis fixé un but : cinq ans pour avoir mon premier million. J'ai fait la plonge dans un grand hôtel. Au bout de la quatrième année, j'avais mon million.

– Pas avec la plonge, j'imagine.

– Non... Le premier million est le plus dur. Les suivants viennent comme un troupeau de brebis derrière le berger. À votre âge, je me suis dit : l'être humain est sûrement fait pour s'ouvrir aux quatre vents, il faut juste connaître le mécanisme.

– Vous étiez pressé d'être riche ?

– Non, je voulais être libre et peut-être avoir du pouvoir. L'argent est une base importante. Se fixer un but est le refus de vivre au jour le jour.

– Alors que moi, je refuse de renoncer au moindre instant présent au profit d'un lendemain incertain.

– Bien sûr. On peut faire un voyage par amour du voyage et non pour arriver quelque part. Mais il faut tout de même acheter un billet.

– On peut voyager à pied aussi.

– Ça dépend des goûts. On ne peut pas aller très loin et, en plus, on se fatigue. »

Dean but un peu d'eau dans l'un des verres posés sur le plateau en nickel. « Le temps imparti à l'homme est limité et la plupart du temps il le gaspille distraitement pour ne pas se retrouver devant un vide total, avec pour horizon la certitude désespérée de la mort. »

Il pleuvait de nouveau. Sur l'asphalte, les gouttes semblaient tomber à l'envers, de bas en haut. Les chevaux des fiacres brillaient sous la pluie. Dean reprit : « L'homme est toujours seul, dans son chagrin, son ennui, sa joie, d'où sa boulimie solitaire qui le porte vers toute chose, y compris vers la mort. Le fondement de l'homme est la peur et tous ses efforts tendent à en détourner son esprit, à se cacher. »

Le café était plein. Les serveurs en veston blanc s'affairaient avec des plateaux portant verres d'eau, boissons, gâteaux, journaux. La musique se déversait de la salle voisine surélevée de cinq marches, elle était légère, nostalgique, en décalage avec le temps maussade et pluvieux. Le couple qui se disputait se leva et partit.

« Vous êtes un homme expérimenté. Croyez-vous qu'il faille avoir un but dans la vie ? » demanda Rost. Il pensait qu'il ne fallait pas en attendre monts et merveilles, que la vie se révélait pas à pas et qu'elle était intéressante. Si on lui avait demandé à quoi il aspirait de toutes ses forces, lui qui avait dix-huit ans, il eût été bien en peine de répondre. Il avait une énorme soif de vivre et une curiosité non moins grande, c'était tout.

« Qu'il en soit conscient ou non, l'homme aspire toujours à un but, lui répondit Dean. Chacun selon sa force et son courage. Surmonter des épreuves trempe le caractère, mais c'est temporaire et passager, rien de plus. Satisfaire ses appétits corporels apporte aussi une certaine satisfaction. Plus primaire, plus animale, tout comme l'amour qui y est associé. Je pense que la plupart des hommes d'action agissent parce qu'ils ont besoin d'agir, pour échapper à l'ennui et au vide engendrés par l'oisiveté. Le but n'est qu'un prétexte. Il existe une autre catégorie d'êtres humains, ils sont de nature passive, se contentent de regarder et se laissent guider par le hasard. Mais vous-même, comment pensez-vous gagner votre vie ? »

Rost, qui était de nature ardente et prêt à se donner totalement à ce qu'il aimait, avait aussi en lui une part de lucidité, un point lumineux dans une chambre sombre, qui éclairait ses actes et ses expériences au moment même où il les vivait.

« Je ne fais pas de projets à l'avance et je n'aspire à aucun but, répondit Rost.

– Pourquoi êtes-vous parti à la découverte du monde ?

– Par curiosité. Je veux connaître la vie, les gens, moi-même.

– C'est un but comme un autre.

– Je veux vivre aussi. Explorer tous les coins cachés. Je crois que j'appartiens à la catégorie de gens actifs. Ce n'est ni bien ni mal, mais juste un constat.

– Comment réglez-vous les détails matériels ?

– L'argent n'est pas un obstacle. Je ne crois pas que ce soit difficile d'en avoir quand il le faut, soit en travaillant, soit…

– Quoi ?

– Cela dépend de la personnalité. Je suis sûr de moi.

– Et pour vous, tous les moyens se valent ?

– Il y a des gens auxquels les lois habituelles ne s'appliquent pas. Elles ne sont pas faites pour eux. Vous l'avez dit vous-même.

– C'est facile à dire. Mais agir ainsi est une autre paire de manches !

– Je sens cette force en moi. »

Dean l'observa à la dérobée, puis son regard se perdit à l'horizon, vingt ans en arrière, vers ses propres choix. Faire la plonge n'avait pas été un travail facile, surtout quand le sang bouillonnait dans les veines, pressé de se lancer à la conquête du monde. Puis il y avait eu les longs voyages jusqu'aux confins du Canada et du Mexique, des rencontres nocturnes avec toutes sortes de créatures douteuses qui n'appartenaient à aucun groupe, à aucune nation, des créatures sans origines, sans traces. Et c'était là que se situait le cœur de l'épreuve humaine, là qu'il pouvait mesurer sa force et son courage. Il fallait aussi un peu de jugeote pour s'orienter dans l'enchevêtrement des indicateurs de police et des trafiquants d'opium et de haschisch.

Soudain, en repensant à cette époque-là, il éprouva une douleur, le souvenir lointain de quelques cicatrices douloureuses sur son corps. La nuit où il s'était battu avec un marin irlandais, ils s'étaient roulés par terre sur le quai d'un port, écumant de rage, tour à tour l'un au-dessus, l'autre au-dessous, et il avait senti par deux fois la pointe glacée d'un couteau dont le souvenir s'était imprimé en lui, et ce n'était pas la douleur que sur le moment il n'avait pas ressentie, mais le froid du métal. Puis, quand les derniers soubresauts du corps sous la pression de ses mains s'étaient apaisés, il était resté pétrifié, immobile, et s'était arraché à ce corps étranger, dont la transformation soudaine le révulsait. Alors, exténué, il avait éprouvé la douleur des coups de couteau, le sang qui coulait des blessures. Pour sauver sa peau, il fallait qu'il s'éloigne aussitôt de ce corps mort, mais une puissance démoniaque l'avait poussé à gratter une allumette et à regarder le visage immobile du mort dont l'œil droit curieusement resté ouvert laissait voir le blanc briller, tandis qu'un bout de langue dépassait de sa bouche. Avec ses dernières forces et malgré le dégoût qui le submergeait, il l'avait traîné jusqu'au bord du quai et l'avait poussé dans les eaux noires et grasses.

L'épisode avait laissé en lui l'écho persistant du bruit de l'eau qui s'était refermée sur le mort. Faible et abattu, il était resté un instant au bord du quai, entre les bateaux amarrés et assoupis, devant les gros navires immobiles comme les gigantesques stèles noires d'un vaste cimetière, il avait écouté le sourd mugissement des vagues et s'était soudain senti si seul, si désespéré, qu'il avait pensé au suicide. L'idée avait soufflé sur lui d'en bas, de l'endroit où l'eau avait englouti le marin, elle lui avait fait oublier ses douleurs, le danger de s'attarder là-bas et il avait eu des remords. Il n'avait pas trouvé en lui l'énergie de partir, de quitter ce corps mort qui se trouvait encore tout près de lui, à fleur d'eau, invisible à ses pieds. Il lui semblait que s'il s'éloignait, il emporterait avec lui cette solitude comme une blessure qui ne cicatriserait jamais.

Un lien secret et fort le clouait à cet endroit et au cadavre englouti. Il se tenait debout, penché en avant et regardait, fasciné, les eaux noires mais ne voyait rien. Soudain une longue plainte s'échappa d'un des navires et le fit frissonner. Il eut froid en pleine nuit d'été et commença à s'éloigner en courant, malgré sa faiblesse après s'être battu et avoir perdu du sang. Il ne reprit ses esprits qu'après avoir quitté le port et s'être engagé dans le dédale de rues.

Cette sensation l'envahissait à nouveau chaque fois qu'il se souvenait de l'épisode du port, mais elle finit par s'estomper avec le temps. Non pas qu'il éprouvât des remords, mais des liens invisibles l'enchaînaient au lieu où il avait supprimé la vie de son prochain dont le manque était la source même de ce sentiment de solitude, d'une vie pauvre et rétrécie.

Une prostituée pansa ses blessures avec des lambeaux de sa chemise, dans une chambre pauvrement meublée. Elle le soigna avec le dévouement d'une sœur et dissipa un tant soit peu sa solitude et ses douleurs. Puis il passa deux mois à l'hôpital jusqu'à sa guérison. Il cessa alors de se mêler à ces individus, désira rencontrer d'autres milieux et s'en donna les moyens.

Il se fit engager dans une société d'exploitation de puits de pétrole et, par des manœuvres douteuses, détourna à son profit une part importante des actions de la société. Quelque temps après, il fit monter le cours des actions et les vendit. C'est alors que, saisi d'un dégoût insurmontable, il disparut. Durant un an et demi, il parcourut le monde, observa les hommes dans divers pays, s'empêtra dans des aventures sans lendemain, revint enfin à New York et se retira de la plupart de ses affaires. Il conserva uniquement un portefeuille d'actions sûres et déposa son argent dans des banques américaines et européennes. Il avait à l'époque trente-deux ans et il se maria.

« Et si vous aviez de l'argent, beaucoup d'argent ?

– Je le dépenserais.

– Mais il y a des sommes qu'on ne peut pas dépenser, on ne peut que les jeter.

– On peut les distribuer aux nécessiteux.

– Vous croyez que ça vaut le coup ?

– Vous ne les aimez pas.

– Je les connais. Ils sont faibles ou méchants ou les deux à la fois.

– Surtout malheureux peut-être.

– Oui, mais je ne suis pas quelqu'un de compatissant. Il n'y a qu'un moyen : les dominer, sinon ce sont eux qui vous dominent. Et la fin est la même pour tous. Nous sommes seuls devant la mort. D'une solitude absolue. »

Rost sourit.

« Vous ne les aimez pas et pourtant vous espérez en eux.

– Sans eux, je me serais sans doute terriblement ennuyé. »

Dean s'adossa au fauteuil garni d'un velours bleu fleuri et tira sur sa cigarette parfumée dont la moitié s'était déjà consumée, regardant tantôt la salle, tantôt la rue pluvieuse, tantôt Rost qu'il observait à la dérobée. Il lui trouvait une ressemblance avec lui-même, une espèce de proximité malgré leurs personnalités différentes. Il avait envie de revivre ses choix, de suivre leur évolution sous une forme et dans des conditions différentes.

Quelques jours plus tôt, quand il avait adressé la parole à Rost devant la vitrine du magasin, c'était sans intention particulière, mais plutôt poussé par une force inconnue. Et dès les premiers mots échangés, il avait éprouvé pour lui une sympathie qui avait augmenté au fil des jours. Sans aucun doute, ce jeune homme était doué d'une force intérieure, il ne se laisserait pas entraîner dans des idées ou des actes qui n'étaient pas les siens.

« Voulez-vous dîner avec moi ce soir ?

– Je n'y vois pas d'inconvénient.

– Alors, je passe un coup de fil à la maison et nous partons. »

Dean se leva pour aller téléphoner et quelques minutes plus tard ils quittèrent le café. Entretemps, la pluie avait cessé, mais les trottoirs brillaient encore et des petites flaques d'eau s'étaient formées dans les creux. Il était sept heures moins vingt. De lourds nuages avaient déjà obscurci le ciel gris, sombre et bas qui pesait sur les toits. Avec leurs blouses tachées de suie et les longues mèches de bambou au bout desquelles brûlait une flamme, les allumeurs de réverbères éclairaient les becs de gaz en zigzaguant de part et d'autre de la rue. Ils remontèrent lentement la Krantenstrasse, s'engagèrent dans la Heringstrasse, passèrent devant l'Opéra et entrèrent dans un célèbre restaurant dont la vaste salle était déjà occupée par quelques convives, pour la plupart des officiers supérieurs en compagnie de femmes habillées avec prétention. Dean salua de loin quelques-uns d'entre eux et Rost remarqua qu'il était salué en retour avec respect. Il en déduisit que Dean était une personnalité respectable. De son côté, Dean observa à la dérobée son invité qui se comportait avec l'aisance d'un habitué de ce genre d'endroit, alors qu'il n'y avait sûrement jamais mis les pieds. Non, il ne s'était pas trompé, Rost était sûrement un de ces êtres à l'intelligence vive, de ceux qui mesurent d'un coup d'œil une situation nouvelle et s'y adaptent. Comme les grands acteurs capables de jouer tous les rôles en restant toujours maîtres de la situation.

Dean choisit une table près du mur, d'où on avait une vue sur toute la salle. Des serveurs raides et solennels dans leur veste blanche servaient les clients avec des gestes d'une élégance apprise, ou bien se tenaient prêts avec l'humilité de ceux qui reconnaissent un maître. Le directeur chauve et en smoking s'inclinait humblement devant tout nouveau visage. Des bouquets de roses et d'œillets dans des vases ventrus en porcelaine agrémentaient les tables couvertes de nappes blanches. La salle se remplissait à vue d'œil. Une femme blonde, gracieuse, la trentaine, et d'une élégance raffinée, fit son entrée et se dirigea droit vers leur table. Elle était suivie d'un tout petit chien qui ressemblait à une peluche et trottinait à pas rapides. La boule de laine avait une truffe humide et des yeux noirs intelligents. On eût dit qu'au moindre souffle sa fourrure s'éparpillerait aux quatre vents, ne laissant que le nez et les yeux, suspendus dans le vide tout près du plancher.

« Voilà ma femme », s'exclama Dean en se levant pour aller à sa rencontre. Puis il les présenta : « Mon jeune ami, monsieur Michaël Rost. » Rost s'inclina et baisa la main gantée aux doigts découverts. Elle s'assit, appela son chien, « Viens ici, Vladi ! » et, le soulevant par la peau du cou, l'assit sur une chaise à côté d'elle. Sa voix était claire, caressante, traversée d'un frémissement affectueux.

« Tu as pris la calèche pour venir ? lui demanda Dean.

– Oui, Franz attend. J'ai cru que tu aurais peut-être besoin de lui.

– Et toi ?

– Moi, je vais à l'Opéra. Voir *Lohengrin*.

– Toute seule ?

– Avec Félix. Tu ne veux pas te joindre à nous ? lui proposa-t-elle d'une voix pleine d'amour.

– Pas ce soir. Je n'en ai pas envie. »

Et avec des gestes gracieux et aériens, elle retira de leur carapace rouge la chair blanche d'écrevisses que Dean avait commandées en entrée. Rost lui lançait des regards par en dessous. Un parfum de violette émanait d'elle et il se dit : quelle belle journée annonciatrice du printemps, tout en bleu et doré… Il éprouva soudain une joie irraisonnée qui éclaira son visage. Il était jeune, le monde était jeune et beau comme lui, dehors il pleuvait, mais même la pluie était belle et ne serrait pas le cœur. Il caressa Vladi, assis sur son postérieur, qui contemplait le dessus de la table avec une sérénité de philosophe.

Il prit une gorgée de champagne glacé. Le breuvage pétilla dans sa bouche et devint une chose abstraite, spirituelle, aérienne, qui réchauffa ses membres. Alors il éprouva de la joie et de l'amitié pour Peter Dean et sa femme qui aimait sûrement son mari. Et au fil des sentiments qui alternaient, il se souvint de la nuit passée dans les bras de Gertrude, une nuit noire qui serpentait en vagues de feu. La passion qu'il éprouvait pour une femme mûre lui donnait de l'assurance, une raison d'être et un surcroît de désir.

C'est alors seulement que Rost prit conscience de l'attente agréable et indéfinie de son corps à l'idée de la nuit à venir. Il sentait encore contre lui la présence légère et agréable du contact de sa peau. La température du corps de Gertrude s'était imprimée sur lui, pour y susciter un plaisir d'autant plus cher que, se sachant désiré par elle, il se sentait désirable.

La salle était déjà pleine. Souples et discrets, les serveurs passaient entre les tables, aussi habiles que des jongleurs. À l'autre bout, on entendait par vagues lumineuses les sonorités nostalgiques des violons tsiganes, d'une passion légère et contenue. Les mélodies reflétaient la sauvagerie des plaines de la Puszta, elles déchaînaient les passions, puissantes comme la mort, tantôt brutales, tantôt d'une douceur enfantine, démunies, suppliantes, caressantes, avides de liberté. Elles exprimaient la poursuite désespérée d'un bonheur fugace qui s'échappait et s'éloignait à mesure qu'on le poursuivait, qui fondait entre les doigts à l'instant où l'on croyait le tenir.

Lorsqu'ils eurent fini de boire le moka, il était déjà neuf heures et demie. La femme de Dean se leva pour partir et prit Vladi dans ses bras. Elle adressa à Rost un léger sourire d'adieu. Dean se leva pour l'accompagner jusqu'à la porte et revint aussitôt.

« La calèche reviendra très vite. Si vous n'avez rien de mieux à faire, vous pourrez m'accompagner à la maison. » Il appela le garçon et paya l'addition. « Voyez-vous, faire la plonge ne convient pas à tout le monde. Et ce n'est pas la seule possibilité. »

Ici et là entre les nuages, on entrevoyait des étoiles humides. L'air était lavé et frais. Deux rangées de lumières couraient le long de la Heringstrasse. Un bouquet de clarté annonçait le luxueux hôtel Bristol, plus loin le Continental, et sur la gauche les lumières disparaissaient dans l'obscurité des jardins entourant la citadelle. Une brise légère chassa au-dessus de leurs têtes des nuages cotonneux.

« Je déposerai à la banque dix mille couronnes à votre nom, lui annonça Dean. Je vous attribue cette somme pour une année, mais il va de soi que vous pouvez en disposer à votre guise. »

Franz qui avait reconnu son maître de loin arrêta la calèche devant la porte du restaurant. Il se dressa sur son siège, en livrée, la moustache fournie et frisée, le visage d'un sérieux impénétrable.

« Je ne sais pas si je suis capable d'être reconnaissant.

– N'en parlons pas ! l'interrompit Peter Dean d'un geste de la main. Dans la plupart des cas, c'est le donateur qui doit des remerciements. Demain avant midi, tout sera réglé. » Les deux chevaux gris tournèrent fièrement la tête vers Dean et grattèrent l'asphalte de leurs sabots. Il flatta de la main le cou de l'un d'eux. Dans son uniforme bleu aux boutons dorés, le portier du restaurant se précipita et leur ouvrit l'élégante portière de la calèche, la referma une fois qu'ils furent montés et sentit dans la paume de sa main la couronne glissée par Dean. Il donna rendez-vous à Rost le lendemain à la banque.

Le trajet ne dura pas longtemps. La calèche se balança doucement sur ses roues jusqu'à la place Schwartzenberg, puis tourna dans une rue tranquille et chic, bordée de part et d'autre d'anciens palais cachés au fond de jardins paisibles qui les dissimulaient à la vue. Un silence antique et mystérieux émanait des hautes grilles de fer rouillées. Par moments, les sabots des chevaux lançaient des étincelles dans l'obscurité. Leur trot régulier faisait un tic-tac monotone comme s'il n'y avait qu'un seul cheval et plongeait les passagers repus dans une agréable torpeur. Enfoncés dans les sièges capitonnés, les deux hommes ne parlaient pas.

Des bribes de pensées et d'images défilaient dans l'esprit de Rost, certaines fugitives, d'autres non. Il se revit descendant du train par un matin d'hiver froid et sombre à la gare du Nord, sans un sou mais de bonne humeur. Il s'était attardé quelques instants dans la Nordbahnstrasse animée, pleine des grincements de lourdes charrettes, du va-et-vient des trams, des passants affairés, et s'était arrêté pour regarder autour de lui avant de se diriger vers le centre-ville. C'était comme si toute cette animation était en quelque sorte à ses ordres et reliée à lui par des fils secrets. Puis il s'était dirigé sans crainte vers la métropole étrangère.

Il revit sa mère aussi. À cette heure-là, elle se préparait sans doute à dormir. Il vit sa chambre à coucher familière et les vieux lits en bois. Elle devait penser à lui, à son cher fils. Des pensées détachées, irréelles, le cœur lourd, parce qu'elle ignorait tout de son cadre de vie et ne pouvait le rattacher à rien. Il ressentit une vague de tendresse pour sa mère, vit ses gestes comme dans une vision, comment elle enlevait ses jupons, défaisait ses cheveux, les coiffait, en faisait une natte dorée, puis se mettait au lit avec un livre qu'elle lisait toujours avant de s'endormir, et l'image du fils parti surgissait de chaque ligne, jusqu'au moment où elle ne distinguait plus les lettres. Tel était le destin des mères, le monde leur enlevait leurs fils.

« Vous jouez aux cartes ? demanda Dean en l'arrachant à ses rêves.

– Parfois.

– Nous voilà arrivés. »

4

Lorsqu'ils quittèrent le club, il était minuit passé. Un ciel étoilé et froid s'étendait sur la métropole. Des millions d'êtres humains étaient plongés dans le sommeil et la ville, avec ses bâtiments massifs et aveugles, semblait abandonnée et sans maîtres. Dès qu'ils eurent franchi la porte, la fraîcheur de la nuit les saisit et dissipa un tant soit peu l'ivresse du jeu. Rost éprouvait une légère tristesse, un chagrin pour une chose qu'il aurait perdue. Il venait de gagner une somme dont il n'aurait même pas rêvé, pourtant il ressentait un vide étrange mêlé de regrets, comme si ses gains l'avaient détruit. Peter Dean aperçut de loin sa calèche stationnée le long du trottoir parmi les attelages luxueux, les chevaux harnachés et les cochers somnolents, tassés sur leur siège.

En les voyant s'approcher, Franz se redressa. Rost proposa de marcher un peu et ils descendirent lentement la rue en pente qui conduisait au centre-ville. Le coupé les suivait à une certaine distance.

« Vous avez gagné une somme rondelette, constata Dean qui brisa le silence le premier. Huit ou neuf mille. Mais vous paraissez mécontent.

– Je ne sais pas. On dirait que le monde s'est un peu vidé. »

La Heringstrasse s'ouvrait devant eux, désertée et plus large que dans la journée, bordée de deux rangées d'arbres aux branches immobiles. Les gardiens de nuit jouaient avec leurs énormes trousseaux de clés, on croisait de rares passants, des prostituées seules ou à deux agitaient leur sac à main, traçaient de leurs pas un territoire sur le trottoir et lançaient à chaque homme qu'elles croisaient, *Komm, Schatzerl*, viens, mon chéri, sur un ton professionnel. Des gens sans domicile stationnaient ici et là sur des bancs à l'ombre, des saucisses bouillaient au coin des rues dans des cabanons éclairés, de gros policiers étaient plantés au milieu de la chaussée, de temps en temps un fiacre passait et l'écho du galop des chevaux ricochait, clair et plein, sur les murs d'immeubles.

« Allons boire quelque chose », proposa Rost. Dean n'avait pas d'objection. Ils prirent la Krantenstrasse, puis s'engagèrent dans une petite rue à l'écart où scintillaient les lettres électriques rouges et bleues d'un célèbre cabaret de l'époque. Une odeur de poudre et de tabac, des lumières criardes, de belles femmes en tenue du soir et parures brillantes, des hommes en smoking ou en tenue militaire, monocle et moustache hérissée. Chaque fois que la porte s'ouvrait, des éclats de musique s'en échappaient comme un essaim de papillons invisibles et deux portiers solennels en livrée rouge s'inclinaient comme des automates.

Quelques marches couvertes d'un tapis lie-de-vin descendaient vers une vaste galerie circulaire éclairée d'une lumière bleue. Elle était entourée de statues de marbre et d'énormes bacs en bois qui contenaient des palmiers nains, et le tout se reflétait dans les glaces qui couvraient les murs jusqu'aux moulures dorées. La galerie conduisait par trois entrées vers une vaste salle aménagée en petites loges aux cloisons à hauteur d'homme. Il y avait beaucoup de monde et on voyait se presser des calvities brillantes et d'étranges chapeaux de femmes comme des oiseaux exotiques. Des danseuses, le ventre et les fesses nus, ondulaient lascivement entre les tables. Du haut de la scène se déversaient des mélodies doucereuses : *Püppchen du bist mein Augenstern*, Poupée, tu es la pupille de mes yeux, et des refrains semblables accompagnés de gestes obscènes. Les serveurs remplissaient les coupes de champagne et des hommes âgés, de gros cigares plantés au milieu de leur visage bouffi, faisaient l'amour avec des jeunes femmes interlopes au service de ces messieurs, l'air était saturé d'une odeur d'excitation, mélange de tabac, de parfum, d'alcool et de sueur humaine. Malgré les ventilateurs qui tournaient sans cesse, il faisait chaud. Il régnait une débauche factice et outrancière dont l'artifice sautait aux yeux comme dans la plupart de ces endroits.

Rost buvait du champagne tout en grignotant des amandes salées. Le sentiment de vacuité qui s'était emparé de lui ne le quittait pas. Il regarda les musiciens, leur pâleur orangée sous la lumière criarde, leur vie nocturne et se dit qu'ils ne s'amusaient sûrement pas, eux.

« C'est tout ? demanda-t-il à Dean en faisant un geste circulaire. Il n'y a rien d'autre ? »

Ce dernier l'observa un instant sans répondre, puis il dit :

« Un peu d'oubli acheté avec de l'argent. Celui qui apporte avec lui de la joie la trouve ici aussi. »

Une joyeuse bande de trois hommes et deux jeunes femmes était assise à la table voisine. L'une d'elles, une brune mince aux yeux moqueurs, lançait des regards à Rost qui le remarqua. Elle finit par s'excuser auprès de la bande, dit qu'elle reviendrait dans un instant et se dirigea vers la porte. Rost attendit un peu, se leva et alla vers la galerie. Lui tournant le dos, elle se tenait devant la glace d'où elle pouvait tout voir et se poudrait le visage. Il y avait d'autres hommes et femmes dans la galerie. Rost se fraya un chemin parmi eux et ramassa les clés qu'elle venait de faire tomber. « Je vous en prie, madame. »

Elle les saisit de ses doigts fins, les mit dans son sac et le remercia d'un sourire.

« Est-il possible de nous voir demain ? osa Rost.

– Nous deux ? Pourquoi ?

– Comme ça, pour une conversation légère. Sur la situation politique en Europe. Entre autres.

– Et vous croyez pouvoir m'apprendre du nouveau sur la question ? dit en riant la jeune femme.

– J'espère. Essayons au café Graven à cinq heures.

– Très bien. »

« Connaissez-vous par hasard la bande de la table voisine ? » demanda Rost après avoir regagné sa place. Dean ne les connaissait pas, il savait seulement que la brune était une danseuse, Vita Karsten. Rost appela le serveur et paya l'addition. En se levant, il échangea avec la brune un regard entendu. Dean l'accompagna dans sa calèche jusqu'à la porte de son immeuble.

Lorsqu'il alluma la lumière de sa chambre, Gertrude leva la tête de l'oreiller et se redressa sur les coudes. Son pyjama en soie bleue était déboutonné et laissait voir un sein et une partie de son ventre blanc dénudé jusqu'au pli ombré de sa cuisse, la couverture et le pantalon de pyjama étaient abaissés jusqu'à ses hanches. À moitié couchée, elle lui lança un regard hostile, sombre et fiévreux. Rost alla vers elle tout habillé et l'embrassa sur la bouche, les yeux, les tétons, le ventre. Son corps lisse était plein de chaleur et de sommeil. Les baisers et caresses de Rost dissipèrent en elle la tristesse et la déception accumulées par la longue attente. Celle d'une femme seule, abandonnée, avec son corps fiévreux, brûlant de désir pour l'homme qui tardait à venir.

Elle avait passé deux heures et demie à l'attendre sur ce lit. Ses sens aiguisés captaient avec une grande acuité le moindre bruit venant de la rue endormie. Un bruissement, un pas dans la rue ou dans l'escalier, le miaulement d'un chat, le beuglement d'un ivrogne, le grondement exagéré d'un tram, mais ce n'était jamais lui. Elle replongeait alors dans un sommeil furieux, agité, troué comme une passoire, dans lequel s'infiltraient tous les bruits. À l'instant où il alluma la lumière, elle se réveilla dans un état de lucidité absolue, persuadée qu'elle venait à peine de fermer l'œil.

« Je t'ai attendu. La nuit est courte. La vie entière est courte », dit-elle lentement, d'une voix ardente et feutrée.

Rost se déshabilla et s'étendit tout contre elle. Sa chair l'enflamma, il crut mourir sous ses caresses. Sa passion se nourrissait de la douleur du désespoir, de la crainte de la séparation imminente, du désir de prolonger cet instant jusqu'à l'éternité.

« Tu es triste aujourd'hui.

– Je suis heureuse. Peut-être un peu triste, mais très peu. Soudain j'ai peur. La journée a été silencieuse et déserte. Mon corps sentait sans cesse le contact de ta peau et tu n'étais pas là. Il t'appelait mais en vain. C'est alors qu'est né en moi le soupçon stupide que je ne te reverrais plus, il m'a envahie et j'ai eu peur de mourir. Peut-être qu'il n'est pas bon de t'aimer tant.

– Oui, peut-être bien. Il faut laisser un coin libre en soi, un refuge où s'abriter en cas de malheur.

– Quand une femme comme moi aime, c'est de toute son âme, sans mesure. »

Rost tendit le bras et posa sur le lit son petit nécessaire à tabac. Il alluma une cigarette et la mit entre ses lèvres pleines, avides de jouissance.

Gertrude tira une bouffée et la lui rendit. Elle ne savait pas fumer. La nuit s'attardait sur eux, immobile, flottant vers une destination inconnue. On entendait son silence. Dans les hauteurs de la chambre orangée, de minces langues de fumée bleu-gris s'étiraient en une écharpe transparente et aérienne. Elles restaient en suspension un instant, puis se pressaient vers la fenêtre ouverte, happées par une main inconnue. Au loin, le sifflement assourdi d'une locomotive s'interrompit en plein milieu. C'est la gare du Sud, se dit Rost en écrasant son mégot dans le cendrier. En fait, il pouvait être tranquille. Il avait de l'argent, une maîtresse au corps brûlant et souple, à la chevelure noire, et un ami qui lui témoignait de l'affection. À part cela, il avait rendez-vous avec Vita Karsten qui avait des yeux intelligents et moqueurs, une bouche capricieuse et un corps magnifique. Le lendemain, il serait avec elle. C'était bon d'avoir dix-huit ans, d'aimer les femmes, de les désirer même quand elles se donnaient.

Rost caressa la cuisse de la femme étendue nue à ses côtés. Son dos était virginal malgré son âge. Seul un mince duvet qui partait du nombril et s'estompait comme un dessin au crayon témoignait d'une grossesse et d'une naissance passées.

Il se redressa, s'assit et observa son corps avec curiosité. Chacun de ses membres était animé d'une vie autonome et les jeux d'ombre et de lumière mettaient en valeur ses courbes soulignées par le bleu du pyjama ouvert et la couverture lie-de-vin jetée au pied du lit. Rost y ajouta en imagination un chat noir, vu sur une reproduction d'une peinture de Manet. Son regard s'attarda un long moment sur son corps et ce temps fut celui de la conquête.

Gertrude lui adressa un sourire détaché et soumis. Le regard de Rost était comme les caresses légères de ses mains chaudes. Les dernières traces de tristesse l'avaient quittée. Elle était heureuse de se sentir ainsi contemplée. C'était un bonheur tranquille et délicat enfoui en elle, tandis qu'elle s'offrait à lui. Elle s'abstenait de toute parole ou de tout geste pour préserver ce moment unique. La situation était inédite. Elle pensa à son mari qui s'endormait aussitôt après et l'abandonnait à sa solitude, brûlante, excitée à en perdre la raison, bouillonnante, le cœur près d'exploser. Alors elle se retrouvait seule et sans secours, face à l'abîme, dans un désert silencieux. La femme reste toujours les mains vides. En fin de compte, tout lui échappe et, plus que l'homme, elle a besoin d'une chose concrète et vivante parce qu'elle est seule. À en mourir. Pendant que le mari, apaisé et repu, ronfle à ses côtés, d'abord hésitant, puis avec une audace et une liberté croissantes. Alors il sème en elle des graines d'aversion et de mépris qui grandissent à mesure que ces situations-là se répètent. Elle pourrait le tuer, crier à tue-tête, appeler au secours avec son corps en détresse, ou se précipiter dehors dans la nuit et s'offrir au premier venu.

La plupart des femmes, Gertrude le savait, étaient comme elle, éternelles inassouvies, les unes révoltées, les autres désespérées, enfermées dans un renoncement forcé. Elle finissait par s'endormir elle aussi, se réveillait le matin avec un mal de tête, énervée, affaiblie, débordant d'une rancœur conjugale qui pesait comme une masse sombre sur son humeur pour le restant de la journée. Elle cachait son désarroi permanent sous un masque paisible, toujours prête à s'enflammer, à s'énerver. Sa colère réprimée explosait sans raison, sous des prétextes stupides ou sans importance. Dans l'après-coup, elle se sentait ridicule mais était incapable de se contenir. Quand son beau-frère était parti, elle avait persuadé son mari de louer la chambre alors qu'ils n'en avaient pas besoin, dans l'espoir secret de trouver un locataire convenable. Comme elle n'était pas pressée et qu'elle n'avait pas l'intention de la louer au premier venu, elle avait refusé plusieurs candidats sous des prétextes divers. Mais Rost lui avait plu dès le premier regard.

Il s'étendit de nouveau sur le côté, le visage tourné vers elle.

« Tu es pensive aujourd'hui.

– Tu as des craintes ?

– Non. Pourquoi ?

– Je suis heureuse. Complètement heureuse. Mes journées ont une coloration nouvelle. Tendues par l'attente, l'espoir et le bonheur. Comme si le soleil ne brillait que pour moi, en mon honneur et pour mon seul plaisir. »

Soudain elle se tut et tendit l'oreille.

« Tu n'entends rien ?

– Où ?

– J'ai cru entendre des pas dans le couloir. »

Ils restèrent étendus, immobiles, à l'écoute du couloir, mais ne perçurent rien.

« C'est peut-être Mitzi, la domestique. Ou peut-être une illusion. »

Rost se leva pour aller voir. Après avoir éteint la lumière dans sa chambre, il ouvrit prudemment la porte, s'avança dans le couloir et alluma la lumière. Il lui sembla qu'une silhouette longue et blanche, presque irréelle, venait de disparaître derrière une porte au fond, du même côté du couloir. Il étouffa un « Ah ! » d'étonnement et fit semblant de se diriger vers les toilettes. Il fallait s'attendre à des complications, la petite avait du tempérament. Il revint dans sa chambre et s'étendit à côté de Gertrude.

« Je n'ai rien vu », dit-il en réponse à son regard interrogateur. Et après un bref silence :

« Quel âge a Erna ?

– Quinze ans et demi.

– Ah ! Elle est développée, elle fait plus que son âge.

– Dans notre famille, les jeunes filles sont précoces. J'avais dix-sept ans quand je me suis mariée. »

Et elle se pressa contre lui comme si elle voulait effacer les années qui les séparaient et se donner à lui dans toute la pureté et la flamme de sa jeunesse. Dans l'éblouissement du désir innocent d'une adolescente à peine devenue femme. La nuit touchait à sa fin. Dehors, une lueur bleu-vert brilla dans la fraîcheur et le silence. Ils devaient se quitter. La nuit ne durait pas une éternité. Le grincement des charrettes matinales résonnait déjà dans les rues voisines. Gertrude se leva et remit son pyjama, elle ouvrit doucement la porte et tendit l'oreille vers le couloir. Puis elle se glissa à pas feutrés hors de la pièce. Rost éteignit la lumière et s'endormit aussitôt.

5

Dans l'après-midi, Rost retourna dans quelques magasins du centre-ville pour compléter sa garde-robe. Il se fit livrer ses achats chez lui. Puis il se rendit au café Graben un quart d'heure avant le rendez-vous. Il s'assit près de la vitre et regarda s'écouler la belle journée, la rue et les passants dont il ne voyait que les bustes. Il mangea des gâteaux et des biscuits au fromage et fuma des cigarettes parfumées qui le mirent de bonne humeur. L'heure du rendez-vous était déjà passée depuis vingt minutes, mais peu lui importait. Tant pis pour elle, si elle lui posait un lapin. Il n'avait pas envie de mourir de chagrin pour une telle vétille et aucun rendez-vous manqué ne lui gâcherait sa journée. Mais son cœur lui disait qu'elle finirait par venir.

Et elle vint. Il était en train de regarder un des serveurs dont le crâne lisse comme celui d'un eunuque était couronné d'une oreille à l'autre d'une dizaine de poils incolores, et son visage propre et rond affichait un sourire permanent. C'est alors qu'elle entra, vêtue d'un manteau blanc et d'un chapeau blanc à large bord. Elle lui sourit affectueusement et le salua avec la simplicité d'un ami de longue date. « Laissez-moi vous dire que le blanc vous va à ravir, lui dit Rost, admiratif. Commençons par là.

– Merci pour le compliment », répondit Vita Karsten en

riant. Puis elle but à petites gorgées gracieuses le chocolat en tenant la tasse du bout de ses doigts fins. Ses gestes étaient quelque peu immatériels, un tantinet théâtraux, comme si en buvant elle sacrifiait au rite d'une divinité mystérieuse. Elle se remaquilla un peu et alluma une cigarette.

« Où donc avez-vous acheté vos yeux noirs ? plaisanta Rost.

– Je ne me souviens plus, dans la Mariahilferstrasse ou en Espagne.

– En tout cas, vous avez très bon goût.

– N'est-ce pas ? plaisanta la jeune femme. Mais vous non plus, vous n'êtes pas viennois de naissance.

– Non, à mon grand regret. Et je ne suis même pas un vrai Russe. »

Il fit signe à la marchande de fleurs qui circulait entre les tables et lui acheta un bouquet de violettes. Vita huma leur parfum délicat, puis les mit dans un verre plein d'eau, posé sur le plateau. Une légère odeur de café et de chocolat flottait dans la salle, mêlée à celle d'excellent tabac et de l'encre fraîche des journaux du soir. Rost s'adossa à sa chaise et observa la jeune femme. Au même instant, un officier qui venait d'entrer la salua d'un sourire amical. Et Rost se dit qu'il disposait désormais de dix-huit mille couronnes à la banque, et même si cette somme ne lui rapportait pas de gros bénéfices, elle le mettait à l'abri de tout souci et lui offrait tous les plaisirs. L'officier qui l'avait saluée était sans doute une relation lointaine. La vie de la jeune femme lui était inconnue et il l'imaginait pleine, variée, composée de choses légères ou importantes, peuplée de toutes sortes de gens. Il ignorait ce qu'avait été sa vie jusqu'à cet instant-là et ne voulait pas le savoir. Comme si elle était née la veille, telle quelle, achevée et parfaite.

Rost proposa une promenade en calèche. Et peu de temps après, on vit deux chevaux trotter dans l'avenue principale, spacieuse et bordée d'une double rangée d'arbres, jusqu'à l'horizon lointain qui se teintait du crépuscule imminent, une fente rouge de plus en plus mince sous la voûte des arbres. De chaque côté de l'avenue s'étiraient deux longs rubans de terre battue : les allées de cavaliers. Le bruit des sabots y était amorti et étouffé comme par de la ouate. Cavaliers et cavalières allaient et venaient. Rost et Vita se laissaient balancer doucement par la calèche, face au soir, au dos large du cocher, massif et immobile comme du métal. Un vent léger leur caressait le visage. Les cafés étaient pleins de monde. Des taches blanches, noires, rouges, bleues, jaunes, roses bourgeonnant parmi les arbres. Le soir tombait sur les allées cavalières qui se vidaient. Des airs joyeux parvenaient jusqu'à l'attelage qui roulait sans hâte sur ses pneus, la musique les poursuivait, disparaissait et reparaissait entre les arbres. Un attelage débordant de rires s'approcha d'eux et les dépassa en les éclaboussant d'éclats polissons comme autant de bourgeons de vie colorés. Dans une des allées, des jeunes gens jouaient au football. Des nourrices poussaient des landaus, des couples d'amoureux enlacés se cachaient derrière les buissons, les attelages étaient nombreux, le pont ferroviaire semblait tendu entre deux arbres, loin au-dessus de l'avenue et des charrettes passaient au-dessous, l'air était humide, frais et parfumé. Un train passa sur le pont et disparut dans la touffeur des branches. Son souffle lourd s'éloigna, devint de plus en plus faible, jusqu'à n'être plus qu'une abstraction immatérielle.

« J'aurais aimé être un poète pour conserver cette nuit dans des mots.

– Surtout pas de banalités.

– Excusez-moi, je suis un peu sentimental en ce moment. Est-ce que vous aimez les trains ? lui demanda-t-il après un silence. Moi je les aime à la folie. Ils vous emmènent toujours ailleurs. Toujours ailleurs. Qui ne signifie rien d'autre que la mort. »

Un dernier éclair orangé s'attarda à la cime des arbres puis s'éteignit. Le soleil s'était couché. Une brise légère se glissa dans le soir, prête à caresser les visages de son souffle frais. Vita toucha le dos du cocher et lui demanda de rebrousser chemin. Elle refusa l'invitation à dîner de Rost, elle était déjà prise, mais pourquoi pas un autre soir. Il la quitta devant l'Opéra. Le soir s'étendait déjà sur les toits. Rost longea lentement la rue. Puis il monta dans un tram en direction du canal.

À l'Ahdout, c'était l'heure du dîner. Ça sentait la viande rôtie, les oignons et le chou aigre. Micha l'anarchiste s'était attaqué à un cou farci dont il venait à bout en y mettant tout son talent. Le ténor héroïque rongeait une cuisse de poulet en émettant des grognements de plaisir. Reb Hayim Schtock se retourna lentement, les mains dans le dos et son binocle en travers du nez.

« Viens t'asseoir avec nous, Mister », lui dit le ténor.

Micha leva la tête vers Rost et interrompit sa mastication.

« Méfie-toi de Jan, petit. Il a l'intention de te chatouiller avec le bout de son couteau.

– Où est-il ? » demanda Rost.

Micha rejeta sa mèche de cheveux en arrière. « Il soigne son œil », et il replongea la tête dans son assiette.

« Et Yasha ?

– Il n'est pas encore passé aujourd'hui, dit le ténor. Il viendra plus tard peut-être.

– Jan, il a intérêt à protéger son autre œil, dit Rost. Voulez-vous prendre un verre avec moi ? Ça ne peut pas faire de mal. »

Rost commanda du poulet rôti.

Près du comptoir, Max Karp chuchotait avec Malvina. Il se tenait sur la pointe d'un pied et on voyait un gros trou sur la semelle de sa chaussure vernie. De temps en temps, il lançait un regard vers le groupe. Puis il s'approcha et pria Rost de lui consacrer une minute : il avait une chose importante à lui dire. Rost le suivit dans un coin de la salle.

« Alors, tu es riche à présent ? demanda-t-il avec un sourire obséquieux.

– Oui, il semblerait que je sois riche.

– J'ai un service à te demander, ce n'est rien pour toi.

– De quoi s'agit-il ?

– Peux-tu me prêter vingt couronnes ?

– Non.

– Tu me le refuses, à moi ?

– Je le refuse, à toi.

– Tu économises une si petite somme ?

– Je n'économise pas.

– Nous allons publier un mensuel littéraire pour la jeunesse.

– Bonne chance !

– Tu pourras y participer.

– De quelle manière ?

– Tu pourras publier des textes.

– Je n'ai rien à publier.

– Tu n'écris pas ?

– Non.

– Ah bon ? Tant mieux. Je pense que tu n'as pas de talent.

– Je n'ai pas de talent.

– Mais je pourrais t'aider, t'apprendre, écrire à ta place et tu le signerais.

– C'est inutile.

– Et les vingt couronnes… ?

– Tu ne les auras pas.

– Je pourrais les avoir sur-le-champ. Ici même – il montra de la tête le comptoir –, mais c'est déplaisant.

– Dommage que ce soit déplaisant.

– Pourquoi ?

– Parce que tu n'auras pas les vingt couronnes.

– Tu n'as vraiment pas de talent, espèce de graphomane ! Tu n'arriveras jamais à écrire le moindre mot ! Tu le regretteras !

– J'aime les regrets.

– Et si tu me les donnais tout de même ?

– Je ne te les donnerai pas.

– Je te les rendrai d'ici huit jours. C'est comme s'ils étaient déjà dans ta poche.

– Tu gaspilles inutilement ton talent.

– Je me rabaisse à parler avec lui et il n'a même pas de reconnaissance !

– Non, je ne sais pas en avoir. »

Rost retourna à sa place et finit sa compote. Puis il fit signe du doigt à Max Karp, accoudé au comptoir. Ce dernier vint vers lui et Rost lui dit :

« Tu veux boire un verre avec moi ? Alfred ! Une bouteille d'alcool de prune ! Trinquons au mensuel littéraire pour la jeunesse graphomane, buvez avec moi, monsieur Karp ! »

L'homme fit une grimace et trinqua avec Rost.

« Combien vous faut-il pour sortir un tel mensuel ?

– Hmm… Disons deux cents couronnes pour commencer.

– Ce n'est pas du tout excessif pour une telle entreprise ! Et vous voulez que j'y participe à hauteur de vingt couronnes, n'est-ce pas ?

– Si vous pouviez plus, ce serait mieux.

– Oui, plus, ce serait mieux. Évidemment ! Vous entendez ? Et la musique, vous ne lui réserverez pas une place ?

– La musique ?

– Mais oui ! Prenez monsieur le ténor, par exemple. Il peut vous faire don de son chant.

– Hi-hi, gloussa Karp.

– Arrête de glousser, vieille poule ! lui lança le ténor.

– Ne te mets pas en colère, vieux chien ! Et à vous, monsieur Karp, une couronne !

– Une couronne ?

– Pour votre mensuel, je ne donne rien. Pas un kopeck. J'attendrai que vous réserviez une chronique au chant du ténor. Sans quoi vous n'aurez rien. Et la couronne est pour toi, pour ton usage personnel, parce que tu as un grand talent et que tu n'es pas graphomane. Une couronne !

– Hmm… deux couronnes peut-être ? En or au moins ? D'ici huit jours…

– Non, une couronne, pas une de plus !

– Bon, c'est bien parce que j'en ai besoin.

– Vous entendez, c'est bien parce qu'il en a besoin ! Tiens, une couronne bien ronde et véritable ! »

« Rost'l, t'es encore vivant ? Qu'as-tu encore à te chamailler ? cria Yasha d'Odessa qui venait d'entrer. T'as donné une bonne leçon à Jan ! T'es un brave ! » Il tira une chaise et s'assit à table. Rost commanda une autre bouteille et un verre pour Yasha.

« S'il ose te toucher, il aura affaire à moi ! Je le lui ai dit. Je le réduirai en bouillie.

– Il voulait que je lui rende trente couronnes qu'il avait perdues. Il s'est trompé d'adresse ! »

Max Karp se leva pour prendre la poudre d'escampette.

« Viens ici ! lui ordonna Rost. Bois avec nous ! Notre compagnie n'est pas assez bonne pour toi ?

– Non, je vous en prie, au contraire, mais c'est que…

– Alors reste assis ! Vous vous connaissez ? Je vous présente : un grand talent qui va publier un mensuel, et voilà mon ami Yasha.

– Mais nous nous connaissons déjà.

– Tant mieux ! »

On entendait dans la taverne voisine des voix avinées et le son d'un harmonica. Un chien émettait des aboiements brefs comme une toux, un bébé poussait des cris désespérés. Pourtant tous ces bruits procuraient du plaisir parce que c'était le printemps, que Rost était jeune et avait en lui un petit fond de méchanceté qui parfois s'exprimait dans un acte, fût-il enfantin.

Max Karp se rassit contre son gré, le visage grimaçant comme s'il avait avalé un citron. Ses yeux ronds et proéminents regardaient au-dessus de ses lunettes, sa lèvre inférieure charnue pendait comme celle d'un cheval fatigué, découvrant de grandes dents jaunes irrégulières. Son visage à la chair relâchée et veule, paraissait jeté sur son squelette. Rost éprouva soudain un dégoût physique à l'égard de l'homme.

« Mais si tu n'as pas le temps, nous ne voudrions pas te retenir.

– Non, je vous en prie, je peux passer un petit moment en votre agréable compagnie.

– Le terrible attentat, quand aura-t-il lieu ? demanda Rost à Micha l'anarchiste, adossé à sa chaise, ses longues jambes étendues devant lui.

– Quand il se produira, tu le liras dans les journaux.

– Je meurs d'impatience, pourvu que je ne le paye pas de ma vie.

– Ne crains rien. Des gens comme toi ne sont même pas capables de faire du tort.

– Ha-ha, quel compliment affectueux, dit Rost en riant. Écoute, Micha, tu ferais peut-être mieux de te marier. C'est moins dangereux qu'un attentat. Et t'occuper d'un nourrisson te va mieux que manipuler une bombe. »

Yasha eut un grand rire.

« Occupe-toi de tes affaires et ne fais pas le malin. »

Personne ne connaissait vraiment Micha l'anarchiste. Il avait fait son apparition à l'Ahdout, maigre et dégingandé, et depuis il y venait souvent et écoutait les conversations. Il esquivait toute discussion et renvoyait à son interlocuteur une formule de sagesse qui mettait fin à la polémique, c'était toujours une parole ironique dite sur un ton faussement grave, voire pathétique. On savait uniquement qu'il travaillait dans une fabrique d'ampoules électriques, qu'il n'avait pas d'amis et que personne ne savait où il habitait. C'était un homme sans âge, il pouvait avoir aussi bien vingt-cinq que trente-cinq ans et paraissait doté d'une vaste culture qui pourtant ne transparaissait pas dans son discours. Il passait des heures à fumer au milieu de cette compagnie, à observer, sans blesser personne, même s'il ne manquait pas de courage. Son regard était animé d'une obstination fanatique qui suscitait une crainte diffuse, une angoisse inexplicable.

Par moments, il était saisi d'une toux sèche et creuse qui

faisait craindre pour sa santé. D'autres fois, il fredonnait une mélodie dans une langue étrangère qui évoquait le mongol, l'air était des plus tristes et mélancoliques, on imaginait un paysage étrange, d'une sauvagerie majestueuse, entre rêve et réalité, des jeunes filles élancées allaient au puits, entourées de sommets verdoyants, et ce paysage magnifique et solitaire inspirait à la fois tristesse, joie, nostalgie, voire un sentiment d'élévation.

Rost était intrigué par Micha et s'il le provoquait, c'était dans l'espoir secret de lui faire perdre la face et lui faire dire une chose qui trahît son être véritable. Mais Micha ne tombait pas dans le piège et Rost fut une fois de plus déçu par ses tentatives.

« Ne me crois pas méchant, Michka, tu vois bien que je plaisante.

– Je crache sur tout !

– Ne crache pas, attends. Nous irons cracher ensemble ! »

Dans la petite rue proche, la soirée était agréable. Les enfants jouaient à un dernier jeu avant d'aller dormir. Des femmes bavardaient sur le pas de la porte, les unes sortaient leur chien en promenade, d'autres étaient assises sur des chaises rapportées des appartements et médisaient des voisines avec le concierge qui tirait sur sa longue pipe. Une voix de femme cria : « Sour'l, dépêche-toi ! N'oublie pas les clés ! » Et Sour'l lui répondit par la fenêtre ouverte : « Tais-toi, tas de chiffons ! » Quelqu'un rit aux éclats. Comme tous les soirs à la même heure, le serrurier Glekner corrigeait son fils et les cris de l'adolescent s'échappaient par les fenêtres du rez-de-chaussée et résonnaient dans la rue.

Micha raconta : « J'avais un ami au grand cœur. Il a sorti une fille du bordel et l'a épousée. Il pensait que ces filles-là méritaient plus de compassion que les autres. Elle a passé un peu plus d'un an chez lui, a accouché d'un enfant et s'est enfuie. Plus tard, on l'a aperçue dans un autre bordel. Pendant un certain temps, il s'est occupé du bébé alors qu'il n'avait pas d'argent. Puis il l'a confié à l'orphelinat où l'enfant n'a pas survécu à son premier anniversaire.

– On ne peut pas dire que ton histoire soit passionnante, le railla Rost.

– Si ça ne te plaît pas, tu n'as qu'à lire des romans policiers. Dans la vie, les choses sont moins intéressantes et plus tristes.

– Et quelle fut la fin de ton ami ?

– La fin ? La Sibérie ! Les travaux forcés !

– Ho-ho ! Et tout ça à cause de cette femme qui s'est enfuie ?

– Peut-être aussi, dit Micha avec simplicité. Il était désespéré, il ne croyait plus en personne.

– Alors il l'aimait ?

– Non. Ou peut-être que oui. Peut-être qu'il l'aimait sans le savoir. »

Rost se souvint des réunions secrètes des apprentis tailleurs, menuisiers, etc., et des jeunes gens de sa ville qui les incitaient à se révolter. « Camarades, disaient-ils, le peuple des travailleurs est exploité ! Levez-vous comme un seul homme ! Brisez vos chaînes ! » et les autorités les expédiaient en Sibérie qui les transformait en saints de la révolution. Les parents faisaient commerce de leur récolte dans la forêt, s'adonnaient au colportage et au courtage, ils ouvraient toutes sortes d'échoppes et vivaient dans la crainte des émeutes. Les dimanches et jours de fête dans les églises, les prêtres exhortaient aux pogromes et des rumeurs effrayantes circulaient de bouche en bouche : « Ils se préparent… » Dans les villages, les jeunes poussaient les paysans à se soulever contre le tsar et les propriétaires terriens qui les exploitaient. Et le feu allumé par les fils finissait par brûler les parents.

Il restait peu de clients, à peine quelques convives attablés ici et là, en train de dîner. Malvina quitta son poste derrière le comptoir et se planta devant Max Karp. « Monsieur Karp, auriez-vous un instant de libre ? Mes patrons m'excuseront. » Elle prononçait *Kerp* en plissant ses lèvres fines en une mimique qui se voulait coquette. Le jeune homme se leva et s'empressa de la suivre jusqu'au comptoir. À voir leurs gestes de loin, ils étaient plongés dans une discussion animée. Sans doute lui en voulait-elle de sa longue absence, de l'avoir négligée au profit d'autres distractions. On avait déjà un avant-goût de leur vie conjugale dix ans plus tard, une vie fade et ennuyeuse, quand chacun connaîtrait jusqu'au dégoût le moindre geste de l'autre, la moindre grimace, le moindre état d'âme, et qu'ils seraient enchaînés l'un à l'autre par des liens d'inimitié indestructibles. Il serait précepteur ou petit fonctionnaire, commerçant médiocre, chauve et bedonnant, avec des savates au pied du lit, des pieds plats, et dans un coin du tiroir de la table, dans un cahier jauni et rongé par l'humidité, seraient enterrés les espoirs de sa jeunesse : des écrits non publiés, des œuvres déjà posthumes de son vivant. Il mettrait son échec et sa nullité sur le dos de sa femme et de ses enfants à cause desquels il n'était pas ce qu'il aurait dû être. Et drapé dans le rôle d'apitoiement sur soi, il se présenterait comme une victime de la vie familiale et dirait : « Ah, s'il n'y avait pas eu ma femme, mes enfants, si les conditions avaient été différentes… » Et ces regrets seraient pour lui une source de satisfaction et de consolation.

Dehors, l'agitation se calma peu à peu. Solitaire et oublié, on entendit poindre le silence de la nuit. De la taverne voisine s'échappaient encore des voix de fêtards. Et par moments, entre deux cris d'ivrognes, on entendait devant la porte proche de la terrasse vitrée des chuchotements d'amoureux.

Rost appela le serveur et paya l'addition. Il salua la compagnie et sortit avec Micha. Ils marchèrent jusqu'au bout de la petite rue qui débouchait sur le canal.

« Si tu le permets, je vais t'accompagner un peu.

– Tu peux », lui répondit Micha sans s'arrêter.

Ils se dirigèrent vers le jardin qui longeait le canal. Ici et là sur les bancs, entre les parterres de fleurs qui respiraient la fraîcheur agréable de la nuit, on distinguait des corps, quelques couples d'amoureux. Tête nue, Micha avançait à grands pas et Rost avait du mal à le suivre.

« Écoute, Michka, si tu as besoin d'un peu d'argent, cinquante ou cent couronnes, tu peux compter sur moi.

– Je n'en ai pas besoin. »

Au bout d'un moment, il se ravisa : « Bon, cinquante suffiront. »

Ils s'assirent sur un banc. Au-dessous d'eux passa à grand fracas le train urbain dont les rails longeaient le canal. Une odeur de charbon flottait dans l'air. Des étoiles encore humides clignotaient entre les branches d'arbres.

Sans dire merci, Micha fourra négligemment dans sa poche le billet de cinquante couronnes. Il alluma une cigarette et, se comportant comme s'il était seul, il ne fit pas attention à Rost pendant un long moment. Soudain il marmonna entre ses dents : « La fin est devant toi, toute proche, tu comprends ? Une fin assurée, définitive, comme une station que l'on aperçoit par la fenêtre d'un train et que l'on ne peut pas éviter ! Tu te diriges tout droit vers elle comme sur des rails. Et tu la sais toujours proche, en rêve ou au réveil, au repos ou en action, tu ne peux jamais l'ignorer. Tout restera en place et toi, toi seul manqueras… Et le monde se refermera en un clin d'œil, comme l'eau impossible à trouer, et il n'y aura pas la moindre trace du vide. Rien. Pas même un clignement d'œil. »

Après un silence, il reprit : « À ce compte-là, mieux vaut la peste noire. Aller de ville en ville et empoisonner les puits ! Qu'ils disparaissent de la terre en même temps que toi ! Ce serait l'unique satisfaction !

– Tu les détestes, les hommes !

– Oh oui, je les déteste à la folie ! Si j'avais été le Grand Inquisiteur !

– Je ne sais pas s'ils méritent toute cette haine, un peu de mépris devrait suffire.

– Tu ne sais pas ? Un peu de mépris ? En toute tranquillité, sans déranger l'ordre ? Dieu m'en garde ! Ce n'est pas l'affaire de flegmatiques comme toi, mais moi je sais. Le pouls bat à cent vingt à la minute, compris ? Le sang, c'est là que ça se joue ! Et pas de place pour un peu de mépris tiède. »

Il eut une petite toux sèche et creuse qui semblait sortir d'un tonnelet vide. De l'autre côté de la rue, les fenêtres déjà éteintes ressemblaient à des trous noirs sur des murs clairs. Derrière les vitres, les chambres débordaient de sommeil. La rumeur de la ville se dissipait. On entendit au loin la corne brève d'un tram. Plus près, la caserne rouge était enveloppée d'une pénombre dense et immobile. Dans une guérite étroite, une sentinelle se dressait avec son fusil, silhouette pétrifiée. L'empereur somnolait sans doute déjà sur son lit de vieillesse.

« Les empoisonner tous ! répéta sourdement Micha en écrasant du pied le gravier de l'avenue, le regard dans le vide. Une vieille mère et sa fille violées l'une sous les yeux de l'autre. Hein ! Qu'est-ce que tu en dis ? La fille, étendue par terre, jambes écartées, défigurée, dans une flaque de sang, entourée des plumes des coussins éventrés et, assise à côté d'elle, la mère, immobile et silencieuse. Silencieuse depuis six ans, la mère, que dirait-elle de plus. Mais ses yeux ! Son regard te rendrait fou ! Et ne me dis pas qu'il suffit d'un peu de mépris, hein ?

– Bien sûr que non, mais je pense qu'il aurait fallu faire quelque chose sur le moment. S'occuper des coupables.

– Parce que tu crois qu'on n'a rien fait. On a attaqué quelques villages des environs. Des chefs de bande ont été tués. Mais le rapport au monde est défini une fois pour toutes. Ces images se gravent en toi et ne s'effacent plus jamais. »

Un policier qui se promenait les dépassa et leur lança un regard pénétrant. Il y eut un silence et Rost éprouva du chagrin pour cet homme qui voyait sans cesse des images d'horreur et avait conscience de sa fin proche. Ils restèrent un moment sans parler. Puis une femme coiffée d'un chapeau à large bord vint s'asseoir sur le même banc qu'eux. Dans la pénombre, on ne voyait pas bien ses traits.

« Et si nous allions boire un verre ensemble ? »

Dans sa ville natale, on connaissait ces femmes qui se promenaient par deux ou trois les après-midi paisibles, grignotaient bonbons et cacahuètes, et marchaient d'un pas hésitant d'étrangères, comme si elles ne faisaient partie ni de la ville ni de cette journée, la voix tantôt timide tantôt bruyante et criarde. Leur accoutrement qui n'avait rien de choquant se distinguait par l'excès, rubans en couleur ou écharpes brillantes qui témoignaient d'une vie creuse, sans fardeau ni obligation.

« Moi, je rentre chez moi, dit Micha.

– Et tu me laisses seule ici ? demanda la femme d'une voix enfumée.

– Tu n'as qu'à rentrer chez toi.

– Tu crois que j'ai un chez-moi ?

– Si tu veux une couronne, je te la donne, pourvu que tu ne nous racontes pas les mêmes salades.

– Tu es bien arrogant, espèce d'échalas. À ce prix-là, tu n'auras rien de moi.

– Mais je ne t'ai rien demandé.

– Donne-moi quatre couronnes. Toute la nuit pour quatre couronnes.

– Prends, et si tu n'en veux pas, tu n'auras rien. »

Elle prit la pièce que lui tendait Micha.

« Voyez-moi ce fanfaron ! Et toi, mon petit, dit-elle en s'adressant à Rost. Toi non plus ?

– Non, moi non plus.

– Beaux garçons, rien à dire ! Mais alors, allons boire un coup, hein ? Je paie la tournée. Edwige la noire n'est pas mesquine !

– Laisse tomber ! » dit Micha en se levant.

La femme continua de les presser : « Beaux garçons ! On dirait des limaces, pas des hommes ! »

Au bout de quelques pas, Micha quitta Rost et s'éloigna à grands pas. Rost monta dans un fiacre et rentra chez lui.

6

Dans l'après-midi, sur le coup de cinq heures, Rost alla au jardin public verdoyant et inondé de soleil. Un orchestre militaire jouait des marches enjouées qui faisaient soupirer d'amour les domestiques du quartier pour des hussards imaginaires. Puis il joua une marche de Strauss. Des uniformes repassés, des femmes élégantes et de simples citoyens se promenaient dans les allées. Des parterres de fleurs savamment brodés comme des tapis précieux s'étalaient ici et là. On sentait flotter un parfum de bonheur vague, indéfini, quoique proche et palpable. Confortablement assis dans un fauteuil, Rost contemplait sa vie à venir devant lui, claire et accessible comme un long été épanoui. Il se voyait à la fois repu et affamé, plein de désir pour tout. Voulant jouir et épuiser à satiété ce que la vie pouvait offrir, pour le meilleur et pour le pire. Il était ainsi fait depuis sa naissance et ne se sentait aucune obligation de corriger les traits de sa personnalité. L'être humain était un dans la multiplicité, il était une totalité parfaite dont il ne fallait pas changer un iota.

Il aperçut de loin Erna Stift qui marchait en compagnie d'une autre adolescente. Elles se dirigèrent vers l'allée où il était assis et, quand elles passèrent devant lui, il regarda Erna droit dans les yeux sans la saluer. La joue de la jeune fille rosit et quelques minutes plus tard elle revint sur ses pas, cette fois seule. « Vous êtes grossier ! lui dit-elle en marchant droit sur lui, rouge de colère.

– Moi ? Et pourquoi donc ? dit Rost en se levant, souriant.

– Vous êtes grossier et sans éducation, répéta-t-elle bouillant de rage.

– Asseyez-vous un peu. La journée est superbe !

– Vous croyez m'intéresser ?

– Non, je ne crois pas.

– Vous êtes transparent comme l'air pour moi ! »

Elle est femme jusqu'au bout des ongles, se dit Rost.

« Ravi d'être de l'air pour vous. Mais asseyez-vous tout de même, vous pourrez me dire ces choses tout en étant assise, c'est plus agréable, non ? »

Elle parut hésiter un instant, puis se laissa tomber dans le fauteuil de Rost qui alla se chercher un siège.

« Pourquoi vous conduisez-vous ainsi avec moi ?

– Comment je me conduis avec vous ?

– Comme si j'étais une petite sotte.

– Sûrement pas, dit gravement Rost.

– Je sais bien que je ne suis qu'une petite sotte, mais cela ne dérange personne ! Et vous encore moins que les autres ! » dit Erna sur un ton chagrin.

Rost garda le silence.

« Et quand vous croisez une connaissance, vous devez la saluer.

– Bien sûr que je dois la saluer.

– Je ne parle pas de moi. Je ne suis pas une de vos connaissances !

– Votre amie est déjà partie ? Jolie jeune fille !

– Ça ne vous regarde pas ! D'ailleurs, avec son vilain nez, elle n'est même pas jolie. »

Une marchande de fleurs passa au même instant. Rost acheta un bouquet de muguet et le lui tendit.

« Gardez ces fleurs pour… pour vous-même ! Je n'ai pas besoin de vos fleurs !

– Pourquoi êtes-vous en colère contre moi ? Je ne vous ai fait aucun mal.

– Parce que, parce que je ne vous supporte pas. Du tout ! Parce que vous me dégoûtez !

– C'est tout ?

– Vous êtes un homme dégoûtant, un monstre !

– Excusez-moi, mais vous êtes une charmante jeune fille. »

Erna restait assise, silencieuse, ses yeux fixaient le sol. Le soleil orangé grimpa au-dessus des toits que l'on apercevait par-delà les arbres et les grilles de fer. Tout près, une fillette excitée, blonde comme les blés, avec un grand papillon bleu dans les cheveux, faisait rouler un cerceau. Une jeune gouvernante interrompit sa lecture et la mit en garde : « Suzy, ne t'éloigne pas ! » L'orchestre continuait de jouer et Erna se taisait. Prendre un train et partir avec cette adolescente épanouie et désemparée de seize ans, arriver dans un village lointain, frissonner dans la tiédeur d'un soir de printemps, une vache meuglant à son aise, et descendre dans l'unique auberge, dans une vaste chambre au plafond bas, aux vieux meubles simples et massifs, aux draps blancs qui sentent la lessive. Puis s'accouder à la fenêtre, intimidés, et s'attarder devant le village silencieux où passe lentement un chien égaré, sentir la brûlure de ses seize ans palpiter tout contre lui, et rester à bout de souffle, les jambes tremblantes, puis reprendre le train et aller loin, loin pour trouver le bonheur disponible au fond de soi… Mais tu deviens sentimental, se dit Rost avec ironie.

Erna se leva brusquement comme si elle était en retard. Rost se leva aussi. « Si vous permettez, je vais vous raccompagner à la maison. Ça me fera très plaisir. » Elle ne lui répondit pas et Rost chemina à côté d'elle. Son excitation semblait être tombée, elle paraissait soudain triste et même intimidée.

Devant un café luxueux de la Heringstrasse, il la pria d'entrer une petite demi-heure. Elle accepta sans rien dire, ils s'installèrent en terrasse. L'air pur était troué de bulles vert orangé, le ciel était taché de rouge ici et là et des petits nuages cotonneux semblaient avoir été dispersés au pinceau. Le soleil s'éleva au-dessus des toits, les trams circulaient en grinçant, pleins de grappes humaines. Des fiacres légers allaient et venaient en se hâtant vers leur destination, d'autres roulaient lentement à la recherche de clients. Le cœur se mit à battre plus vite pour une raison inconnue.

« Votre mère est à la maison ?

– Non, elle est sortie. Mais en quoi cela vous regarde ?

– Rien, comme ça.

– Mon père rentrera dans trois jours. Il nous a écrit », ajouta-t-elle innocemment.

Au même instant, Rost aperçut Gertrude Stift parmi les passants. Il se leva et lui fit signe.

« Tu es là ? dit-elle à Erna, un peu contrariée.

– C'est ma faute, dit Rost. Je l'ai rencontrée au jardin public et l'ai entraînée au café. Je suis prêt à supporter mon châtiment, dit-il en riant.

– Le délit est sans importance », dit Gertrude, mais son visage exprimait plutôt le contraire.

Elle parla peu, avec une certaine réserve et refusa de s'attarder au café. Il fallait qu'elles rentrent à la maison pour dîner.

Une tension s'installa. Erna aussi paraissait irritée, il le sentit dans les rares mots qu'elle lui adressa. Il paya l'addition et se leva pour les accompagner.

La maison n'était pas loin. Rost parla de la pluie et du beau temps, puis se tut. Quand ils furent arrivés devant l'appartement, il se retira aussitôt dans sa chambre. Il était environ six heures et demie. Il se mit en robe de chambre, s'assit devant la fenêtre ouverte et feuilleta sans envie un roman qui avait un succès aussi rapide qu'injustifié. Le style était ampoulé, artificiel, l'auteur étalait son savoir avec un excès de coquetterie, comme pour dire : voyez comment je suis, je sais ceci et cela ! Ici, vous avez affaire à moi et ne l'oubliez pas !.... C'était un roman d'un réalisme frelaté, dénué d'un élan franc et naturel vers les choses. L'écrivain avait une tête mais aucun tempérament, ce n'était pas un artiste.

Rost posa le livre avec mépris et regarda par la fenêtre. De rares passants se pressaient de rentrer chez eux et disparaissaient par les portes cochères. Le jour finissait, alangui.

Devant une fenêtre ouverte parut le visage d'une jeune fille qui sourit. Peut-être le sourire s'adressait-il à lui, Rost.

Oui, Gertrude paraissait mécontente. Il ne l'avait jamais vue dans cet état. Et tout ça parce qu'il avait entraîné Erna au café ? C'était une raison insuffisante. Après tout, c'était déjà une jeune fille. Peut-être plus mûre que ne le pensait sa mère. Il décida d'attendre tranquillement le moment d'y voir plus clair.

Il s'assit pour écrire une lettre à sa mère et une demi-heure plus tard s'habilla et sortit. Dans le couloir, il croisa Gertrude qui lui chuchota de l'attendre trois quarts d'heure plus tard dans le jardin au-dessus de la place Karl.

Il dîna dans un troquet proche de la maison, puis se dirigea vers le parc. Gertrude l'attendait à l'entrée. Elle passa son bras dans celui de Rost et l'entraîna vers la Heringstrasse. Le soir s'étendait sur la ville. La Heringstrasse était très animée et éclairée, de la musique s'échappait des cafés, les portes à tambour n'arrêtaient pas de tourner. Rost proposa d'entrer dans un café et, une fois qu'ils furent installés, Gertrude dit : « Erna ne veut pas entendre parler de vous. Elle vous déteste. Je me demande bien pourquoi. » Rost posa le moka qu'il était en train de boire :

« Elles sont capricieuses à cet âge.

– Que lui voulez-vous ?

– Rien.

– Inutile de lui indiquer le chemin du café. Elle est trop jeune pour cela.

– Tôt ou tard, il y aura quelqu'un pour lui montrer le chemin. Elle n'est plus une enfant.

– Mais je ne veux pas que ce soit vous ! Vous m'entendez ?!

– Pourquoi pas moi ?

– Je ne veux pas, martela Gertrude, je l'interdirai.

– Il ne vous reste plus qu'à l'enfermer dans sa chambre, et je doute que cela soit efficace. Je ne comprends pas votre émotion, ajouta-t-il après une pause. Personne ne lui a fait du mal.

– Ce n'est encore qu'une lycéenne et, pour le moment, elle ne doit s'occuper que de ses études !

– Rien que les études ? protesta Rost. Je crois qu'elle connaît parfaitement la nature de nos rapports. Elle n'est pas aussi naïve que vous le croyez.

– Comment le savez-vous ?

– J'en ai l'intuition.

– C'est infondé ! Je n'ai peur de personne.

– Elle m'a annoncé à brûle-pourpoint que votre mari rentrait dans trois jours. On y sentait une intention particulière.

– Ah bon ! Je vous aime beaucoup. Peu m'importe le reste, personne ne peut s'interposer entre nous, ajouta-t-elle tout en lui caressant le dos de la main posée sur la table.

– Et lorsque votre mari reviendra ? »

La notion de mari lui semblait abstraite. Il lui était difficile d'imaginer Gertrude, qui s'était unie à lui pour ne faire qu'une seule et même chair, qu'il croyait connaître de tout temps, avec son corps lisse, chaud, différent, fendu, son odeur forte et excitante qui se mêlait à celle de Rost, d'imaginer Gertrude donc s'unir à un autre homme dénommé l'époux. De la même manière, avec la même ardeur, le même oubli de soi, le même abandon. C'était une image aussi bizarre que ridicule.

« Quand il reviendra, il sera ici.

– Et vous coucherez avec lui comme d'habitude ?

– Vous êtes jaloux ? Je pense que c'est plutôt lui que je trompe et pas vous.

– Je ne suis pas jaloux. Mais je suis un associé à responsabilité limitée et ce n'est pas agréable.

– Tu peux être sûr que je ne lui ai jamais donné ce que je te donne. Jamais. Tu es peut-être trop jeune pour le comprendre, mais je dis la vérité. J'ai vécu avec lui, je lui ai donné un enfant et pourtant tu es mon premier homme, comme si je n'en avais pas connu d'autre auparavant.

– Tu ne l'aimais pas ? Pourquoi l'as-tu épousé ?

– Vois-tu, j'ai cru que je l'aimais. Une jeune fille ne sait pas distinguer entre un sentiment et un autre. Il m'était sympathique et m'aimait beaucoup, il m'aime encore jusqu'à ce jour. Une toute jeune fille a soif de caresses, de baisers, de tendresse. Et elle est curieuse. Alors j'ai cru que je l'aimais, mais j'ai vite découvert que ce n'était pas le vrai amour. Ce n'était qu'un maigre substitut. En fait, je ne l'ai jamais aimé. Je ne peux pas dire que je le déteste ou le méprise, mais tout cela n'est qu'une piètre imitation, sans excitation véritable, une vieille habitude. »

Elle disait la vérité, ou bien mentait inconsciemment. Les sentiments qu'elle éprouvait à l'égard de son mari avaient changé et elle était aussi incapable de les raviver que d'imaginer leur réalité passée. Comme une lettre écrite par nous il y a longtemps, qui semble avoir été rédigée par une main étrangère. Rost suivait ses gestes tout en buvant à petites gorgées son café déjà froid. Elle sentit son regard, leva les yeux vers lui et lui adressa un sourire heureux.

« As-tu envie d'un cognac ? » proposa-t-elle.

Le garçon leur servit le cognac, elle prit une gorgée dans le verre ventru au long pied et le lui tendit. « Sais-tu que parfois j'ai l'impression que tu es mon fils, le fruit de mes entrailles, et je me sens heureuse à la folie. » Puis elle ajouta : « Rentrons vite à la maison, tu veux bien ? »

Ils quittèrent le café et marchèrent quelque temps le long des rues endormies. Gertrude était accrochée au bras de Rost de tout le poids de son corps embrasé, la rumeur de la ville s'éloignait derrière eux, de plus en plus faible et diluée. L'excitation de Gertrude contamina Rost. Un frémissement parcourut ses cuisses, il s'arrêta et l'embrassa sur la bouche en plein trottoir, sentit la douceur de ses lèvres, le bout de sa langue qui se glissait entre ses dents et sa bouche sèche, et il fut saisi d'un vertige. Alors ils pressèrent le pas.

7

Aussitôt après le repas, la mère annonça qu'elle sortait faire une petite promenade. Erna resta quelque temps immobile dans la salle à manger. Mitzi débarrassa la table, rangea la pièce, Erna la regardait sans la voir. Elle devinait où sa mère était allée, elle en était presque sûre. Rencontrer Rost. Dans un endroit fixé d'avance où il l'embrasserait et l'embrasserait, oh, comme elle détestait cet homme !

La lumière électrique figée diffusait une clarté orangée. À la fenêtre, l'épais rideau bougea un peu lorsque Mitzi ouvrit la porte. Elle avait des cheveux ternes, des hanches larges, et quand elle marchait, sa croupe se balançait lourdement comme une grosse voiture. Le parquet du salon grinçait sous ses pas.

« Dis-moi, Mitzi, tu as un amoureux ?

– Mais c'est Fritzl, gracieuse demoiselle, Fritzl le serrurier.

– Et il t'embrasse beaucoup ? demanda Erna après une pause.

– Comme il est de coutume entre amoureux.

– Comme mari et femme ?

– Fritzl m'épousera plus tard.

– Écoute, Mitzi, il faut que tu me racontes tout. Tout, tu comprends ?

– Mademoiselle est encore trop jeune.

– Je ne suis pas trop jeune. J'ai déjà un amoureux, je t'assure. Il m'a déjà embrassée », mentit Erna.

Mitzi était debout, appuyée à la table avec ses avant-bras rouges. Ses gros seins dépassaient de sa blouse claire à pois noirs et tendaient le tissu à en faire éclater les coutures.

« Et vous couchez ensemble, nus ? Complètement nus ?

– Parfois. Mais mademoiselle est très curieuse, dit Mitzi en riant.

– C'est agréable de coucher comme ça ? insista Erna en rougissant.

– Très agréable. Au début, ça fait mal, mais après ça ne fait plus mal.

– Et il te caresse ? Partout ? »

Erna tendit le bras par-dessus la table et toucha la poitrine de Mitzi. Celle-ci recula en riant.

« Dis-moi, Mitzi, regarde-moi bien, suis-je belle ?

– Mademoiselle est très belle.

– Approche-toi, dit Erna en se redressant. Regarde bien sous tous les angles.

– Mademoiselle est très belle, il n'y a rien à dire, trancha Mitzi en professionnelle. J'aurais bien aimé être aussi belle que mademoiselle.

– Mais touche ici. » Elle prit la main de la domestique et la posa sur sa poitrine. « C'est très petit.

– Ça va grandir encore.

– Tu crois que je peux plaire ? Dis-moi la vérité.

– Je vous le promets. Les hommes seront fous de vous.

– Tu vois, Mitzi, je crois toujours que je suis laide.

– Laide, mademoiselle ? Vous laide, avec ces yeux, cette bouche, cette taille ? Mademoiselle est une vraie beauté !

– Mais laquelle de nous deux est plus belle, ma mère ou moi ?

– On ne peut pas vous comparer. Madame est belle comme une femme mûre, c'est différent. Mademoiselle est belle comme une jeune fille.

– Tu es gentille, Mitzi. Attends un instant, viens dans ma chambre tout à l'heure. J'ai encore beaucoup de questions à te poser.

– Oui, il faut que je me dépêche. Je dois faire la vaisselle. »

Erna se retira dans sa chambre. C'était une pièce de taille moyenne, en longueur, garnie de meubles blancs. Elle commença à se déshabiller fiévreusement. Arrivée à sa chemise, elle hésita un instant et l'enleva aussi. Un frisson la parcourut, pourtant il ne faisait pas froid. Elle prit le petit miroir accroché au-dessus du lavabo et inspecta attentivement son corps, partie par partie. Il lui était déjà souvent arrivé de le regarder, mais jamais avec une telle attention. Elle le considérait comme une chose évidente qui ne demandait pas une attention particulière. Tout être humain avait un corps, cela allait de soi. Mais aujourd'hui, c'était différent. Regarder son corps l'avait troublée, c'était un sentiment agréable et oppressant. Elle l'observa comme s'il ne lui appartenait pas et le vit comme un corps étranger. Comme si un étranger la regardait en cachette, la caressait de ses yeux et qu'elle en avait honte. Mais elle examina tout de même ses petits seins ronds comme deux pommes, reposa le miroir, les prit dans ses mains comme pour les soupeser, puis reprit le miroir. Pendant tout ce temps, son dos était parcouru de légers frissons.

Ensuite, elle s'assit au bord du lit et regarda son ventre lisse délimité par une ligne horizontale de poils noirs. Elle caressa doucement ce ventre chaud comme si sa main lui était étrangère, s'efforça de regarder ce lieu de pudeur et source de vie, retourna le miroir dans tous les sens, surprise par elle-même, mais ne s'arrêta pas. Est-ce que toutes les femmes étaient comme ça ? Vraiment comme ça ? Ou peut-être n'étaient-elles pas belles à cet endroit ? Ou bien toutes n'étaient pas pareilles ? Ses cuisses n'étaient pas belles, il fallait l'admettre. Celles de sa mère étaient plus belles, rondes, lisses, elle l'avait déjà vue en train de se laver.

Elle raccrocha le miroir à sa place, entrouvrit la porte et appela Mitzi.

Cette dernière lui répondit depuis la cuisine :

« J'arrive ! J'ai presque fini. »

L'appartement était silencieux. On entendait par moments le bruit lointain de la vaisselle dans la cuisine. Erna demeura quelque temps devant la porte entrouverte et regarda distraitement le couloir sombre. En face, une ligne diagonale de lumière passait sous la porte de la cuisine. Erna sentit dans sa bouche son haleine brûlante. Sa mère ne revenait pas. Elle était tendue par l'attente douloureuse d'une chose qu'elle ignorait. Sa mère n'était pas rentrée et il était déjà tard. Erna retourna dans sa chambre sans fermer la porte. Sur son bureau plein de livres et d'accessoires d'écriture, le petit réveil indiquait dix heures et quart. Elle s'assit sur son lit, les jambes pendantes. Dehors, un ivrogne chantait d'une voix éraillée. Puis il déclama sous la fenêtre un discours accusateur contre le gouvernement. Il récita quelques vers confus et inappropriés, s'interrompit brusquement en prononçant une maxime de résistance populaire qui mettait fin à toutes les doléances. Et quelques immeubles plus loin, il recommença.

Mitzi arriva sans son tablier blanc. Elle resta hésitante devant la porte.

« Ah, mademoiselle va se coucher !

– Viens plus près, Mitzi, dit Erna en se levant du lit. Crois-tu que je sois belle ? Dis-moi la vérité !

– Très belle. Quels jolis petits seins ! On a envie de les embrasser sans fin !

– Et les femmes, toutes les femmes, elles sont comme ça ?

– Bien sûr ! Toutes ! Mademoiselle ne le sait pas ? La seule différence est qu'il y en a de plus ou moins belles.

– Vraiment comme moi ?

– Vraiment comme vous.

– Et toi ?

– Moi aussi.

– Je veux voir.

– Que dites-vous, s'amusa Mitzi, je ne peux pas comme ça, sans raison…

– Pourquoi pas ? Tu es une gentille fille, quelle importance, je veux voir.

– Mais c'est comique quand il n'y a pas d'homme.

– Embrasse-moi ici, Mitzi », dit Erna en montrant son sein.

Mitzi resta clouée à sa place, elle regarda Erna avec un sourire stupide. « Embrasse ici », répéta Erna. Alors la servante inclina la tête et embrassa son téton. Erna appuya la tête contre sa poitrine et poussa un gémissement.

« Alors, Mitzi ?

– Si mademoiselle insiste ! dit Mitzi, et elle déboutonna son corsage à contrecœur.

– La chemise aussi », insista Erna.

Puis elle l'inspecta de la tête aux pieds. Mitzi n'était pas grande, un peu lourde et gauche, avec des membres grands et massifs. « Tu es large, ici, dit Erna en montrant ses hanches. Pas comme moi. »

Mitzi se sentait déplacée, soudain désœuvrée, de trop, sans échappatoire. Avec ses gros bras pendant le long de son corps, elle était plantée au milieu de la pièce, charnue, massive, un sourire embarrassé aux lèvres. Elle était terriblement nue. Sa nudité injustifiée occupait tout l'espace, la dévalorisait et annulait sa fonction. Habillée, elle était bonne pour divers travaux et même pour l'amour. Mais nue, elle n'était bonne à rien. Une de ses mains se posa distraitement sur son ventre rond qu'elle se mit à gratter.

Erna s'approcha, l'entoura de ses bras et l'attira vers le lit tout proche. Elles s'assirent sans dire un mot, toutes les deux enlacées. Le tic-tac obstiné du réveil soulignait le silence. Les deux femmes avaient une respiration lourde et agitée. Erna s'assit sur les genoux de Mitzi. Brûlante, elle se pressa contre sa poitrine. De ses mains rendues rugueuses par le labeur, Mitzi commença à lui caresser le ventre, les hanches.

« C'est comme ça qu'il te fait ? lui chuchota Erna en se pressant encore plus contre elle.

– Madame peut rentrer à tout moment, il faut que je m'en aille », dit Mitzi en se levant brusquement.

Comme à travers un voile, Erna la vit ramasser ses vêtements et se glisser hors de la pièce. Elle resta un moment immobile sur le lit. Mitzi avait oublié un bas sur la chaise. Le silence l'enveloppait, son cœur battait à tout rompre. Son corps embrasé aspirait à une sensation inconnue. Sa mère ne revenait pas et lui non plus. Mais son père reviendrait. Dans trois jours. Les devoirs pour le lendemain n'étaient pas faits. M. Stark ferait une grimace et sa maigre moustache se tordrait en travers de sa bouche. Au jardin public, il avait demandé qui était Fridel, mais elle n'était même pas belle, Fridel Kobler. En plus, elle sortait avec Willy Martin qui était en classe de première. Peut-être même l'avait-il embrassée. Avec son visage couvert d'acné, sa voix cassée et ses petits yeux de rat, il ne lui plaisait pas du tout. C'était un type inintéressant. Rost était incontestablement répugnant et prétentieux. Mais il n'était pas laid. Et Erna n'était encore qu'une gamine, c'est pourquoi il la dédaignait. D'ailleurs, elle s'était comportée comme… comme un bébé, comme une élève d'école primaire. Il s'était sûrement moqué d'elle. Elle ne lui parlerait plus. Pourquoi l'avait-il touchée ? Elle le détestait de toutes ses forces.

Si seulement il la voyait comme elle était en ce moment !

Une vague de honte la submergea. Inconsciemment, elle fit un geste de la main pour se couvrir. Puis elle se leva et se mit devant le miroir. Elle défit ses cheveux et les peigna longuement comme si elle se faisait belle pour quelqu'un. Ses boucles retombaient jusqu'au milieu du dos et le peigne y faisait de minuscules étincelles. Une charrette roula dehors, s'éloigna et se fondit dans la nuit. Le silence se referma. Seul le tic-tac du réveil continuait de le perforer de trous minuscules.

Erna ramassa ses cheveux et les passa sur son visage. Une ombre noire sur le blanc du cou et de la poitrine. Elle rapprocha les mèches de ses narines et sentit une vague odeur de savon qui, pour une raison inconnue, lui donna envie de pleurer dans la nuit. Non pas par tristesse ou par mélancolie, mais sans raison, ou peut-être par un excès de vie réprimé qui palpitait pour un étranger, un mystérieux inconnu, sans nom, ni forme, ni couleur. Et cette vie qui bouillonnait en elle la laissait totalement désemparée.

Elle crut entendre des pas dans le couloir. Aussitôt, elle fit un bond et se coucha, éteignit la lumière et resta immobile, tendue vers le couloir, attentive au moindre bruit. La clé tourna dans la serrure et ils entrèrent. Erna entendit la porte jouxtant sa chambre s'ouvrir, c'était la chambre à coucher de ses parents, et une autre porte plus lointaine, à l'autre bout du couloir. Elle retint son souffle et écouta chaque bruissement étouffé venant de la pièce à côté. Comme dans une vision, elle vit sa mère enlever tour à tour sa robe, son corsage, son corset. Erna avait chaud, mais elle s'abstint de faire le moindre mouvement.

Puis la porte de la chambre à coucher s'ouvrit et sa mère sortit en pantoufles. Quelques minutes plus tard, elle revint. À l'autre bout du couloir, de l'eau coulait à gros bouillons. Dans la chambre voisine, on n'entendait aucun autre bruit que l'épaisseur du silence. Erna se recoucha. Que se passait-il là-bas ? Elle ne comprenait pas. Il lui sembla qu'une éternité s'était écoulée depuis que sa mère était revenue pour la seconde fois dans sa chambre. Rien ne bougeait chez elle.

Elle commençait à se décourager quand il lui sembla entendre la porte s'ouvrir à la dérobée. Un léger grincement confirma ses suppositions. Les sens aiguisés, elle entendit des pas feutrés amortis par le tapis du couloir. Elle demeura longtemps étendue, à écouter le silence. Dehors, à quelque distance, quelqu'un sifflait un air joyeux. Erna se leva sans bruit et passa une robe de chambre. Elle sortit dans le couloir sans allumer la lumière et le longea en posant prudemment ses pieds nus, comme sur une patinoire. Arrivée au bout, elle s'arrêta un instant. C'était un parcours d'une douzaine de mètres, mais il lui parut bien plus long et elle respirait péniblement. Puis elle fit un pas et tendit l'oreille vers la porte. On entendait à l'intérieur des chuchotements interrompus de rires brefs. Par moments, tout s'arrêtait. Après, les chuchotements reprenaient de plus belle. Un vent étrange, lourd et excitant soufflait de l'intérieur.

Erna s'immobilisa devant la porte. Son cœur battait à tout rompre, son corps était parcouru de frissons. Elle se sentit seule au monde, abandonnée et malheureuse, au cœur de cette nuit silencieuse et fermée sur elle-même, où se passaient des choses bizarres et incompréhensibles. Elle était toute petite et désemparée. Par moments, elle avait une envie folle d'ouvrir la porte et d'interrompre le bonheur qui la laissait à l'extérieur. De l'autre côté du mur, il se passait une chose dont elle ignorait la nature, mais qui mettait fin à la solitude. Désormais, ils étaient deux pour surmonter la nuit, ils riaient, savaient que faire de leur corps et exploraient les limites de leur être. Et de ce côté-ci, la nuit était envahissante, pleine de vide et d'épouvante. Le corps frémissait, tendre et brûlant, sans but et sans limites. Erna le ressentait obscurément, sans pouvoir se le dire. Soudain elle éprouva de l'inimitié pour sa mère, comme si elle lui était étrangère, qu'elle n'était plus sa mère mais une ennemie. Elle avait trompé son père et Erna. Mais dans le même temps, elle piquait sa curiosité. En fait, Erna ne connaissait pas sa mère et, à vrai dire, ne l'aimait pas. Elle n'aimait ni son père ni sa mère.

De l'autre côté, on riait de nouveau. Erna fit résolument demi-tour et revint en tâtonnant dans sa chambre. Elle alluma la lumière et s'étendit sur son lit sans se couvrir. Elle avait chaud. Elle resta un long moment sans bouger, fixant un point noir sur la moulure du plafond, peut-être une mouche endormie. Puis elle ôta sa chemise et commença à caresser son corps, ses seins, son ventre, ses cuisses, avec des mains qui lui semblaient étrangères. De plus en plus excitée à en perdre la raison, elle laissa ses doigts caresser un point dans son corps, s'approcha d'une limite inconnue, d'une issue. Elle répéta les mêmes gestes plusieurs fois et tout son corps se tordit comme si elle avait des spasmes. Peu à peu elle se détendit, ses membres se relâchèrent. Elle éteignit la lumière et s'endormit aussitôt.

8

Fridel Kobler n'était pas l'amie intime d'Erna. Son amie de cœur était plutôt Gretel Milner qui séjournait depuis trois mois dans un sanatorium. Erna traitait Fridel avec un certain mépris. Pourtant, cette dernière cherchait toujours sa compagnie et lorsque Gretty Milner partit, ce fut pour Fridel l'occasion d'être plus proche d'Erna qui se laissa faire. Fridel était sa voisine de classe au lycée. Son cartable était toujours plein de chocolats et de sucreries et sa bouche, toujours occupée à mâcher. Avec les rides en moins, elle ressemblait déjà à sa mère, Mme Emmie Kobler, une femme lourde et gauche, la cinquantaine, qui s'échinait à dissimuler sous une épaisse couche de poudre les plis autour de ses yeux de veau.

En sortant du lycée, Erna invita Fridel à venir chez elle après le déjeuner. Fridel n'habitait pas loin. Les deux adolescentes rentraient ensemble jusqu'à la place Karl. Aux beaux jours, elles s'attardaient un quart d'heure dans le square vidé de ses nourrices à l'heure de midi. C'était le moment où, assis sur des bancs, les ouvriers mangeaient leur casse-croûte apporté dans des mouchoirs par leurs femmes. La plupart d'entre eux étaient des carreleurs ou des égoutiers des environs. Ce jour-là, Erna refusa d'aller dans le jardin inondé de soleil, elle quitta son amie et s'empressa de rentrer chez elle. Pendant le repas, elle parla peu. Elle était assise face à sa mère et lui lançait des regards furtifs. Le visage de Gertrude était calme et distant, sa bouche, charnue, mûre et assouvie. La salle à manger spacieuse sentait la côtelette et la salade, l'air était quelque peu assoupi. Sur le parquet ciré et sur une partie du tapis moelleux se dessinaient les contours déformés de la fenêtre ensoleillée.

« La salade est toute fraîche, prends-en encore un peu.

– Non, j'en ai trop, dit Erna.

– Demain, nous irons t'acheter un chapeau neuf. »

Mitzi entra avec le plat de résistance, des nouilles à la crème et aux raisins.

« J'ai invité Fridel Kobler. Nous irons nous promener.

– Où ?

– Je ne sais pas. Au parc.

– Mets plutôt ta robe bleue, celle-ci n'est pas assez propre. »

Aussitôt après le repas, Erna se retira dans sa chambre. Elle essaya de faire ses devoirs, de lire un livre, mais elle avait du mal à se concentrer. La page lui restait étrangère et insaisissable. Alors elle s'apprêta à faire sa toilette et à se coiffer. Vêtue d'un jupon vert tendre, elle brossa distraitement ses cheveux, le geste lent, sans regarder le miroir. Soudain, poussée par une force intérieure, elle accéléra ses mouvements. Elle fit une rapide natte de ses cheveux qu'elle retint avec des barrettes et s'assit à sa table. Elle tira de son cartable un bloc de papier uni et commença à écrire attentivement, avec des lettres bien rondes : « Je ne vous connais pas. Je ne veux pas vous connaître. Vous avez fait irruption dans ma chambre, et vous voilà assis au pied de mon lit, en train de sourire. Pourquoi souriez-vous ainsi sans la moindre honte ? Votre vue m'est insupportable. Je ne vous aime pas. Je ne vous aimerai jamais. Effacez de votre visage ce sale sourire hypocrite. Je vais vous tuer. Je vous rendrai froid, dur et laid. Je vous tuerai. Je vous embrasserai. Je vous tuerai. Je mordrai. Je vous enfermerai dans ce tiroir et vous ressortirai à ma guise, vous serez à moi. À moi, à moi, à moi ! Pas à vous. Ni à elle. Alors peut-être je vous aimerai une toute petite fois et je vous jetterai. Parce que je n'aurai plus besoin de vous. Sortez d'ici, lentement, s'il vous plaît. Je vous en prie. Quittez cette chambre. Vous avez le droit de me donner un petit baiser, ici. Et maintenant, sortez. Si vous pensez que je suis belle, dites-le-moi avant de partir. Je commence au bout de mes orteils et m'achève au sommet du crâne, ne l'oubliez pas. Tout cela, c'est Erna Stift. Moi. Si vous étiez gentil, je vous porterais sur moi, mais je ne le ferai pas. Vous êtes blondinet et vous riez la nuit. Je ne vous aimerai jamais, même pas pour un sou. Je vous aime. Si je l'avais voulu, je serais venue poser ma tête sur vos cuisses et je serais restée une semaine sans manger. Nous aurions navigué ainsi et nous serions arrivés dans un monde où vous seriez mon amant. Je vous aurais dit du matin au soir que je vous aimerais jusqu'à l'éternité. La nuit aussi, quand je dors, le jour aussi, quand je mange ou je joue du piano. J'aurais pu dessiner sans cesse les traits de votre visage. Remplir quatre mille cahiers avec les lettres de votre nom. Quatre ou cinq lettres. Et sourire amicalement au monde par amour pour vous. Et être belle pour chacun par amour pour vous. Mais je ne connais pas les traits de votre visage. J'ignore votre nom. Et peut-être que je ne vous aime pas. Je pourrais pleurer parce que je vous aime ou que je ne vous aime pas. Si je vous aimais vraiment, j'aimerais même mon professeur d'histoire qui louche et a un sourire méchant qui tord la moitié de sa bouche. Pour vous, je ferais même mes devoirs, ou je ne les ferais pas du tout. Mais je ne vous vois pas et si je vous voyais, je ne saurais pas que c'est vous. Peut-être n'aurais-je pas de preuve que c'est vous, alors je serais très intimidée, puis méchante, puis encore plus intimidée. Si vous vous moquez de moi, je serai triste. Je vous détesterai et je pleurerai. Si je vous trouve là-bas aujourd'hui, je saurai que vous pensez à moi. Vous êtes unique dans cette ville, unique. Erna. »

Elle déchira les feuillets en petits morceaux et en fit un tas sur le bureau devant elle. Puis elle resta assise, immobile, un sourire distrait sur le visage. Au bout d'un moment, elle ramassa les bouts de papier et se leva pour aller les jeter dans la poubelle de la cuisine.

Sa mère longea le couloir, habillée et prête à sortir.

« Ouf ! soupira Fridel en se laissant tomber dans un fauteuil. Il fait chaud aujourd'hui. » Erna dissimula dans la paume de sa main la lettre déchirée dont elle essaya vainement de faire une boule. Elle n'avait pas entendu Fridel entrer. Celle-ci dit :

« J'ai croisé ta mère dans l'escalier.

– Ah bon, elle est sortie ? » dit Erna en jetant un coup d'œil à son amie qui était rouge, essoufflée, sa poitrine se soulevait.

Brusquement, Fridel se leva et embrassa Erna sur la bouche. « Sais-tu que tu es belle, ma chérie ? » Erna lui en fut reconnaissante en silence. Debout à côté d'elle, Fridel la regardait avec admiration.

« Tu ne vois pas Willy aujourd'hui ?

– Si. Il viendra dîner chez nous avec sa sœur Suzy et Karl Greiner, l'étudiant aux Beaux-Arts. Tu veux venir ?

– Non, je ne peux pas. Il aurait fallu que je prévienne ma mère, mais elle ne rentrera qu'à l'heure du dîner. »

Erna se leva et, par la porte entrouverte, elle demanda à Mitzi de préparer du café. Puis elle se coiffa et s'habilla. Les jambes croisées, Fridel s'était laissée retomber dans le fauteuil et regardait placidement son amie.

« Karl Greiner s'intéresse à toi.

– Ce vilain singe ?

– Tu exagères, Erna. Il n'est pas du tout vilain. C'est même un garçon sympathique et on dit qu'il est très doué. Il va faire le portrait de ma mère. »

Les deux adolescentes passèrent dans la salle à manger où Mitzi leur avait servi du café, des petits pains, du beurre et de la confiture. Fridel s'empiffrait comme si elle n'avait pas mangé de la semaine.

« Il dit que tu es très belle, reprit Fridel la bouche pleine. Et si tu venais tout de même dîner chez nous ? Tu pourrais dormir à la maison, nous n'avons pas classe le lendemain.

– Je ne sais pas, ça dépend de ma mère. On verra. »

Elles sortirent. Erna se dirigea vers le jardin public, à travers des rues printanières qui paraissaient plus belles et plus propres que d'habitude. Elle n'écoutait pas le bavardage incessant de Fridel. Une seule idée lui trottait dans la tête : s'il est là-bas, ce sera un signe. Il y était.

En fait, au début il n'y était pas. Le cœur battant, le long de l'allée où il était assis la veille, elle passa en revue tous les promeneurs assis sur des chaises, ou debout. Il ne se trouvait pas parmi eux. La déception fut si forte que ses genoux flanchèrent, son souffle se bloqua. Elle s'arrêta pour respirer. Le jardin plein de monde lui parut soudain désert. Il n'y avait plus personne. Au bout de l'allée, elle revint sur ses pas dans l'espoir secret de n'avoir pas bien regardé. Il y avait tant de monde ! Et quand elles arrivèrent devant le kiosque, il surgit au milieu de la foule. Erna rougit de la tête aux pieds.

Souriant, il se dirigea vers elles d'un pas assuré. « Quel plaisir inattendu », dit-il en tendant la main à Erna. Puis il se présenta avec une grande politesse à Fridel. Muette d'émotion, Erna ne pouvait pas dire un mot. Elle se sentit rougir, s'en voulut, et rougit de plus belle. Excitée, elle lui lança :

« Vous êtes encore là ! Vous n'avez aucune autre occupation ! Vous êtes un vrai oisif.

– Mais mademoiselle aussi est ici. Déplaçons-nous, nous bloquons la circulation dans l'allée. »

Au bout de quelques pas, il proposa de s'asseoir sur des chaises qui venaient de se libérer. La conversation traînait, gâchée par le silence obstiné d'Erna. Ils parlaient de la pluie et du beau temps, des acteurs de théâtre célèbres. Fridel questionna Rost sur son pays natal.

« On dit que les Russes sont de grands barbares.

– Oui, des mangeurs d'hommes, plaisanta Rost. Prenons le tsar, il ne se nourrit que de côtelettes humaines. Chaque village de la sainte Russie doit fournir chaque jour, à tour de rôle, un tendre adolescent à la table du roi et à sa cour.

– Uniquement des garçons ? demanda naïvement Fridel.

– Et des vierges. Un jour un garçon, un jour une vierge, en alternance. Les dimanches et jours de fête, deux par jour, un garçon et une vierge. »

Soudain Erna éclata de rire. « Vous nous racontez des histoires ! » dirent les deux filles en riant. Prise de logorrhée, Erna raconta le lycée, décrivit à grands traits caricaturaux ses professeurs et les élèves. Ses descriptions vives et cinglantes soulignaient le côté grotesque des choses, les dotaient d'une forme, et on pouvait presque faire des portraits à partir de ses seules descriptions.

« Je crois que vous avez des dons artistiques, dit Rost. Aimeriez-vous être une artiste ?

– Je ne sais pas, je n'y ai pas pensé.

– En tout cas, je ne sens pas en vous l'étoffe d'une mère de famille bourgeoise. Croître et se multiplier dans un cloaque d'ennui, dans la fadeur de l'habitude dénuée de toute joie. »

Au même instant, Vita Karsten passa, au bras d'un homme au visage jeune et aux cheveux blancs. Elle répondit au salut de Rost avec un sourire plein de sous-entendus, comme s'ils partageaient un secret.

« Mais c'est Vita Karsten, la danseuse ! s'écria Fridel. Vous la connaissez personnellement ?

– Bien sûr ! Nous nous sommes rencontrés, il y a quelque temps. »

Erna la suivit longuement du regard, mesura son port fier, sa démarche souple et légère, son abandon calculé et trompeur. Elle éprouva une hostilité soudaine et inexpliquée à l'égard de cette femme.

« Vous vous prenez pour un génie, dit-elle.

– En tout cas, pas pour le dernier des idiots, lui répondit Rost en riant.

– Gardez votre génie pour vous ! Il ne m'intéresse pas.

– Je ne voulais pas vous vexer.

– On dit que c'est une femme intéressante, cette Vita Karsten, dit Fridel Kobler qui savait tout ce qui se disait sur les uns et les autres.

– Allez nous chercher du chocolat, monsieur Rost. Mon amie Fridel raffole du chocolat.

– Avec plaisir. »

Une fois que Rost se fut éloigné, Fridel commenta :

« Il est sympathique.

– Il est très antipathique.

– N'exagère pas, Erna. Pour toi, tout le monde est antipathique. »

Rost revint avec deux tablettes de chocolat Gala Peter. Fridel s'empara aussitôt d'une tablette qu'elle défit et commença à grignoter méthodiquement. Rien ne l'intéressait plus. Erna tenait à la main sa tablette, comme une chose qui ne serait pas destinée à la consommation. Son regard était fixe, passait au-dessus des têtes des promeneurs, vers les parterres de fleurs derrière eux, déjà envahis par l'ombre. Seule une petite portion était encore éclairée par le soleil. La journée était si vite passée. En bruit de fond, des vagues de musique se mêlaient aux trams brinquebalants et à la rumeur de la ville. Rost fumait en silence à ses côtés. Une fumée âcre et odorante dilatait ses narines par bouffées. Elle l'aspirait comme un parfum précieux. Si elle était plus âgée, il ne se moquerait pas d'elle. Mais elle ne voulait pas de son ironie ! Et Fridel était stupide. Pourquoi lui avait-elle demandé de l'accompagner ? Craignait-elle de rester seule avec lui ? Non ! Elle n'avait pas peur de lui.

Fridel se leva, il fallait qu'elle rentre tôt pour accueillir ses amis. Elle insista pour qu'Erna essaie de venir, au dîner ou après dîner. Sa mère le lui permettrait sûrement et on s'amuserait !

Une fois l'adolescente partie, Erna demeura un moment plongée dans ses pensées. Le monde extérieur semblait s'être évaporé, elle était seule dans l'espace, et autour d'elle flottait une douce tristesse, c'était le crépuscule, elle le sentait à peine, et un homme, peut-être lui, se trouvait à côté d'elle. Ou plutôt non, pas à côté mais en elle, et une joie soudaine l'envahit, elle commença à gambader sur le sentier obscur, pieds nus, les cheveux dénoués, il la poursuivit avec un rire sonore, tenta de l'attraper, elle était brûlante, moite, essayait d'échapper à la passion.

Erna leva les yeux. Oui, tout était inchangé. Il était resté à sa place et lui souriait affectueusement. Il dégageait une espèce de chaleur, un sentiment de protection. Brusquement, elle se sentit très proche de lui.

« Est-ce que la vie est très triste ? »

Rost ne lui répondit pas aussitôt. Son regard se posa sur elle, sur ses yeux qui étaient proches et lointains à la fois, hors d'atteinte.

« Oui, elle l'est et elle ne l'est pas. Ça dépend des gens et de leur état d'âme.

– Quand on est très joyeux, on peut devenir triste, infiniment triste. J'imagine qu'il est agréable d'être libre, de faire ce que l'on désire. Quand je serai grande…

– Quand vous serez grande ?

– Le monde est vaste et les sens toujours inassouvis ! Et j'aimerais être très belle.

– Vous êtes très belle.

– Vraiment ?

– Bien sûr. Vous ne croyez tout de même pas que vous êtes laide !

– Si, parfois je le pense et alors je deviens triste et me dis que mieux vaut s'enfermer dans un monastère.

– Vous, dans un monastère ! » s'exclama Rost dans un éclat de rire.

Erna rit aussi.

« Non. Je ne pense pas à un monastère. L'idée vient de me traverser à l'instant. À vrai dire, je n'ai aucune inclination pour la vie monacale. »

L'heure était venue de rentrer chez elle. Rost arrêta un fiacre dans la Heringstrasse. Il la déposa place Karl et retourna au centre-ville. Erna suivit des yeux le fiacre qui s'éloignait.

9

La famille Kobler habitait un grand appartement aux nombreuses chambres luxueusement meublées. Ils étaient riches. M. Kobler, la cinquantaine, avec une barbe respectable et blanchissante, était un Juif de Moravie né à Vienne, il achetait et vendait des actions à la Bourse, s'occupait de wagons de marchandises que personne ne voyait jamais et qui n'existaient que sur le papier, dans des registres ou sur des listes. Il avait un bureau au nom des « Frères Kobler, Import-Export » (la firme s'appelait pompeusement « Frères Kobler » mais il était l'unique frère, les autres n'étaient pas nés). Il possédait quelque part une grande ferme où il n'allait jamais, une belle villa à Bad Ischl où ils séjournaient en été, quand ils n'allaient pas au bord de la mer à l'étranger. Kobler se préparait à recevoir le titre de « conseiller à la Cour », titre auquel il s'essayait avec un plaisir anticipé : « Monsieur le conseiller Heinrich Kobler, qu'en penses-tu, Emmie ? »

Sa femme Emmie était une chrétienne de basse extraction qui avait épousé Kobler parce que « les Juifs ont de l'argent ». Elle s'était toujours sentie supérieure à lui à cause de ses origines chrétiennes, mais à vrai dire ce n'était pas une méchante femme. Tous ses efforts convergeaient vers la sauvegarde de sa jeunesse passée à laquelle elle s'accrochait de toutes ses forces, avec ses gestes, son rire qui se voulait jeune mais sonnait faux et ridicule.

Elle niait la fatigue, et si quelqu'un s'en plaignait devant elle : « Moi, je ne suis jamais fatiguée ! disait-elle. Dieu merci, je n'ai pas encore l'âge. » Et chacun pensait : « Vieille chiffe ! »

Et son mari, Heinrich Kobler, qui la voyait fripée et ridée le matin au saut du lit, sans le masque du maquillage et des vêtements à la mode, entretenait une petite maîtresse blonde qui lui coûtait quelques centaines de couronnes par mois et avec laquelle il passait trois après-midi par semaine. Les autres jours, il vivait en bonne entente avec sa femme qu'il aimait. À force de répéter « Mon Emmie qui est d'origine aristocratique », il avait fini par y croire. Par ailleurs, Kobler évitait la fréquentation des Juifs, cherchait la compagnie exclusive de ceux qui ne l'étaient pas et, parmi eux, de ceux qui avaient un titre. Titre qu'il prononçait ostensiblement, avec l'humilité, la gratitude et la fierté de faire partie des intimes. Il se montrait généreux à l'égard des institutions de charité chrétiennes, surtout celles auprès desquelles il pouvait acheter sa renommée. Mais ses amis proches comme ses obligés disaient de lui dans son dos : « Ce Juif méprisable. »

Mis à part Fridel, ils avaient un fils de douze ans, Johann Wolfgang en souvenir de Goethe, car Heinrich Kobler aimait la poésie classique et, en donnant à son fils le nom de Goethe, il exprimait à la fois son admiration pour le génie de la poésie et nourrissait l'espoir inavoué que le nom infléchirait peut-être le destin du fils. Mais loin de répondre aux aspirations secrètes du père, Johann Wolfgang Kobler était un adolescent d'une médiocrité assommante. Il n'excellait en rien, sauf peut-être avec son vilain nez, ses cheveux sans couleur, nez et cheveux hérités de sa mère et considérés comme un insigne privilège par le père, dont la famille était porteuse de cheveux noirs et d'un nez typiquement sémites. Johann Wolfgang grimpait laborieusement d'une classe à la suivante, avec un corps qui semblait précéder sa tête. Il ressemblait à un nageur qui avance péniblement et qu'une vague renvoie chaque fois en arrière, à son point de départ. À l'école, ses camarades de classe le surnommaient Wolf ; quant au fils cadet, il fréquentait des jeunes Juifs, deux sujets qui chagrinaient le père. Toutefois, à un moment favorable, il exprima sa réticence à demi-mot et par sous-entendus, sans pour autant formuler des arguments raisonnables.

Erna arriva chez les Kobler après dîner. Comme tous les soirs, sauf le jeudi où ils recevaient, les parents étaient sortis. Les jeunes gens l'accueillirent avec des cris de joie. Ils étaient assis au salon et Karl Greiner jouait du piano. Sans cesser de jouer, il lui tendit la main droite et tourna la tête vers elle. C'était une mélodie de Schubert. Après avoir fini de jouer, il pivota sur son tabouret, se tourna vers les autres et allongea le bras vers une corbeille de fruits posée sur une desserte. Il prit une pomme et se mit à la croquer distraitement tout en lançant un regard insolent à Erna, assise tout près. Elle s'apprêta à tourner la tête, puis se ravisa et posa sur lui des yeux moqueurs. Il n'est pas sincère, pensa-t-elle.

« Alors comme ça, tu aimes les pommes ?

– Oui, j'aime les pommes.

– Mes compliments.

– Merci.

– Et mis à part les pommes, tu es promis à un grand avenir, c'est Fridel qui me l'a dit.

– Oui, je suis promis à un grand avenir.

– Je n'aime pas les grands avenirs ! dit Erna avec une grimace involontaire. Je préfère ceux qui ont un présent. »

Karl Greiner recula sur son tabouret et approcha soudain son visage de celui d'Erna.

« Voilà, c'est exactement avec cette expression que je veux te peindre.

– Me peindre ? Toi ? Tu ne pourras pas !

– Et pourquoi donc ?

– Parce que je ne le veux pas.

– Bon, nous verrons ça plus tard. »

Et avec arrogance, il croisa les jambes et alluma une cigarette.

Sur le canapé, Fridel riait et s'amusait avec Willy Martin et sa sœur Suzy. À côté d'eux était assis un garçon taiseux et embarrassé, il avait été présenté à Erna comme Fritz Anker. On eût dit qu'il se faisait tout petit pour se faire oublier. De temps en temps, il esquissait un sourire timide et solitaire, déconnecté de la conversation ambiante. Il était très myope, avec des verres de lunettes très épais. Par moments, embarrassé, il se redressait sans raison particulière, puis retombait au fond du canapé bas. Ses gestes étaient maladroits, tâtonnants, vieux et fatigués. Tout en lui était terne et brouillé, mou et ordinaire, même son âge était indéfinissable. Il pouvait avoir aussi bien dix-huit ans que la trentaine. Il n'avait ni barbe ni moustache, rien ne poussait dans cette région et son visage était vieux, parcheminé. Il fit une place à Erna qui vint s'asseoir à côté de lui.

« Tu t'ennuies ? lui demanda-t-elle.

– M'ennuyer ? Non, à vrai dire, je ne m'ennuie pas. »

Il sourit et laissa voir de grandes dents jaunes, irrégulières. Puis il ajouta :

« Mais on peut presque affirmer que mademoiselle Erna n'est pas… comment dire, n'est pas tout à fait présente… elle est préoccupée par quelque chose.

– Préoccupée ?

– Oui, on peut le dire.

– Je pense que tu te trompes.

– C'est possible. Je me trompe souvent.

– Alors mieux vaut s'abstenir de faire des remarques.

– Bien sûr. La plupart du temps je me tais de crainte de dire une bêtise, mais je finis par la dire et, une fois dite, elle paraît plus énorme qu'en pensée.

– Et les gens, tu crois qu'ils disent toujours des choses intelligentes ?

– En tout cas, plus que moi.

– C'est faux. En plus, ils manquent de modestie. »

Le regard d'Erna fut soudain attiré par ses mains qui étaient très fines et étonnamment belles, avec des doigts longs, peut-être un peu efféminés. Se sentant regardées, les mains s'agacèrent. Les doigts se mirent à pianoter sur les cuisses. C'étaient des mains qu'il suffisait de voir une fois pour les graver dans sa mémoire, tout comme sa personne particulièrement disgracieuse.

« Tes mains… je pense que de telles mains sont incapables de faire du mal.

– Moi… je suis très laid.

– Oui… » Elle lui lança un rapide coup d'œil comme pour s'assurer de la véracité de l'affirmation. « Je veux dire qu'après tout, tu n'es pas si laid. Tu es seulement différent. »

Willy Martin sortit un paquet de cigarettes et les adolescentes s'exercèrent à fumer avec des fous rires et des grimaces. Fridel proposa à Erna d'essayer mais au bout de deux trois bouffées, elle fut prise d'une quinte de toux, éteignit la cigarette et tout le monde rit de ses facéties. Puis ils jouèrent à des jeux de société et, comme gage, Erna eut à embrasser Karl Greiner. Vêtu d'un pyjama jaune, Johann Wolfgang participait aux rires de la bande par la fente de la porte entrouverte, jusqu'au moment où Fridel l'aperçut et l'envoya se coucher. Il obéit à contrecœur. Willy Martin, avec sa nuque courte et puissante de taureau, se pencha à l'oreille de Karl Greiner et tous deux lui lancèrent un regard dévergondé.

« Alors, tu veux me dessiner ? dit Erna à Greiner sur un ton effronté et provocateur.

– Et t'embrasser.

– Ah !

– Surtout t'embrasser.

– Tu peux rêver.

– C'est ce que tu crois ?

– Oui, c'est ce que je crois. Va-t'en et réfléchis.

– J'ai le temps d'attendre, dit Greiner en riant avec assurance.

– En attendant, tu as intérêt à changer de tête.

– Non, j'attendrai avec la même tête.

– Arrêtez de vous chamailler, les enfants », les apaisa Fridel.

Pendant tout ce temps, Suzy Martin n'avait pas quitté Greiner de ses yeux proéminents de poisson, qui ressortaient sur un visage froid et ennuyeux. Elle n'était ni belle ni laide, n'avait pas le moindre charme ni personnalité, il suffisait de la regarder pour perdre goût à la vie, qui paraissait étriquée, sans valeur ni saveur. C'était un être sans surprise, qui vous noyait dans son inertie.

Erna se tourna vers Fritz Anker, à côté d'elle, il était plongé dans ses pensées, un léger sourire figé aux lèvres. Soudain, elle pensa à sa maison, à sa mère, à Rost, et eut un pincement au cœur. Il faisait nuit là-bas et personne ne les dérangeait. Elle éprouva une aversion profonde, surtout pour sa mère. Loin de la maison, ce qui se passait entre eux lui paraissait encore plus affreux, comme si sa présence leur imposait une limite, un frein, un regard qui les surveillait. Elle eut une envie irrépressible de rentrer vite chez elle, mais resta immobile. Cela n'y changerait rien. La joie du groupe, les rires lui parvenaient aux oreilles par intermittence, comme à travers un écran, les mots et les phrases étaient déconnectés de leur sens. Elle se sentait triste, sans énergie. La vie se dressait devant elle comme une haute muraille infranchissable. Elle était encore très jeune et ignorait que derrière la muraille il n'y avait rien, que c'était le néant absolu, et que l'essentiel de la vie était dans la quête.

« Greiner est ton ami ? chuchota-t-elle à l'oreille de Fritz Anker.

– Mon ami ? Pas vraiment. Je n'ai pas d'amis.

– Que penses-tu de lui ?

– Je ne sais pas. C'est un personnage surprenant, il m'impressionne, peut-être parce que je ne suis pas comme lui.

– C'est quelqu'un de vain, de creux.

– Oui, c'est vrai. Il sera heureux, satisfait, irréprochable. Il n'est pas suffisamment intelligent pour être malheureux.

– N'est-ce pas le contraire ?

– Il est gentil parce qu'il ne sait pas penser à mal. Il est d'une charmante médiocrité, agréable à vivre, et il réussira dans la vie à cause de cette banalité même. Il brille par son absence d'esprit. »

Erna se redressa.

« Tu sais danser ? demanda-t-elle à Anker.

– Non, répondit-il avec un sourire timide.

– Viens, je vais t'apprendre.

– Non, je crois que je préfère… Ce sera ridicule.

– Quel empoté ! Fridel, joue-nous quelque chose ! Une valse ! »

Elle fit un signe à Karl Greiner et commença à tournoyer avec lui.

« Tu es belle, Erna, lui chuchota ce dernier tout en dansant.

– Mais tu ne m'intéresses pas.

– Pourquoi ? Tu veux me faire croire que ce singe de Fritz Anker est plus sincère que moi ? Mieux vaut m'embrasser, moi, plutôt que lui.

– Occupe-toi de danser ! Ne te mêle pas du reste. »

Elle s'arracha à ses bras et courut vers Fritz Anker qu'elle embrassa furtivement sur la bouche. Il en fut bouleversé, puis elle se laissa tomber sur le sofa, à côté de lui. Un sourire méchant tordit les lèvres de Greiner.

« Donnez-moi une poire, monsieur Greiner. »

Il la lui tendit sans rien dire.

« Merci, c'est gentil de ta part », dit-elle d'un air moqueur.

Fridel se retourna tout en jouant et lança à la ronde : « Personne ne danse ? », puis s'arrêta au milieu d'un accord qui continua de résonner aux oreilles.

Il était onze heures et demie, la compagnie se leva pour partir. Fridel se joignit à Erna pour les accompagner un bout de chemin. Dehors, il faisait une fraîcheur agréable, la place Karl était déserte, silencieuse, comme dans un rêve. L'église se dressait sur le côté, grise et sévère, avec ses murs et ses croix argentées dans la clarté de la lune. Il se dégageait de la place une nostalgie diffuse, les maisons qui l'entouraient étaient obscures, et les arbres du parc, au milieu, étaient immobiles et frileux. Il en émanait une impression de protection fidèle et immuable. Erna cheminait à côté de Fritz Anker, qui affichait un sourire hésitant, mal assuré. Elle était sur le point d'éclater en sanglots, sans raison, pas même par tristesse.

Les efforts de Fritz pour passer inaperçu et ne pas attirer l'attention sur lui avaient toujours un effet contraire, mais malheureusement il ne pouvait rien y changer. Il se sentait mal dans sa peau, comme s'il était atteint d'une maladie chronique. Il détestait son corps long, maladroit, ses yeux myopes, son visage glabre, ses lunettes. Il admirait les jeunes Tarzan vaniteux, à la démarche souple, au parler libre et effronté, même s'il n'était pas dupe. Mais les jeunes filles couraient après les jeunes gens de cette espèce et non après Fritz Anker, étudiant en philosophie et histoire de la littérature, fils unique de parents riches, et disposant de tout l'argent qu'il souhaitait. L'argent pouvait acheter et rattraper bien des choses. Mais Fritz ne voulait pas acheter, il voulait un cadeau généreux, un amour gratuit, car malgré sa laideur il vivait de tout son être et n'était pas prêt à échanger sa vie avec celle d'un autre. En revanche, il était prêt à sacrifier la philosophie et les sujets élevés pour un peu d'amour simple, concret, humain. Il n'avait besoin de rien d'autre. Ni même de l'immense fortune que son père lui laisserait.

Et si Erna l'avait embrassé, était-il sot pour croire que le baiser ne lui était pas destiné, qu'il était dirigé contre quelqu'un ? Peut-être contre Karl Greiner, ou même un autre. Que n'aurait-il pas donné pour croire que ce baiser s'adressait à lui, sans la moindre arrière-pensée. Pourtant, Erna était une jeune fille merveilleuse !

« Dommage que je ne puisse pas t'aimer, lui dit-elle soudain.

– Ça ne m'étonne pas, quelqu'un comme moi…

– Plutôt toi que mille autres, mais je ne peux pas. »

Il n'avait jamais pensé à cette éventualité.

« Je voudrais que nous restions amis, tu veux bien ?

– Volontiers.

– Tu peux même être un peu amoureux de moi. C'est une

chose agréable. Mais en toute discrétion, sans le montrer, n'est-ce pas ?

– C'est déjà fait.

– Parfait. »

En rentrant avec Fridel, elles croisèrent près de la porte les parents de cette dernière. Erna leur fit une révérence de jeune adolescente. Heinrich Kobler retira d'entre ses lèvres la cigarette parfumée, au bout d'un fume-cigarette d'ambre, et dit sur un ton paternel :

« Ah, bonsoir Fräulein Erna, bien ! Et à la maison, tout va bien ? Bien ! »

Elles ne s'attardèrent pas auprès des parents et regagnèrent la chambre de Fridel.

« Tu étais très belle ce soir, dit Fridel, tandis qu'elles se déshabillaient. Tu n'as pas remarqué que Karl te dévorait des yeux ?

– Non.

– J'aurais aimé être aussi belle que toi. »

Fridel lui donna son lit et installa un lit de fortune sur le canapé. Puis, sans trop attendre, elle alla s'étendre à côté d'Erna.

« Au fait, lui chuchota-t-elle dans l'obscurité, avec une pointe de coquetterie dans la voix, mon père a une maîtresse.

– Comment le sais-tu ?

– Je l'ai vu en sa compagnie, de mes propres yeux ! Une belle jeune femme. Ils sortaient d'un café, je les ai suivis et je sais où elle habite.

– Et ta mère ne le sait pas ?

– Jamais de la vie ! Elle lui arracherait les yeux. Apparemment, les hommes sont tous les mêmes. Ils trompent tous leur femme. Et ton père ? demanda Fridel.

– Je ne sais pas.

– Sans doute lui aussi.

– Il aime ma mère.

– Le mien aussi, mais ça ne l'empêche pas.

– Et ta mère ?

– Tu veux dire, si elle a un amant ? Je n'en sais rien. »

Pendant longtemps, elles papotèrent et gloussèrent à voix basse dans l'obscurité. Fridel enlaça Erna qui ne s'y opposa pas, ses mains saisirent ses seins, les enveloppèrent et les caressèrent. Une vague de chaleur envahit Erna, son sang bouillonnait, on entendait les battements de son cœur. Elles se couvrirent de baisers fiévreux sur leurs corps brûlants. Celui de Fridel se collait de plus en plus au corps tendre et lisse d'Erna.

« Ma douce, mon unique ! Comme je t'aime », chuchota Fridel, et brusquement elle lui demanda : « Dis-moi, c'est bon d'enlacer un amant ?

– Je n'ai pas essayé, je n'en ai pas.

– Moi, oui, et c'est la même chose, tu comprends ? Mais je te préfère mille fois à un garçon. »

Les deux adolescentes vacillèrent dans la nuit, comme au fond d'un abîme profond, deux petites vies bouillonnantes et mêlées. Le silence planait au-dessus d'elles, les couvrait comme une chose palpable, frappait par vagues la chambre obscure, dont quelques meubles aux formes confuses flottaient dans l'espace, et se mêlait au bruit étouffé de l'extérieur. Les deux jeunes filles se révélaient l'une à l'autre et chacune à elle-même. Elles avaient franchi les limites de leur existence familière pour se tendre à l'infini, devenir une force abstraite, aveugle, étrangère, une force secrète qui pousse sans cesse la nature à être, elles étaient devenues la nature. Leurs deux corps emmêlés. Y avait-il des choses ou des actes interdits ? Qui pouvait se targuer d'autoriser ou d'interdire ? Toute chose relevait de la nature et rien n'existait hors d'elle.

Erna ne sentait pas le contact de son corps sur les draps, mais un léger espace la séparait du lit comme si elle flottait un peu au-dessus. Le souvenir de la maison pesait comme une douleur sourde qui, une fois Fridel endormie, remonta à la surface et devint réelle. Erna essaya d'imaginer ce qui se passait entre eux au même instant et, au cœur de la nuit, dans l'état d'exaltation et de confusion des sens où elle était plongée, tout lui parut aussi menaçant et inquiétant qu'un cauchemar. Leur double trahison était dirigée contre elle et contre personne d'autre.

Soudain, elle eut une bouffée de chaleur, rejeta sa couverture. À tâtons, elle quitta le lit et écarta prudemment le rideau épais. La petite rue, faiblement éclairée par des réverbères, était déserte. Un chat surgi de nulle part s'approcha de la lumière, tourna la tête de part et d'autre comme s'il cherchait quelqu'un, puis traversa la rue en diagonale et s'éloigna à pas feutrés. Tout lui paraissait nimbé d'irréalité. Il faisait un peu frais. Un frisson parcourut son dos, mais elle n'y prêta pas attention. Appuyée au rebord de la fenêtre, elle fixa le vide, les yeux pleins de larmes. Un bruit de pas confus résonna dans la rue proche, Erna les écouta distraitement, une partie d'elle-même les suivit jusqu'à ce qu'ils s'éloignent et s'éteignent.

Elle lui écrirait une lettre pour lui dire : « Tout l'univers ne vaut rien, il devient inexistant là où commence ton existence. Je suis petite et je ne le suis pas du tout. Je couvrirai tes paupières de baisers le matin, et le lobe de tes oreilles et le bout de ton nez. Nous boirons ensemble du chocolat chaud devant la ville étalée à nos pieds. Nous l'aimerons ensemble, la ville. Nous aimerons ensemble l'hiver et l'été et l'automne, et seule moi, j'aimerai ma mère. Tout parlera de ton amour pour moi, les murs, les objets, le dehors, et si tu pars, ce ne sera que pour m'imaginer encore plus belle, plus désirable, pour goûter à la douceur du retour, et si je te boude un peu, ce sera pour le plaisir des retrouvailles. » Non, elle ne lui écrirait pas. Pas un mot. En ce moment, ils étaient sûrement au lit ensemble, leurs corps mêlés, il l'embrassait et ils riaient. Elle ne le désirait pas. Elle dirait à Karl Greiner, à cet être ignoble, qu'il pourrait faire son portrait et l'embrasser. Il était spécialiste des baisers, il l'avait dit lui-même. Elle eut un rire étrange qui la surprit et la fit frissonner. Elle tendit l'oreille de crainte d'avoir réveillé quelqu'un. Non. Tout était silencieux, encore plus silencieux qu'auparavant.

10

Georg Stift cultivait sur son long visage une fine moustache clairsemée, couleur miel. Il fumait des havanes, de gros cigares courts. Georg Stift était un homme heureux. Dieu merci, ses affaires marchaient bien et le reste aussi. Gertrude et Erna, il n'avait pas à s'en plaindre ! Quant à la brève rencontre qui lui avait procuré quelques heures de plaisir – la femme maquillée de l'hôtel Ritz à Klagenfurt –, c'était une petite distraction inoffensive. Elle ne pouvait que renforcer le lien entre un homme et sa femme. N'avait-on pas déjà dit que, de temps en temps, il fallait aérer la vie de famille, pour qu'elle ne se dessèche pas. Georg Stift s'adossa confortablement et jouit une deuxième fois des détails de son escapade à Klagenfurt. Il exhala pendant un moment une fumée invisible dans l'espace du salon.

La tête entre les mains, Erna faisait semblant d'être plongée dans un livre posé sur la table. Par moments, elle jetait un regard à Rost et à sa mère qui, pour ne pas rester oisifs, papotaient sur un ton mondain et évoquaient un scandale public, cent fois rabâché par les journaux de la semaine. Leurs vraies relations restaient secrètes, enfermées dans une autre pièce de l'appartement, sans que le moindre signe les trahît. Georg Stift s'extirpa de la chambre du Ritz et des bras de la femme, et pensa du bien de Rost. Le jeune homme paraissait sympathique et semblait avoir une expérience de la vie bien au-delà de son âge.

« Qu'avez-vous l'intention d'étudier, monsieur Rost, si je puis me permettre la question ?

– Je ne l'ai pas décidé encore.

– J'ai étudié le droit durant cinq semestres, puis je suis tombé amoureux, n'est-ce pas, Trudi ? dit-il en souriant à sa femme. Et je n'ai pas voulu attendre. Mes ressources n'étaient pas inépuisables, et j'ai eu la chance d'avoir un bon poste. Je peux vous dire que je ne l'ai jamais regretté. J'espère que dans votre cas le problème des ressources est réglé.

– Il l'est.

– Et vous n'avez pas l'intention de tomber amoureux.

– Pourquoi supposez-vous que je ne tomberai pas amoureux ?

– Primo, parce qu'il n'y a qu'une seule Trudi au monde et qu'elle est déjà prise. Secundo, vous n'avez pas l'air de quelqu'un qui s'enflamme facilement. N'ai-je pas raison, ma chère Trudi ?

– Arrête avec ton humour insipide.

– Cette fois-ci, vous avez manqué le but, monsieur Stift, dit Rost, mi-grave, mi-ironique, en regardant le bout de la cigarette qui fumait entre ses doigts. Car je suis amoureux, mais pas de cette femme qui n'a pas sa pareille au monde. »

M. Stift éclata d'un rire bruyant et cynique.

« Je vous tire mon chapeau, cher monsieur, car l'honneur ne vous attend pas au bout du chemin.

– Moi aussi, je me tire mon chapeau.

– Car vous devez savoir que vous faites vos premiers pas dans la vie, et permettez à l'homme expérimenté que je suis de vous faire une petite remarque. Il y a des femmes perverses par nature et d'autres qui ne le sont pas. La chose dépend dans une grande mesure du mari. Il existe des hommes qui ne seront jamais trompés par leur femme. Jamais ! »

Il accompagna le dernier mot d'un geste de la main qui ne souffrait aucune contradiction.

« Quel dommage.

– C'est ainsi ! N'est-ce pas, Trudi ? »

Gertrude lança à son mari un bref regard de mépris qu'il ne vit pas. Elle lui répondit avec ennui :

« Tu as parfaitement raison. »

Erna ne faisait plus semblant de lire et captait ouvertement tout ce qui se disait, les expressions de visage et leur tension extrême. Quel jeu répugnant ! Quelle hypocrisie ! Toute sa colère était exclusivement dirigée contre sa mère, mais elle se contenait pour ne pas exploser et leur lancer au visage : Menteurs ! Charlatans ! Vous revêtez un masque d'hypocrisie ! Mais moi, je sais la vérité ! Je sais tout ! Elle ne pouvait pas s'empêcher de mépriser son père, un mépris semblable à celui de sa mère pour celui qui était trompé, vaincu, faible, pour ce père que jusqu'à cet instant-là elle avait aimé d'un amour simple, naturel, sans se poser de questions. Il avait toujours été là, c'était une certitude inébranlable, il l'avait entourée d'amour et de tendresse et elle le lui avait rendu. Il n'était ni supérieur aux autres pères, ni plus honorable. Il était son père et elle l'aimait. Et le voilà tout à coup ridicule, d'une froideur mesquine, d'une assurance stupide. L'espace était soudain vide autour d'Erna. Ses deux parents s'éloignaient devant elle, devenaient aussi étrangers que les personnages d'un film. Il n'y avait plus aucun pont entre elle et eux. Elle se retrouvait irrémédiablement seule. Et Rost, le seul à pouvoir la sauver, était de connivence avec eux et ne faisait pas attention à elle.

Dans un emportement inexplicable, Georg Stift continua la discussion au lieu de changer de sujet :

« C'est pourquoi je dis qu'il vaut mieux prendre rapidement une autre direction, car vous voyez bien qu'ici, vos efforts sont vains. Vous perdez votre temps.

– Mais ce sont des choses sur lesquelles la raison n'a pas de prise, dit Rost sur un ton hypocrite. Il est question de sentiments, nous en sommes captifs et incapables de nous dominer.

– Vous êtes plein de compassion, mon ami, c'est tout ce que je peux vous dire.

– Il n'y a donc aucun espoir ? insista Rost.

– De l'espoir ? Vous voyez ce mur de l'autre côté de la rue ? dit Stift en montrant la fenêtre au rideau écarté. C'est comme si vous vouliez y faire une brèche avec vos ongles ! C'est la même chose. »

Gertrude sonna la domestique pour qu'elle serve le moka et des gourmandises. Le samedi soir avançait. Georg Stift but son moka à gorgées bruyantes. Sa bonne humeur redoubla à l'idée de l'échec certain du jeune homme, et il proposa de sortir tous ensemble dans un des meilleurs cafés musicaux de la ville. C'est en vain qu'Erna essaya de s'esquiver en prétextant la fatigue. Il venait de rentrer à la maison après un mois d'absence, elle ne lui refuserait tout de même pas le plaisir de passer une soirée agréable en famille, d'autant plus que le lendemain était dimanche et qu'elle pourrait faire la grasse matinée. De plus, elle était presque une jeune fille, « n'est-ce pas monsieur Rost ? ». Ce dernier acquiesça, elle n'était plus en âge d'aller se coucher avec les poules. Pour une fois, elle pouvait changer ses habitudes et accompagner ses parents au café. Quant à Gertrude, elle s'empressa d'accueillir la proposition de son mari et alla s'habiller. Elle sentait déjà le goût étrange du moment où elle se retrouverait seule avec lui, et mieux valait le retarder, raccourcir la nuit, à défaut de l'effacer.

Une pluie fine et tiède comme de la poussière tombait dans la rue. Les réverbères étaient embués et la lumière, diffuse et hachée. Erna remonta chercher un parapluie et les autres l'attendirent devant la porte. Le trottoir avait noirci. Par moments, une brise légère portait un parfum lointain de bouleaux.

Erna resta un peu en arrière avec Rost, tandis que ses parents marchaient quelques pas devant. Elle attendit le moment opportun pour lui chuchoter :

« Vous n'avez pas la moindre honte.

– Pourquoi dites-vous cela ?

– Vous le savez très bien.

– Non, je ne sais rien.

– Et vous êtes lâche de surcroît.

– C'est possible.

– Mon cher monsieur Rost, il faudra que vous songiez à vous chercher une autre chambre.

– Non, je n'en ai pas l'intention, ma chambre me convient parfaitement.

– Mais vous dérangez. N'avez-vous pas remarqué que vous dérangiez ?

– Je dois dire que non.

– Eh bien, je vous en informe. Qu'allez-vous faire ?

– Rien.

– Quel sans-gêne éhonté !

– La décision, en la matière, appartient à votre mère.

– Mais on vous dit clairement que vous êtes indésirable, s'énerva l'adolescente. Oui, parfaitement indésirable ! N'avez-vous aucun amour-propre ?

– Écoutez, mademoiselle Erna », dit gravement Rost.

Il lui prit la main, qui était brûlante et fébrile, mais Erna la retira aussitôt. « Inutile de vous énerver, je suis un peu différent de l'image que vous vous faites de moi. Vous verrez à l'avenir, nous pourrons être de bons amis. » Là-dessus ils arrivèrent à destination et Rost dit : « Bien. Nous reprendrons notre conversation plus tard. »

Le grand café était plein de monde, ils se frayèrent un chemin entre les tables et finirent par trouver un coin tranquille. Sur l'estrade, un chef d'orchestre lourdaud tourna vers le public une calvitie luisante. Sans faire de gestes, il tira de ses musiciens les sons agités et confus d'une célèbre opérette. Et lorsqu'il pivota sur lui-même pour saluer et répondre aux applaudissements, on ne vit plus de lui qu'une paire de grosses moustaches et un monocle. D'humeur badine, Georg Stift invita Rost à commander un sherry brandy. Il était seul à parler, Rost lui faisait des réponses polies et Gertrude parlait peu. Stift traitait Rost avec la sollicitude que l'on manifeste à un malade incurable. Il semblait lui être reconnaissant de son insuccès qui mettait en valeur sa propre réussite et son bonheur. Mais Rost pensait à part lui : Quel sot !

Il commençait à s'ennuyer avec la famille et s'il n'y avait pas eu la musique qui les dispensait de la corvée de conversation, il se serait déjà retiré sous un prétexte quelconque. Par moments, il interceptait un regard lascif de Gertrude. Alors qu'il parcourait la salle des yeux, il aperçut Peter Dean, attablé un peu plus loin en compagnie d'un inconnu. Il se leva pour aller le saluer.

Dean lui fit bon accueil et lui présenta l'inconnu, un homme au visage sévère et figé, qui s'appelait Schtans. Il l'invita à se joindre à eux, mais Rost déclina, il se trouvait en compagnie de ses logeurs, leur dit-il. Dean le plaisanta aussitôt : « Vous commencez bien vite à faire l'expérience de la famille.

– Oui, lui répondit Rost en riant, c'est pour bientôt.

– Franz vous sera reconnaissant. J'avais l'intention de l'envoyer demain matin chez vous, pour vous inviter à déjeuner à la maison. Puisque je vous ai rencontré, il est dispensé de cette corvée… Comment passez-vous vos journées ?

– Pas mal, à chaque jour son charme.

– Vous n'avez pas l'air de vous ennuyer.

– Non, sûrement pas. Je suis trop curieux de la vie.

– À votre âge, le monde est vaste et varié », dit Schtans qui se mêla enfin à la conversation. Il avait une voix grave et assurée qui ne laissait aucune place à la contestation. « Au fil des années, il rétrécit et ses couleurs s'assombrissent. Chacun y projette ses rêveries. »

L'orchestre entama une czardas endiablée, Rost se leva et les quitta.

« Dean, l'Américain avec qui vous venez de parler, dit Georg Stift à Rost, est un millionnaire. Un des hommes les plus riches de ce pays ! Vous avez de la chance de le compter parmi vos amis, je ne me fais pas de souci pour vous ! »

Rost ne lui répondit pas. Il jeta un coup d'œil à Erna dont les doigts tapotaient distraitement la table, le regard dans le vague. Quelle tempérament de feu ! Elle n'avait rien du flegme de son père, mais tenait plutôt de sa mère. Elle fera des ravages autour d'elle !

Il eut un élan de tendresse pour la jeune fille en proie aux tourments de la jeunesse que son cœur agité ignorait encore. Soudain, son visage s'éclaira et un sourire tranquille se dessina sur ses lèvres. Toute trace d'ennui disparut et il éprouva même une certaine sympathie pour Georg Stift qui fumait son havane et fredonnait avec un plaisir évident, d'une voix sourde et nasillarde. Il prit machinalement le petit verre posé devant lui et but le restant de sherry brandy. Le breuvage frais et sirupeux, qui recelait en concentré tout un monde caché, peuplé de personnages bizarres, arrachés à la réalité informe et quotidienne et transportés dans une autre réalité, plus intense et peut-être plus vraie, opéra sur Rost comme un charme et lui inspira une certitude : la jeune fille lui était destinée, elle serait à lui.

« L'orchestre n'est pas trop mauvais, dit-il en s'adressant à Georg Stift.

– En effet », lui répondit Stift.

Il était presque minuit, Stift fit signe au garçon. La pluie avait cessé. Entre les lambeaux de nuages, on apercevait quelques étoiles ruisselantes. Autour du parc, les branches d'arbres secouaient leurs dernières gouttes de l'autre côté du grillage. Stift fredonnait une mélodie jouée par l'orchestre. Il portait encore avec lui l'odeur du café qui ne se mêlait pas aux senteurs de la nuit. Gertrude, qui marchait à côté de Rost, profita d'un instant pour lui chuchoter : « Je suis très triste. Tu ne sais pas comme je suis triste. » Rost ne dit rien. Il prit sa main à la dérobée et la serra. Pendant tout le trajet, personne ne parla. La nuit était belle et Rost les quitta devant la porte pour prolonger un peu sa marche.

Gertrude eut le sentiment que quelque chose avait disparu. Elle en éprouva du chagrin, comme s'il l'avait quittée pour toujours, se sentit défaillir et monta les marches à grand-peine. Le pas ferme et assuré de Rost qui s'éloignait continua de résonner sans pitié dans son cœur. Elle était seule, désespérément seule.

11

Après le repas, le café fut servi dans le fumoir oriental tout en longueur. Les lourdes tentures sombres étouffaient les sons et les rendaient immatériels, des poufs et sofas moelleux, des cendriers en cuivre et laiton, posés sur de minces supports, évoquaient des plantes exotiques. Dans un coin trônait un bouddha chinois aux bras croisés, au visage large et inhumain, au sourire moqueur, les yeux incrustés d'énormes émeraudes étincelantes. Ailleurs, quelques statuettes africaines exhibaient leurs formes simples et géniales, avec de grosses têtes et un corps filiforme, sorties de l'imagination d'artistes primitifs. D'étranges animaux imaginaires, mi-hommes mi-bêtes, et des masques africains grimaçants, figures de cauchemars sur les tentures précieuses qui tapissaient les murs. Une lumière tamisée et reposante flottait dans la pièce, on se sentait à des lieues de soi-même et de ses affaires privées. Une porte donnait sur une véranda surplombant un jardin planté d'arbres centenaires. Un parfum enivrant de lavande vous enveloppait, incitant à la rêverie et à l'apaisement, loin de toute passion. Rien ne filtrait du monde réel, au-delà du seuil.

Affalée sur un sofa, une jambe pliée sous elle, Mary Dean fumait. De temps en temps, elle rejetait en arrière sa tête blonde et soufflait vers le plafond une bouffée de sa cigarette. Le petit chien, Vladi, était roulé en boule à côté d'elle, pelote de laine blanche avec deux yeux noirs qui fixaient un point dans l'espace, plongés dans des pensées inconnues. Les invités étaient : Felix von Brunhoff, un parent de Mrs. Dean, officier de cavalerie au regard mélancolique, même lorsqu'il riait ; Herr Schtans au visage grave qui suivait la fumée de son cigare et ne participait pas à la conversation, se contentant de lâcher quelques mots avares, souvent de brefs proverbes incompréhensibles et des sentences creuses et sans portée ; et Frau Gisela, ou Gisela tout court, comme on l'appelait au tribunal, une brunette mince, aux gestes vifs, vêtue de noir (le suicide de son mari, Karl Fuchsthaler, six mois plus tôt, n'était pas considéré comme un grand malheur), qui éclatait de rire à la fin de chaque phrase, soit pour montrer ses belles dents, soit parce que le rire lui allait bien. Et comme il survenait à contretemps, il provoquait souvent un malaise et la conversation s'interrompait. C'était une femme riche, sans enfants, et elle avait tissé une toile invisible autour de Felix von Brunhoff. Incapable de rester un instant tranquille, elle se levait, allait et venait, s'arrêtait devant le bouddha ou une autre statue tout aussi familière, passait la main dans ses cheveux d'un geste coquet et lançait à la dérobée des regards à l'officier. Son agitation nerveuse troublait quelque peu la pénombre qui incitait à la réflexion et imprimait aux gestes une certaine modération et même un laisser-aller. Rost tira avec plaisir une bouffée de la cigarette parfumée offerte par Dean. Il regarda la cendre gris-bleu et chaude accrochée à la cigarette à moitié consumée.

Dean parlait de ces personnages étranges et courageux qui ne craignaient pas de vivre leur vie sans rien renier d'eux-mêmes, en accord avec leur nature propre, leurs penchants, en dépit du milieu dans lequel ils vivaient, un milieu qui ne supportait pas le moindre écart aux normes établies et qualifiait de bizarre, voire de fou, tout être différent.

Il parlait d'une voix basse, chaude, charmeuse, agréable à écouter. On y sentait un feu intérieur réprimé, et même une légère tristesse. Plus il le connaissait, plus Rost éprouvait du respect pour cet homme incapable de mesquinerie, qui ne serait jamais pauvre même s'il restait sans le sou. Il comprit que la fortune amassée par Dean n'était qu'un prétexte pour se prouver sa force, comme on s'impose un objectif, pour le sport, dans un jeu que l'on joue seul.

Dehors, il tombait une pluie fine et rafraîchissante, absorbée par les branches d'arbres. Par la porte du balcon, on entendait par moments un léger bruissement hésitant.

« L'armée commence à m'ennuyer, dit soudain Felix von Brunhoff en brisant son long silence. Elle ne m'attire plus.

– Mais l'uniforme vous va bien ! dit Gisela en se plantant devant lui comme si elle ne l'avait jamais vu. Je ne peux pas vous imaginer en tenue civile.

– Justement ! dit l'officier, sans lui prêter attention mais en s'adressant à un auditoire abstrait. Ma place n'est pas ici. Je n'ai pas d'inclination pour cela. »

Il parlait avec sagesse et modération.

« Si vous en êtes arrivé là, il ne vous reste plus qu'à vous retirer de cette affaire, lui dit Peter Dean.

– Bientôt, je vais poser ma démission.

– Alors, nous ne vous verrons plus aussi souvent, dit Mrs. Dean en écrasant son mégot sur le bord du cendrier.

– Ce n'est pas ce que je voulais dire. Je voyagerai à l'étranger. En Italie, en France, peut-être ailleurs. »

Il fit un geste pour friser sa moustache, une habitude que ses proches connaissaient et qui exprimait une ultime hésitation avant de se rendre.

Assis près du balcon, Rost contemplait distraitement les lignes obliques de la pluie qui rebondissait entre les arbres.

Il pensa à Gertrude, au coup d'œil désespéré et suppliant qu'elle lui avait lancé le matin même en le croisant dans le couloir, alors qu'il s'apprêtait à sortir. M. Georg Stift qu'il croisa aussi le salua avec détachement, sûr de lui, inattentif à l'état de sa femme. Quant à Rost, il avait fait semblant de ne rien voir. Pourquoi ? Parce que Gertrude, avec son corps dont il connaissait chaque pli, n'était pas sympathique, ni chère à son cœur ? Pourquoi son regard de femme avait-il ricoché sur lui comme sur une cuirasse ? Il avait même éprouvé un certain agacement. En fait, Rost était déçu. Il avait espéré voir Erna et était souvent sorti dans le couloir avec l'espoir de la croiser. Mais comme pour le contrarier, elle n'était jamais là.

Gisela Fuchsthaler vint s'asseoir à côté de lui, prête à tout moment à se lever. Elle avait déjà monté un petit plan. D'un geste rapide, elle se poudra le nez en se regardant dans un miroir placé dans son sac à main. L'odeur de rose de la houppe se répandit autour d'elle et déplut à Rost.

« Et vous, jeune homme, dit-elle en se tournant vers lui. Vous n'avez pas l'intention de voyager ?

– Je n'ai aucune intention de voyager », articula Rost avec insolence et mépris. Cette femme vive lui tapait sur les nerfs.

« Dommage, je connais quelqu'un que vous auriez pu accompagner. »

Rost lui lança un regard pénétrant et lui dit en détachant chaque mot : « Je ne suis pas un accompagnateur, ma très bonne dame. »

Elle eut une grimace involontaire qui se changea aussitôt en rire à pleine gorge.

« Je n'avais pas de mauvaises intentions, dit-elle.

– N'oubliez pas de visiter Florence, il y a à voir », dit M. Schtans.

Quand il disait « il y a à voir » à propos de quelqu'un ou quelque chose, il désignait un élément particulier qu'il était seul à avoir vu. Mis à part des biens immobiliers, il possédait une fabrique de machines en association avec son frère et sous sa direction. Son mode de vie était mystérieux, tout comme sa personnalité. Il mettait un soin extrême à donner aux conversations une tournure neutre et évitait qu'elles ne touchent à sa personne. Sa femme se trouvait dans un sanatorium pour malades mentaux, elle était atteinte de délires mystiques et se prenait pour la Vierge Marie enceinte du Messie. Quant à lui, c'était un hérétique impénitent qui ne reconnaissait ni le faux messie porté par sa femme stérile, ni le Sauveur natif de Nazareth. Toute question concernant sa vie privée restait toujours sans réponse. Quand cela se produisait, Herr Schtans posait sur son interlocuteur un regard tranquille, quelque peu étonné, comme si celui-ci avait prononcé une grosse bêtise. Puis, après un silence gêné qui mettait son interlocuteur dans l'embarras, il passait à un sujet qui n'avait aucun rapport avec la question et n'intéressait personne, comme par exemple : « J'ai appris de source sûre que Sa Majesté l'empereur rendra visite à l'empereur d'Allemagne… » Affirmation prononcée sur un ton supérieur qui rabaissait son interlocuteur encore plus que le silence qui l'avait précédée. Mis à part ces situations exceptionnelles, c'était un homme poli dont les manières conventionnelles servaient de barrière à toute intimité non souhaitée. Pourtant, ce n'était pas un homme sec, on sentait chez lui une force intérieure, un noyau solide, quelqu'un qui comptait.

Vladi s'arracha aux méandres de ses rêveries et se redressa. Puis il sauta par-dessus le canapé et s'approcha à pas de velours de Dean, prêt à sauter sur ses genoux, mais celui-ci le chassa : « Va-t'en d'ici ! »

« Viens, mon toutou, viens chez moi », s'apitoya Frau Gisela, mais Vladi ne répondit pas à son invitation. Il s'allongea sur le tapis, aux pieds de ses maîtres, tache blanche sur le tapis aux couleurs foncées. Son cerveau de chien était sans doute occupé par des pensées tristes.

Grande, mince et sculpturale, Mary Dean se dirigea vers ses invités et s'arrêta un instant entre Felix von Brunhoff et son mari. Un sourire passa sur son visage délicat. Elle admirait son mari, savait le critiquer aussi, et au bout de quinze ans de vie commune elle continuait de le trouver plus intéressant que les autres hommes.

L'officier lui lançait ici et là des regards admiratifs. Mary Dean se baissa et prit Vladi dans ses bras. Elle lui caressa le dos de sa main délicate, pendant que le chien lui léchait énergiquement la paume de sa langue étroite et longue comme un ruban. Puis elle s'assit sur un tabouret capitonné et écouta les notes étouffées du piano qui se répandaient comme une grêle dans le salon voisin. C'était une valse de Chopin exécutée par sa fille, Martha, qui jouait merveilleusement.

Frau Gisela s'apprêtait à s'agiter aux quatre coins, comme mue par un fouet invisible. La musique délicate, imprégnée de tristesse, adoucissait la monotonie de la pluie qu'elle rendait irréelle. Elle entraînait l'auditeur vers un paysage de rêve, avec une montagne, des collines, une prairie offerte à une autre pluie, une maison isolée adossée au flanc de la montagne. Et de ce paysage émergeait un étrange été rougeâtre, allez savoir pourquoi, des cavaliers galopaient sur leurs chevaux à la bouche écumante, à la crinière dressée, et Frau Gisela s'envolait parmi eux en agitant ses grandes ailes comme un énorme oiseau noir. Le piano cessa brusquement, mais les sons continuèrent de se bousculer dans l'espace, abstraits, immatériels, présents et absents à la fois.

« Elle joue bien », dit l'officier d'une voix rêveuse. C'était un grand mélomane qui adorait la musique et jouait du piano en virtuose. Devant ses yeux brilla soudain un champ de blé mûr, avec un seul cavalier, lui-même.

Mary Dean, la mère, répondit comme un écho lointain : « Oui, elle joue bien. » Et peu à peu, la journée pluvieuse revint dans le salon oriental, tout rapetissa, reprit sa forme habituelle, anodine.

Seule Mary Dean, se dit Felix von Brunhoff, ne perdait rien de sa splendeur, même dans la grisaille de ce jour ordinaire. Seule elle, qu'elle fût présente ou non, restait proche de lui. Felix von Brunhoff quitterait l'uniforme et partirait en voyage. Sa décision était prise. Mais à quoi bon ? Il n'y avait rien à faire, il ne pourrait pas arracher Mary de son cœur. Même s'il disparaissait ou mourait subitement, cela n'y changerait rien, il le savait. C'était ainsi. C'est pourquoi Dean, le mari, méritait l'amour. D'ailleurs, il le respectait infiniment. Pourtant, s'il avait fallu l'éliminer, il n'aurait pas hésité. C'était un coup du destin. Il partirait, c'était sûr. Il penserait à elle dans les trains, dans les grandes villes étrangères, elle serait à ses côtés dans les chambres d'hôtel. Et partout il se prosternerait devant elle et baiserait le bout de sa chaussure bleue. Sa démission prendrait du temps, alors qu'il aurait voulu disparaître sur-le-champ, à la seconde même.

Il se leva. Ceux qui étaient restés continuaient de bavarder, et Felix von Brunhoff ne captait que des bribes de conversations décousues dont le sens lui échappait. Des mots étrangers, détachés, étouffés, comme s'ils venaient de loin et n'avaient aucun rapport avec lui, comme si la langue lui était incompréhensible. Même la pièce lui paraissait étrangère, avec ses meubles et ses statues, le bouddha dans un coin, ce décor familier qu'il aurait pu dessiner sans se tromper sur la couleur, la forme et l'emplacement de chaque objet. Et les gens qu'il connaissait aussi lui étaient devenus étrangers, comme s'il n'existait aucun lien entre eux et lui. Felix von Brunhoff, l'officier déterminé, dont un seul regard faisait trembler ses soldats quand il dirigeait ses troupes ou les passait en revue à cheval tel un dieu grec, était à cet instant-là désespérément seul, aussi seul que face à la mort. Debout devant le balcon, il regarda sans voir la pluie fine, l'ennui gris qui en émanait et se dit qu'il n'appartenait pas à tout cela. Le lendemain, il savait que pendant le passage en revue, il se vengerait sur ses troupes avec une cruauté gratuite, ferait pleuvoir des châtiments sur des garçons innocents venus des régions du nord et du sud de l'Autriche, et se mépriserait sans parvenir à se dominer. C'était un défaut qui détonnait avec sa personnalité. Il n'était pas cruel ou tyrannique par faiblesse. Bien au contraire. Plus on est fort, plus est grand le chagrin. Le chagrin de l'homme se mesure à la force de sa souffrance.

Debout, bien droit devant la porte du balcon, dans son uniforme repassé qui moulait sa belle silhouette virile, il paraissait pourtant quelque peu accablé. Personne ne le remarqua, à l'exception de Mary Dean qui devina le cours de ses pensées. Elle eut un élan de compassion pour cet homme qui lui manifestait sa sympathie. S'il n'y avait pas eu entre eux cet amour silencieux et obstiné, elle aurait pu en faire son ami. Une amitié pure, intellectuelle et spirituelle entre les deux sexes n'était-elle pas possible ? Sans doute était-ce la nature qui le voulait ainsi.

Elle en vint à penser à Gisela tout en caressant distraitement le dos de Vladi. C'était une belle femme avec un tempérament de feu, Gisela. Elle lui lança un regard en coin : elle se tenait debout, à côté de Herr Schtans, sur qui elle déversait un flot de paroles rondes, lisses et mesquines. Et Mary se dit que ses efforts étaient vains, que Felix ne se laisserait pas prendre dans ses rets. Cette certitude lui procura une satisfaction dont elle n'élucida pas la raison.

Comme pour chasser un mauvais rêve, l'officier passa la main sur son front carré qui exprimait le courage et la détermination. Ses cheveux châtains étaient soigneusement peignés et rabattus sur le côté, avec une raie droite et grisonnante. Il regarda Rost avec étonnement, comme s'il venait seulement de l'apercevoir. Son maintien exprimait une raideur et une lourdeur qui n'avaient rien de militaire.

Son uniforme paraissait déplacé. Rost le perçut ainsi, peut-être parce que l'officier avait exprimé son intention de quitter l'armée et que son corps était à moitié paralysé.

L'officier lança à son tour un regard mélancolique à Rost et, après un instant d'hésitation, tira une chaise et s'assit près de lui, avec l'intention évidente d'entamer la conversation. Rost tourna vers lui un visage bienveillant.

« Vous êtes encore très jeune, monsieur, n'est-ce pas ? À l'orée de votre vie. J'aimerais savoir comment un jeune homme comme vous imagine sa vie. Et ne voyez surtout pas dans ma question une curiosité malsaine. » L'officier avait une subite envie de parler avec un jeune de l'âge de Rost, peut-être pour s'acquitter d'une dette à l'égard de tous ceux qui supportaient son amertume, sa dureté, sa sévérité souvent injustifiée.

« J'avoue que je n'y ai pas encore pensé, dit Rost pour esquiver la question. En tout cas, je ne veux pas faire de projets, mais agir selon mes désirs... »

L'officier fuma un long moment en silence. « Je crois, dit-il, que tout homme se choisit un point dans la vie, un îlot, et se fixe un but.

– Non, je n'ai rien de tel. »

Frau Gisela recommença à tourner comme un vautour autour de l'officier qui esquissa une grimace involontaire.

« Voulez-vous aller au café avec moi ? »

Une pluie fine et presque imperceptible tombait à présent sur la mince couche de poussière. Une odeur d'herbe mouillée qui sentait déjà l'automne montait de la porte du balcon entrouverte. Rost se souvint du jardin de sa ville natale, non loin de la maison de ses parents. C'était un grand parc forestier, entouré d'une haute grille de fer peinte en vert, d'où s'échappaient toujours des aboiements rauques et brefs d'un chien invisible qui accueillaient le passant comme un jet de pierres. Souvent dans sa jeunesse, il avait eu envie de lui tendre un piège, il lui lançait des morceaux de viande où il cachait une aiguille ou de la mort-aux-rats, parce que ses aboiements rauques résonnaient dans la rue tranquille et troublaient la somnolence des jours d'été nonchalants et ensoleillés. Mais en vain ! Rien n'atteignait le chien et il continue sûrement d'aboyer, se dit Rost en souriant.

La rue se trouvait à l'extrémité de la ville et on y croisait souvent les uhlans qui habitaient la caserne proche, ça sentait presque toujours le chou aigre et pourri, les soldats s'y promenaient au bras des servantes du voisinage ou bien seuls, en route vers le bordel de Motke Kulik, tout près. Les adolescents savaient où ils allaient. Parfois ils les suivaient de loin, puis se postaient en face de la maison à trois étages, où les soldats disparaissaient derrière les sombres fenêtres cachées par des rideaux. On y entendait des rires sensuels, des notes de piano et des chants d'ivrognes. Par moments, la porte s'ouvrait bruyamment, et Motke Kulik, un homme trapu d'une force exceptionnelle, avec une tête ronde, sans cou, posée sur des épaules larges, jetait dehors un ivrogne à la vitesse de l'éclair, l'homme dessinait un grand arc et retombait par terre avec un bruit sourd et restait immobile comme un gros sac. Motke était le héros du quartier, couvert par la police, il battait avec la force aveugle d'une machine. Quelques années plus tard, il fut poignardé par des émeutiers, pour en avoir tué une douzaine lors de pogromes.

De temps en temps, une fenêtre s'ouvrait à un des étages, une jeune femme en décolleté et bras nus penchait la tête vers la rue, regardait à droite et à gauche comme pour chercher quelqu'un, lançait un mégot allumé et refermait la fenêtre. « Les filles de la pension », comme on les appelait dans le quartier, sentaient un parfum bon marché qui persistait sur leur passage, une odeur étrangère et désagréable qui ne se mêlait pas à celle, légère, de l'été et qui faisait faire la grimace aux dames convenables.

Les images se bousculaient pêle-mêle dans la mémoire de

Rost, tout en étant claires et distinctes comme sur un écran géant. Avec son air grave et ses yeux tristes, l'officier aurait sûrement soupiré après les belles filles juives. Mais à l'heure de l'action, avec la même rigidité qui émanait de son corps, il aurait ordonné à ses soldats sans la moindre hésitation de tirer sur les parents, les frères et les jeunes filles elles-mêmes.

Rost promit à Dean de lui téléphoner d'ici trois jours et il partit avec l'officier. La pluie avait cessé. L'air était humide et froid et le ciel, gris. Les trottoirs luisaient. L'officier marchait à ses côtés. Il arrêta un fiacre qui passait et lui ordonna de les conduire au café de la Heringstrasse.

Assis face à l'officier, Rost buvait à petites gorgées le chocolat chaud et lui lançait des regards furtifs. Par une journée pluvieuse comme celle-ci, le café était plein de gens endimanchés, de calvities honorables, de haut gradés militaires, de femmes belles et moins belles. Fiacres et automobiles luxueuses s'arrêtaient devant la porte à tentures et déposaient de nouveaux clients. La plupart des visages exprimaient une indifférence feinte ou véritable. Chacun paraissait satisfait d'être au monde et dans ce café à cet instant-là, enveloppé par les volutes de fumée de cigarettes et le parfum des femmes.

Felix von Brunhoff entama la conversation :

« Ceux qui croient ont en quelque sorte une vie de réserve, des biens inaliénables. Et même s'ils se font des illusions, cela revient au même. Mais les autres, ceux qui n'ont que ça ? dit-il en balayant la salle d'un grand geste.

– N'est-ce pas suffisant ? dit Rost. Que faut-il d'autre ? La vie est belle ainsi, sans se poser trop de questions sur l'au-delà. Mais vous êtes encore jeune, Herr von Brunhoff, ajouta Rost après une pause.

– Je ne suis pas encore vieux, répondit-il distraitement et presque en écho. Voyez-vous, il arrive que l'on s'engage durant huit ou dix ans sur un chemin que l'on n'a même pas choisi, où les événements et la tradition familiale vous ont entraîné, où vous vous êtes laissé entraîner. Soudain, vous découvrez que ce chemin est erroné et ne mène nulle part. Et ce n'est pas tout. À l'instant où on découvre son erreur, le temps perdu, on ne connaît pas d'autre chemin. Si on avait pu choisir, on aurait peut-être su, mais on ne sait pas. »

Pendant tout ce temps, l'officier semblait se parler à lui-même plutôt qu'à Rost. Il lui tendit son paquet de cigarettes et en prit une aussi.

Rost regarda la moustache terne et clairsemée de son interlocuteur et une bouffée d'ennui l'envahit. À quoi servait toute cette conversation ? Un moulin à paroles stupide. Il tourna la tête vers la salle et parcourut les visages du café. Quelques tables plus loin, il aperçut un groupe de quatre personnes : deux couples, l'un âgé, l'autre jeune. Les parents et leurs enfants, se dit Rost. Il les observa plus attentivement. Le plus âgé des hommes, de profil, une boule claire et bien luisante, avait une couronne de cheveux parsemée de fils blancs, un nez retroussé, obstiné, bulbeux, posé sur une moustache fournie, aux extrémités pointues. Son visage gras et rond, dont les favoris descendaient jusqu'aux mâchoires, était plongé dans un journal. Un père de famille, originaire de Bohême ou de Hongrie, se dit Rost pour s'amuser un peu. Lorsque ces hommes déclarent une chose, c'est pour la vie, il ne faut pas les contredire ! À côté de lui, la femme, entre quarante et cinquante ans, semblait vouloir arrêter le temps à l'aide de poudres et de maquillages, de robes et de chapeaux dernier cri. Elle feuilletait une revue illustrée, soucieuse d'accrocher à son visage un sourire coquet et immuable. La jeune femme, sans doute leur fille, lui ressemblait. Cheveux châtains, yeux noisette, elle n'était pas laide mais inexpressive. Une jeune femme plutôt jolie et banale. Nerveuse ou ennuyée, elle buvait des gorgées d'eau dans un verre posé sur le plateau en nickel. Et dans les longs intervalles entre chaque gorgée, elle disait quelques mots au jeune homme à côté d'elle, son fiancé ou promis, qui lui répondait avec empressement. Il portait un pince-nez en or, sur un nez de futur savant, une moustache naissante, et de grandes oreilles rougissantes et décollées, comme d'énormes coquillages.

Sentant le regard de Rost sur elle, la jeune femme lui lança un coup d'œil surpris, se détourna, puis l'observa de nouveau.

Elle s'ennuie, c'est évident, se dit Rost, avec un sourire satisfait que la jeune fille prit pour elle et lui rendit à la dérobée. Le jeune homme finit par intercepter le manège, ajusta son pince-nez en direction de Rost, prêt à se battre comme un coq.

Rost commença à y trouver de l'intérêt. Il se leva sans hâte et se dirigea vers leur table au grand étonnement de la jeune fille. « Puis-je vous emprunter un instant un de ces illustrés ? »

« Je ne l'ai pas encore feuilleté, répondit la mère à la place de la fille. Revenez d'ici un quart d'heure, s'il vous plaît. »

Rost s'inclina poliment, adressa un sourire entendu à la jeune fille et retourna à sa place, le regard du jeune homme planté comme un dard dans son dos. Il se rassit et croisa les jambes, comblé d'aise.

Felix von Brunhoff s'arracha à ses pensées sombres, essaya d'entraîner Rost à boire un verre avec lui et, quand ce dernier refusa, il commanda trois verres d'affilée d'une liqueur verte qu'il avala sans reprendre son souffle.

« C'est une journée sombre et pesante, dit-il pour se justifier. Il y a des gens sensibles comme des baromètres aux variations du climat. Ce n'est pas mon cas, sauf aujourd'hui. »

En invitant Rost au café, il avait espéré non pas lui parler de ce qui le tourmentait, mais se décharger un peu du poids qui l'oppressait. Et il découvrait que c'était impossible et qu'il n'avait pas le moindre espoir. Alors il fut submergé par une colère aveugle contre lui-même, contre le jeune homme devant lui, contre un être inconnu. Son visage rougit sous l'effet de l'émotion. Ah, s'il avait pu se battre avec quelqu'un, échanger des coups de poing, et même en recevoir, dompter un cheval sauvage, vaincre une force énorme ! Lui, Felix von Brunhoff, était vexé de s'être ouvert à ce jeune homme qu'il connaissait à peine, un personnage suspect qu'il avait rencontré chez Peter Dean, ce qui n'était pas une garantie. Un homme qui croisait n'importe qui sur son chemin. Il vit comme dans un brouillard des gens se moquer de lui dans son dos, comme s'il avait révélé un secret à Rost. « Vous croyez que vous m'intéressez, hein ? » siffla-t-il d'un air méchant.

Rost s'étonna. Son visage exprimait l'ironie :

« Oui, je crois que je vous intéresse. » Et il ajouta : « pourquoi buvez-vous ?

– Ça ne vous regarde pas.

– Il me semble que vous méprisez un peu l'uniforme impérial. »

Il le dit sur un ton modéré, en dissimulant la moquerie sous-jacente. L'ennui ? Il ne le sentait plus, une idée faisait en lui son chemin, cet homme n'est pas mou comme je l'ai cru. Continuons de souffler sur les braises…

« Vous voulez me faire la morale ? Pour qui vous prenez-vous ?

– Moi ? Un instant ! »

Il se leva et se fraya un passage jusqu'à la table des deux couples. L'illustré était désormais libre. La jeune femme le tendit à Rost avec un sourire engageant, comme une vieille connaissance.

« Me voilà à votre disposition, monsieur l'officier, lui dit-il après être revenu et s'être assis. Voulez-vous que je me présente à vous ?

– Vous êtes sans vergogne ! dit l'officier, bouillant de rage.

– C'est fort possible », dit Rost en riant.

Il feuilleta la revue d'un air indifférent, tout en lançant des coups d'œil vers la table de la jeune fille. Pendant ce temps, le père s'était extirpé de son journal, il tirait des bouffées d'un énorme cigare, son regard figé tourné vers la salle. Rost consulta sa montre.

« Vous partez déjà ? Je croyais que nous allions dîner et passer la soirée ensemble.

– Dans cet état d'esprit ?

– Ne me prenez pas pour quelqu'un de méchant. C'est juste mon humeur d'aujourd'hui. Je vous assure, ce n'est pas dirigé contre vous.

– Désolé, il faut que je parte. Mais nous pouvons nous revoir une autre fois. »

L'officier voulut dire quelque chose mais y renonça. C'était inutile. Il fit signe au serveur pour redemander à boire. Il continuerait ainsi, s'écroulerait et finirait la soirée avec une prostituée, le souvenir de débauche le travaillerait le lendemain jusqu'à la nausée et le rendrait irritable et mauvais, par pur mépris de soi.

12

Lorsque Rost quitta le café et l'officier qui couvait du regard son verre, il était cinq heures du soir. Il marcha sans se hâter dans les rues à moitié vides du samedi, imprégnées de l'odeur de pluie, et bordées d'arbres d'un vert intense. Des gouttes isolées et tardives tombaient des arbres sur sa mèche blonde et rebelle. Il se sentait la force d'un conquérant, près de réaliser tous ses souhaits. Il suivit d'un œil bienveillant les fiacres qui passaient, les autos, les passants. Tout était à sa portée, disposé pour son plaisir et son confort. La pluie avait cessé, le jour était encore élégiaque, tendre et timide, puis ce serait peut-être un soir paisible et un peu plus calme que les autres, puis viendrait la nuit, à l'odeur à la fois semblable et différente des précédentes ou des suivantes, un peu comme une femme inconnue. Chaque jour nouveau exigeait un homme nouveau, comme un être à peine né, sans le poids de la veille.

Rost éprouvait un léger mépris pour l'officier enchaîné à une chose unique, incapable de s'en détacher, démissionnaire devant tout le reste, qui avalait un verre après l'autre pour élever une barrière entre lui et le monde. Brunhoff buvait parce qu'il avait peur. Rost, lui, n'avait pas peur.

Il s'attarda distraitement devant la vitrine d'un magasin de jouets. Lorsqu'il en prit conscience, il sourit et s'éloigna. Puis il en vint à penser à Erna et se sentit soudain joyeux. Il pressa le pas et s'engagea dans la rue qui le conduisait chez lui. À peine avait-il eu le temps d'enfiler sa robe de chambre qu'il entendit frapper un coup hésitant à sa porte : c'était Gertrude. Sans un mot, elle colla sa bouche charnue et humide sur celle de Rost, se plaqua contre lui de tout son corps brûlant, comme si elle voulait le pénétrer. Puis elle se laissa tomber sur une chaise, épuisée, déprimée.

« Je t'ai attendu, lui dit-elle. Georges est allé chez ma belle-mère avec Erna. Je me suis défilée en prétextant un mal de tête. »

Rost tira une chaise et s'assit près d'elle. Il lui prit la main et la caressa d'un geste apaisant. L'obscurité entrait par les fenêtres dont les lourds rideaux étaient retenus sur les côtés par des embrasses tressées. Un silence figé pesait sur tout l'appartement. Aucun bruit ne venait de la petite rue. Gertrude était assise, plongée dans ses pensées. Les pans de son kimono jaune étaient écartés et laissaient entrevoir, entre les bas et la culotte, des cuisses d'une blancheur éclatante. La tête inclinée sur le côté, elle regardait au loin, par-delà Rost. Elle était prise de nausée au souvenir des assauts de son mari qu'elle avait repoussés à grand-peine la nuit d'avant. Mais pourrait-elle continuer de se défendre ainsi sans éveiller ses soupçons ? Sans provoquer des querelles ? Si elle était plus froide, moins sensible à ses gestes durs, physiques, qu'elle détestait tant ? L'éventualité de la disparition de Rost lui traversa l'esprit en un éclair et elle frissonna. Pourquoi pas ?

Il pourrait disparaître brusquement, cadeau inespéré, et alors c'en serait fini d'elle. Soudain tout lui sembla irréel. Elle leva les yeux vers Rost, comme pour s'assurer de sa présence en chair et en os. Son regard était empreint de tristesse. Elle tendit la main et toucha son bras. Oui, il était encore là. À l'idée qu'elle pourrait le perdre et que ce serait cruel, des larmes lui montèrent aux yeux. L'avenir avait pour elle la forme d'une solitude rampante. Elle donna libre cours à ses larmes.

« Pourquoi ? » demanda Rost, en faisant un effort. Elle eut un sourire hésitant, se leva et alla distraitement jusqu'à la fenêtre, puis revint s'asseoir. L'expression de son visage changea, elle parut déterminée malgré les traces de larmes sur ses joues. Non ! Elle ne céderait pas ! Elle se battrait ! Elle attira Rost et le serra contre elle de toutes ses forces, avec un mélange de passion et de désespoir, comme si elle allait se suicider.

« Cet instant présent, n'est-il rien pour toi ? lui murmura-t-elle. Dis-moi, est-ce que tout cela n'est pas vrai ? » Elle éloigna un peu la tête de Rost pour mieux le regarder, graver ses traits dans son cœur, de crainte qu'ils ne s'effacent.

« Tu es une femme et un bébé » dit Rost, il avait de la peine pour elle. Il la serra contre lui et lui caressa les cheveux, ils dégageaient une odeur légère, pudique et excitante. Il y plongea son nez et huma ce parfum particulier de la femme et de toute la Création. Comme une odeur de terre. C'est ainsi que se répétait inlassablement le geste de la Création, entre Adam et Ève, entre Michaël Rost et cette femme, à la fois étrangers l'un à l'autre et proches, rejetés l'un par l'autre et projetés l'un contre l'autre. Sa peau douce, brûlante, frémissait sous la main de Rost, se rétractait. Elle couvrit sa nuque, sa joue, son oreille, de baisers brûlants, sauvages, il finit par la soulever et la porter sur le divan.

Pendant ce temps, les fenêtres s'obscurcirent, la nuit tombait vite, une pluie fine frappa les vitres comme des moucherons isolés. Elle faisait un bruit monotone dans le silence de l'appartement. Étendu sur le canapé, Rost fumait. Sa cigarette clignotait comme une lumière trompeuse dans l'obscurité grandissante. Leurs visages étaient invisibles, et leurs mains aussi, sauf les vagues contours de leurs corps et la tache claire du kimono jaune qui flottait dans l'espace. Gertrude était étendue, la tête appuyée contre la poitrine de Rost. Soudain, il sentit le poids de cette tête. Dans le soir muet, la femme lui parut alors moins importante. Une partie de lui-même se vida : les fils tendus entre lui et elle se brisèrent. Il éprouva une certaine pitié pour cet être plein de vie, volcanique, qui tout à coup lui faisait l'effet d'une chose morte. Après que leurs corps s'étaient mêlés quelques instants plus tôt, l'agréable fatigue qui parcourait encore leurs membres s'était éloignée.

Il tâtonna dans l'obscurité et écrasa son mégot dans le cendrier posé sur un guéridon. Gertrude se leva d'un bond. Il fallait qu'elle parte, Georg et Erna pouvaient revenir à tout moment. Elle chercha son poignet, lui embrassa le dos de la main et sortit.

Rost demeura étendu et quelques instants plus tard il

entendit des pas dans l'escalier. Aussitôt, il alluma la lumière, la clarté dissipa le silence, il se recoiffa devant la glace, lissa sa robe de chambre et s'apprêta à sortir dans le couloir tandis que s'ouvrait la porte d'entrée.

« Nous avons passé une belle journée, n'est-ce pas ? dit Georg Stift en ôtant son imperméable. Il fait un temps à se promener hors de la ville, vous ne trouvez pas ?

– Les projets ne manquent pas, dit Rost en lançant un coup d'œil à Erna dont il finit par capter le regard qui lui parut plus amical, moins hostile.

– C'est bien le problème, dit Georg Stift. À votre âge, le temps me faisait défaut, il m'aurait fallu des journées de cinquante heures au lieu de vingt-quatre. »

Il accrocha soigneusement son chapeau à la patère. Erna se retira dans sa chambre, et Rost se rendit à l'invitation du maître de maison de l'accompagner au salon pour bavarder un peu avant le dîner. Georg Stift effleura d'une main les touches du piano ouvert et monta une gamme dont les notes s'égaillèrent dans l'espace. Puis il alla chercher dans la salle à manger une bouteille de porto et deux verres.

« Rien de tel qu'un petit verre pour aiguiser l'appétit, dit-il en les servant. À votre santé ! À celle de la jeunesse tourmentée ! C'étaient des jours heureux, dit-il en lissant sa maigre moustache. Les filles vous tombaient dans les bras comme des pommes mûres. Les unes après les autres, de toutes parts ! Plus qu'il n'en fallait. On n'avait pas le temps d'étudier. Et les excursions les jours de fête ! Par groupes de quatre à six jeunes gens et jeunes filles. Puis est arrivée Gertrude, vous auriez dû la voir à l'époque ! C'était du feu !

– Je l'imagine.

– Oh, s'enorgueillit Georg Stift, les prétendants ne manquaient pas ! Croyez-moi, mes amis en crevaient de jalousie, et même jusqu'à ce jour. Je savais choisir.

– Vous avez eu de la chance.

– C'est bien ça : j'ai eu de la chance. Une femme comme elle, on n'en trouve pas tous les jours, ça ne pousse pas comme des champignons. Vous pouvez me demander la raison, j'ai connu d'autres femmes, je ne suis pas né d'hier. Un autre verre ? Mais de nos jours, c'est différent. Non pas que je sois vieux », dit Stift en riant.

Et l'image de la femme maquillée, à l'hôtel de Klagenfurt, lui revint en mémoire, un masque de froideur se répandit sur son étrange visage.

« Quel âge me donnez-vous ?

– Hmmm… trente-cinq ans.

– C'est presque ça. Trente-huit, le bel âge mûr, mais on s'assagit, on devient plus modéré. Ce n'est plus l'âge des galipettes ! La famille. Les responsabilités. On doit garder les yeux ouverts. Pas à pas, être prudent, n'est-ce pas ? »

Il approcha de Rost un cendrier de verre bleu et l'accompagna avec une cigarette, alors que d'habitude il ne fumait que des cigares. Il ne trouvait aucun goût à la cigarette. Autrefois, oui, mais désormais il s'en abstenait. Puis il reprit le fil de la conversation qui bizarrement l'excitait : « Voyez-vous, une femme comme elle, comme ma Gertrude, ne laisse pas de place aux tromperies. Elle donne tout et prend tout sans compter. Vous imaginez un mari qui tromperait Gertrude ?

– Non, je ne l'imagine pas, lui répondit Rost qui n'avait pas tellement le choix.

– Eh oui ! Elle n'appartient pas à cette catégorie de femmes. Je vois que vous êtes un homme intelligent. On peut en parler avec vous, car avouez que vous êtes un peu amoureux d'elle.

– Vous jetez de l'huile sur le feu.

– Loin de moi cette idée ! Je voulais juste vous montrer que vos sens ne vous ont pas trompé. Vous avez du goût, parfois c'est une consolation.

– Maigre consolation.

– Je suis d'accord, mais que voulez-vous ? Vous êtes un peu en retard, vous auriez dû me précéder, quoique rien ne prouve que vous auriez été l'élu. D'ailleurs, croyez-vous être le seul ? Il y en a eu d'autres, insignifiants pour la plupart. Et voilà, vous voyez bien ! »

Il se servit un autre verre et vida la moitié en une gorgée. « On ne peut jamais définir ce qui attire un homme et une femme, tel homme et telle femme. Ni l'observation ni l'intelligence ne vous sont d'aucun secours en la matière, on se trouve devant un mystère, un secret de la nature ! Je parle d'une relation durable. Les rencontres passagères ne comptent pas. »

Ce n'est pas étonnant, se dit Rost, quel grossier personnage. Pourquoi supportait-il son bavardage insipide ? À vrai dire, il attendait, tout son être était tendu vers une porte qui risquait de s'ouvrir brusquement. Il lui tournait le dos mais peu importait, quand elle s'ouvrirait, il entendrait d'abord les quelques pas jusqu'à la table, ou la fenêtre, ou le piano, ou la bibliothèque. Il fermerait exprès les yeux pour accroître le plaisir et ne les ouvrirait qu'après, surpris par la réalité. Mais la porte en question tardait à s'ouvrir. On entendait dans le couloir des pas feutrés, absorbés par le tapis, mais aucun bruit de porte. Rost commençait à se décourager, quelle bêtise d'avoir cru qu'elle s'ouvrirait simplement parce qu'il le désirait.

« Savez-vous, reprit Stift, j'ai quelque expérience en matière de femmes. Il faut savoir les prendre, c'est important. D'une main forte, bien sûr ! Mais sans exagérer ! Et puis, on ne peut pas généraliser. Il y en a de toutes sortes. Il faut d'abord voir à qui on a affaire, de quel côté le vent souffle. Il y a des femmes devant lesquelles il faut se montrer faible, petit et faible comme une souris malade, elles aiment ça, c'est le seul moyen de les gagner. Ce sont des femmes compatissantes, l'homme est leur poupée, leur bébé. Elles ne vous refuseront rien, mais tout passe par la pitié. Si vous ne les laissez pas déverser sur vous leur compassion, vous n'obtiendrez rien. C'est dans leur nature. Ces femmes-là, quand elles ont un enfant, vous pouvez faire votre valise, elles n'ont plus besoin de vous. D'autres sont des "personnalités", elles ont leur opinion sur chaque chose, de préférence le contraire de la vôtre. Et gare à ceux qui touchent à leur personnalité ! Laissez-leur cette folie et vous aurez la paix. Si vous en doutez, on ne vous pardonnera jamais. D'autres ne s'échauffent que lorsque l'on déverse à leurs pieds des tonnes de mots d'amour, fussent-ils insipides, empruntés à des *shund-romans*[1], sentant l'artifice à des lieues à la ronde ! Celles-là sont romantiques. Plus vous mentez, plus elles cèdent. Avec elles, la réussite est assurée. D'ailleurs, la plupart des femmes aiment ça, elles ont toutes une fibre romantique et aiment le chatoiement du mensonge. Peut-être sont-elles poètes par nature.

« D'autres ont en elles un désir tyrannique inassouvi, ce sont les dominatrices. L'homme qui ne se soumet pas à leur autorité ne parvient à rien. Avec elles, pour arriver à ses fins, il faut s'avilir et pas seulement en apparence. Se soumettre toujours sans hésiter à leur volonté, comme une sentence immuable, alors on est récompensé. Bien sûr, il y a des mélanges, cinq grammes de ceci, huit grammes de cela, trois grammes d'encore autre chose. Ce sont celles qui sont plus compliquées et atteintes d'hystérie. Les plus difficiles aussi, versatiles, une fois comme ci, une fois comme ça. Avec elles, il faut sans cesse changer de tactique, être sur le qui-vive, avoir un sens aigu de la diplomatie, et même alors la réussite n'est pas assurée. Le moindre vent peut renverser le vapeur. Mieux vaut les éviter, car ni l'intelligence ni la psychologie n'y peuvent rien, elles vous réservent des surprises sans fin.

– Le traité du parfait don juan ! plaisanta Rost.

– N'exagérons pas, dit Georg Stift avec un sourire. Un peu d'observation et un peu d'expérience personnelle, c'est tout.

1. Genre de romans populaires et sentimentaux typiques de la littérature yiddish. (*N.d.T.*)

– Que feriez-vous si vous appreniez que votre femme vous trompe ?

– Qui ? Gertrude ? C'est impossible !

– Bien sûr, mais tout est possible dans la vie ! On ne peut jamais être sûr de rien.

– Oui, mais entre Gertrude et moi, c'est impossible. Vous ne la connaissez pas, ni la relation qui existe entre nous. Un tremblement de terre est plus probable.

– Je ne parle pas de Mme Stift, se reprit Rost. Disons une autre de vos femmes qui vous aurait trompée.

– Pour commencer, je n'ai pas de rapports avec ces femmes-là. Et deuxièmement, je ne suis pas homme à être trompé. Il y a des hommes qui sont trompés par toutes les femmes, et d'autres qu'aucune femme ne trompe. Il est bon que vous sachiez, jeune homme, qu'une telle chose ne m'est jamais arrivée, allez-vous-en immédiatement. Et sans tarder. Je n'accepte pas de telles plaisanteries ! »

La porte de la salle à manger s'entrouvrit et Gertrude passa la tête pour annoncer que le dîner était servi. En apercevant Rost, elle parut surprise et le salua avec une politesse distante. Elle entra dans le salon, mais resta sur le seuil et invita Rost, appuyée par son mari, à se joindre à eux pour un repas simple, parce que c'était le jour de congé de Mitzi. Dans l'entrebâillement, il aperçut Erna, adossée au buffet, le regard tourné vers les fenêtres. Malgré son envie folle d'être auprès d'elle, son instinct lui dit qu'il valait mieux y renoncer ce soir-là, au risque de gâcher quelque chose. Sa décision mûrie, il se leva et prit congé.

Dans sa chambre, il trouva sous la porte une enveloppe blanche cachetée, sans adresse. Avant de l'ouvrir, il l'examina sous toutes les coutures, la soupesa, la sentit, retardant le moment de l'ouvrir. En fait, inconsciemment, il en devinait l'expéditeur mais n'osait se le dire de crainte d'être déçu. Il finit par déchirer l'enveloppe et en tira une page de cahier d'écolière. Erna souhaitait le voir le lendemain dans l'après-midi, il fallait qu'elle lui parle. Elle lui donnait rendez-vous au parc municipal, sur un banc qu'elle lui indiquait, et en cas de pluie, à la terrasse du café. Il était prié de supprimer la lettre aussitôt après l'avoir lue.

L'écriture d'Erna était ronde, grande, énergique et déterminée. Elle avait signé d'une seule lettre. Une vraie femme, se dit Rost en rangeant la missive dans son portefeuille.

13

Après le dîner, Rost marcha vers le centre-ville par la rue principale qui descendait jusqu'au canal. La pluie avait cessé. Fier et royal, le ciel formait une voûte fraîche et étoilée au-dessus des toits. Par moments, une légère odeur de foins traversait l'air. La nuit d'été respirait en silence, la ville s'étalait devant lui dans toute sa nudité, immobile, endimanchée, lavée et propre. Un frisson parcourait la surface du canal et effritait momentanément la flamme des réverbères sous sa peau. Des tramways se hâtaient en brinquebalant dans les deux sens le long du quai, les uns vides, les autres bondés, ils se dirigeaient vers les ponts qui émettaient un bruit de bois creux, puis ils disparaissaient dans les dédales de la métropole. Un collier d'étincelles électriques d'un bleu clair explosait avec un bruit de chaume embrasé et retombait sur les fils tendus. Une fraîcheur agréable et obscure montait de l'eau comme de ces jardins sombres où, même en plein été, le soleil ne pénétrait jamais.

Les mains dans les poches, l'air désinvolte, une cigarette éteinte entre les lèvres, Rost passa devant l'Ahdout dont les fenêtres et la porte ouvertes laissaient échapper de grands rires dans la rue déserte. C'était la voix de baryton de Yasha d'Odessa, Rost la reconnut aussitôt. Dans la première salle, les serveurs avaient débarrassé les tables. Debout entre deux tables, Reb Hayim Schtock feuilletait de ses yeux larmoyants la *Neue Freie Presse*, par-dessus son pince-nez. Sa femme était assise tout près, désœuvrée, petite et carrée, son visage large et ridé luisant de graisse de cuisine. Ses petits yeux bruns comme des grains de café brillaient derrière des lunettes dont les branches se perdaient dans l'épaisseur enchevêtrée d'une énorme perruque brune. Le regard dans le vide, les mains croisées sur la poitrine, un trousseau de clés pendait à son tablier comme un membre de son corps flétri.

C'était le samedi soir, les cuisinières avaient pris un congé bien mérité, leur fille Malvina était allée au théâtre ou ailleurs avec son poète promis à un grand avenir, et Reb Hayim Schtock et sa femme étaient eux aussi en congé involontaire. Détachés de la cuisine, ils se sentaient, chacun à sa manière, inutiles, désœuvrés, négligeables. Mis à part Malvina, la fille de leurs vieux jours, tous leurs fils étaient mariés, c'étaient des petits hommes trapus et barbus qui faisaient du commerce ici et là ; ils avaient une autre fille, Dora Pelz, au visage osseux et laid qui tenait un magasin de lingerie féminine de luxe et qui, à ses heures de loisir, composait avec application des romans dont aucun ne voyait le jour. Néanmoins, elle se considérait et était considérée par les siens comme la plus cultivée de la famille. Une femme libre, affranchie, moderne jusqu'au bout des ongles, avec des dents de cheval qui dépassaient de lèvres trop fines. Ses romans avaient deux lecteurs fidèles : elle-même et Max Karp qui, tout en essayant de rester poli, se défilait ou, quand ce n'était plus possible, passait des heures avec elle, à lire ses manuscrits, à les louer, à débattre longuement de l'émancipation des femmes et à la gaver de ses poèmes. Puis, avec un sourire dédaigneux, il lançait en yiddish à sa sœur, Malvina : *Shund !* Malvina ne protestait pas, si Max Karp disait *shund*, c'est qu'il avait raison, lui qui savait tant de choses !

Dans la salle à côté se réunissait la bande habituelle. Rost y fut accueilli avec des cris de joie et Alfred, le serveur, fut dépêché pour lui apporter à boire.

« Et Micha ? »

Ce fut Markus Schwartz qui répondit à la question de Rost.

« À l'hôpital général.

– Ah bon ? Depuis quand ?

– Depuis deux jours. Tu n'as pas lu les journaux, chuchota Markus Schwartz. La bombe qui a été lancée sur l'émissaire russe, place Schwartzenberg ? Un attentat raté. Les journaux s'efforcent de minimiser l'affaire, l'ordre vient d'en haut. Mais on dit que Micha est impliqué dans l'affaire. Le coupable court toujours. En fait, ils ont arrêté un innocent pour jeter de la poudre aux yeux.

– On se la boucle ! avertit Yasha. Affaire classée ! Celui qui dit un mot pourra vendre son squelette au chiffonnier, et encore, il n'en recevra même pas un sou.

– Motus et bouche cousue, ajouta le ténor héroïque. Un ami est un ami.

– Dommage qu'on l'ait raté ! » dit Akidus le peintre, qui partageait sa chambre avec Markus Schwartz.

Il était assis, raide comme un piquet, le visage gris, imberbe, et animé comme d'habitude d'une colère sourde à l'égard de l'humanité dans son ensemble.

« En Amérique, dit Arnold Kroyn, on sait y faire ! Ces choses-là réussissent toujours. On fait du travail propre.

– Ténor, tu n'es jamais allé en Amérique. Je ne te crois pas, ricana Yasha.

– Tu ne crois même pas que je suis Arnold Kroyn ! plaisanta ce dernier.

– Ça, je le crois, car qui d'autre que toi se permettrait de s'habiller ainsi ? »

Pendant ce temps, Rost apprit par Markus Schwartz assis à côté de lui que seuls les chevaux avaient été tués pendant l'attentat et que le cocher y avait échappé de justesse. Il décida d'aller à l'hôpital, rendre visite à Micha qui était sûrement impliqué dans l'attentat.

Il prit une gorgée de liqueur et regarda distraitement le visage large et malpropre du ténor, avec trois dents en or qui brillaient au milieu de la graisse. C'était un amoncellement de chairs flasques qui semblaient détachées des os, dans lesquelles étaient enfoncés des petits yeux chassieux. De cette pâte informe, avec des cheveux comme des poils de rat, s'échappait une voix enfumée et rauque. L'homme était glouton de surcroît et insatiable, capable de s'enfiler des quantités de nourriture. Il avait abandonné dans sa Galicie natale une femme éplorée et trois enfants, pour aller chanter comme un vieux gramophone à des mariages juifs, de vieilles ritournelles populaires, « Shulamit et l'ours » ou « *Hatt a yid a veibaleh* », qui veut dire en yiddish que le Juif avait une petite femme. Il se remplissait la panse à en crever et recevait aussi quelques sous. Il habitait dans une chambrette trop petite pour lui, souffrait d'asthme, se chamaillait du matin au soir avec Frau Feiertseig, sa logeuse, à qui il devait des loyers. Il la faisait taire avec deux ou trois pièces d'or qu'il lui donnait de temps en temps, quand il ne les dépensait pas avec une prostituée de la Maltzstrasse. Parfois, lorsqu'il faisait déborder le vase et se soûlait, il devenait sentimental et s'apitoyait sur son sort. Alors il maudissait l'Amérique qui l'avait achevé, cette sangsue qui avait sucé jusqu'à la dernière goutte de son sang, que la terre l'engloutisse, *yesss* ! Et il annonçait à la ronde que demain, assez ! ça suffit ! il montrerait sa force au monde entier ! Vous dites, Caruso ? Zéro ! Le coq ! Il n'a pas de voix ! Mais lui, Arnold Kroyn, son nom serait sur toutes les lèvres, rien n'était perdu ! Et l'instant d'après, il sombrait dans une dépression profonde et promettait d'une voix pleurnicharde que le lendemain il disparaîtrait d'entre les vivants. Il laisserait un souvenir à Mme Feiertseig, cette vieille sorcière, et se pendrait dans sa chambre ! La corde était déjà toute prête. Non, non, il ne fallait pas l'en empêcher, sa décision était prise ! Le lendemain, il revenait mine de rien, déplaçant comme une mécanique son corps volumineux et sale, le visage pas rasé, souriant avec ses dents en or et ses plaisanteries habituelles.

Il portait des chemises rayées en couleur, un col en Celluloïd pour économiser le lavage et un veston bizarre, aux épaules larges et rembourrées à la mode américaine, avec un pantalon très large à la taille et étroit dans le bas, exagérément court, des chaussures orange clair passablement usées et sans talon, mais américaines. Pour les mariages, il s'habillait de noir, avec une veste à queue de pie aux pans écartés, luisante de vieillesse comme de la soie, un pantalon à rayures râpé, un chapeau melon noir à la place de la casquette de tous les jours. Son accoutrement était complété par une canne en gros bambou qui avait connu des jours meilleurs. Ainsi vêtu, il ressemblait tout entier à une caricature de l'Amérique.

Arnold Kroyn sourit. Puis, s'adressant à Rost, il dit : « Tu m'offres un verre ? »

Oui, il lui offrait un verre.

Planté devant la porte, Reb Hayim Schtock examinait la bande, son chapeau renversé sur sa nuque, son grand front découvert, barré de rides par l'étude assidue, et le journal qu'il tenait à la main, pointé vers le sol. Yasha l'invita à se joindre à eux pour un verre, mais il refusa. « On ne s'amuse pas avec les vieux », dit-il, non sans une pointe de coquetterie. Il y a quelques années à peine, il pouvait tout se permettre. Oh, oui, aucun d'eux ne pouvait boire comme lui ! Mais désormais, sa présence n'ajouterait pas de joie. Sa voix sortait de sa gorge, épuisée, monocorde, comme si un obstacle fiché en travers du gosier l'entravait. Il eut une petite toux sèche, intermittente.

« Mais devant les serveuses, dit Yasha en riant, une fois que le vieux fut sorti, il fait semblant d'être jeune. Quel mécréant !

– Vally, la petite brune, m'a raconté, dit Arnold Kroyn, qu'il lui a proposé cinq pièces d'or. Mais elle lui a ri à la barbe et lui a donné une adresse…

– Et toi, ténor, qu'est-ce que tu fabriques avec Vally ? »

Le ténor aspira bruyamment une gorgée de liqueur et tira

sur son cigare. Une décision avait pris forme dans son cerveau. Il jaugea Rost du regard.

Markus Schwartz s'apprêtait à raconter une histoire ennuyeuse de sa voix monotone et sans éclat. Celle d'un avocat berlinois qui séduisait des adolescentes avec la complicité de sa femme. Tous deux étaient jeunes et beaux, ils appartenaient à la haute société et voilà que le scandale éclatait. Il en était question dans les journaux. Et Markus Schwartz était particulièrement doué pour affadir les histoires grivoises. Tout ce qu'il racontait devenait banal, sans nuance et lourd.

Rost appela le garçon et régla l'addition. La bande d'amis le supplia de rester, en vain. Un certain ennui régnait ce soir-là dans les salles de l'Ahdout. Alors les autres se levèrent aussi. Le ténor calcula le moment pour s'approcher de Rost et lui demander de lui prêter deux pièces d'or. Après avoir obtenu ce qu'il voulait, il se fraya un chemin avec son corps pesant et sa démarche rhumatisante. Yasha accompagna Rost jusqu'au bout de la rue.

« Que devient Fritzi ? lui demanda Rost.

– J'en ai assez d'elle. Tu la veux ? Je te la passe avec plaisir, lui dit-il en le regardant droit dans les yeux.

– Non.

– Une fille qui a toutes les qualités. Elle te donnera du plaisir.

– Tu te soucies d'elle comme un Juif de sa fille trop vieille », dit Rost en riant, et il lui tendit la main.

14

L'après-midi bleu et or, accompagné des orchestres dans les parcs, de la foule bariolée dans les rues, s'écoulait vers la nuit, dans une lumière encore intense, pure et immatérielle. Une verdure gorgée d'eau, charnue, colorait les jardins, bordait les rues. Les fleurs des marronniers étaient déjà tombées. Dans son costume clair, acheté le jour même, et un œillet pâle à la boutonnière, Rost se sentait bien. La rue était gaie, le monde vaste et souriant. Ses muscles se tendaient d'eux-mêmes, s'il avait voulu jouer, il aurait gagné, s'il s'était battu avec un ennemi, il l'aurait vaincu.

Tous deux arrivèrent au même moment à l'endroit prévu, venant de directions opposées. Ils souriaient sans savoir que se dire, craignant de gâcher par des paroles l'instant de la rencontre. Ils marchèrent l'un à côté de l'autre, contournèrent le parterre de fleurs, le gravier crissant sous leurs pieds. Par moments, Rost lançait des coups d'œil à sa compagne dont la joue pâle se teintait de rose. Des buissons projetaient de part et d'autre une ombre légère et un treillis dessinait une dentelle en diagonale sur le sol. Les sons de l'orchestre parvenaient de l'autre extrémité du jardin, brouillés par la rumeur de la rue animée.

« Tu vois, j'ai même annulé un rendez-vous pour toi, mentit Rost. Avec un ami… un rendez-vous très important. »

Ils s'assirent sur un banc libre, le long d'un sentier à l'écart. C'était bon de le regarder dans les yeux, longuement, librement, de lui donner la main pour toujours, de s'enfouir en lui, de se faire aussi petite qu'un point, lointaine, comme le noyau de son être. C'est ainsi qu'elle avait secrètement imaginé leur rencontre, mais la réalité la troublait, la rendait hostile, irritable et méchante. Elle n'avait pas la force de réprimer sa rancœur. Au lieu de déverser sur lui des paroles dures et méchantes, comme elle le faisait, elle aurait voulu poser sa tête sur sa poitrine et pleurer en silence, non pas de chagrin mais d'un bonheur qu'elle sentait palpiter en secret : parce que la journée était si belle que l'on avait envie de l'embrasser, parce que le buisson verdoyant tout proche était déjà plongé dans l'ombre, qu'un pigeon gris-blanc s'abritait au-dessous, qu'une fourmi grimpait sur sa chaussure blanche, parce que les branches d'arbres taillées comme une muraille étaient à moitié éclairées par un soleil doré, parce que… parce que.

Un couple de passants laissa derrière lui un parfum pâle et léger de mimosa qu'une bouffée d'air dissipa. Erna suivit le couple des yeux jusqu'à ce qu'il disparaisse au détour d'un sentier.

« Dans un mois, ce sera les vacances, dit Erna. Vous aimez nager ? »

Oui, il aimait nager.

« Comme tous les étés, nous partirons sûrement en villégiature. Et il faudra bien que vous cherchiez une autre chambre…

– Pourquoi ?

– Parce que… vous comprenez… c'est mieux ainsi. Parce que tout le monde part… »

Énervée, Erna joua avec son sac qui lui échappa et tomba par terre. Rost le ramassa et le lui tendit.

« Si vous changiez de chambre…

– Oui, alors ?

– Alors… »

Erna laissa sa phrase en suspens parce qu'elle ne savait que dire.

« Alors, dit Rost, je ne pourrais plus vous voir souvent et ce ne serait pas bien.

– Me voir, moi ?

– Oui, vous. »

Elle lui lança un regard en coin, accompagné d'un sourire. Puis avec une moue obstinée, enfantine, elle dit :

« J'aime les vrais hommes, pas les freluquets !

– Voulez-vous que je vous en présente quelques-uns ?

– J'en connais suffisamment.

– Ha-ha !

– Vous ne me croyez pas ?

– Pourquoi ?

– Il y en a un qui veut quitter sa femme pour moi. Un brun…

– Un brun ! Et vous ?

– On verra…

– En tout cas, il a bon goût.

– C'est un musicien célèbre.

– Ah !

– Avec des yeux gris, profonds.

– Eh bien !

– Il a trente ans.

– C'est le bel âge.

– Vous vous moquez de moi.

– Dieu m'en garde.

– Je l'aime beaucoup.

– Mes félicitations.

– Il y a quelques semaines, quand nous sommes allés nous promener avec sa voiture hors de la ville et que nous nous sommes arrêtés dans une petite auberge pour boire une limonade, il a juré de mettre fin à ses jours si je n'exauçais pas sa demande.

– Et il a mis fin à ses jours ?

– Non, pas encore.

– Il l'a échappé belle. »

Erna éclata d'un rire joyeux, libérateur. Elle était redevenue une jeune adolescente, excitée, sincère.

Rost la mangeait des yeux, il rit avec elle.

« Si j'avais trente ans, j'aurais quelque chance !

– Vous ? Pas la moindre, même si vous aviez cent ans ! dit-elle en lui lançant un regard si plein d'amour qu'il en eut chaud au cœur.

– Bien, je chercherai une autre chambre…

– Oui, dit Erna, c'est important. Mais ne vous pressez pas, vous pouvez attendre trois à quatre semaines, jusqu'au début des vacances, n'est-ce pas ? »

Elle se baissa, ramassa un petit caillou et le lança en l'air.

« Vous allez partir en vacances ?

– Oui, probablement.

– Le soir, quand on sort, tout est endormi. Le village, les gens, les animaux dans l'étable. La nuit se tait, les étoiles se taisent, la terre respire, le cœur déborde. À cette heure-là, on a envie de rugir de joie et de pleurer en même temps, de se rouler par terre comme un jeune poulain, de se caresser le corps brûlant, de se mordre le bras à sang, de sursauter aux beuglements des bœufs, à l'appel du paysan… J'ai lu tout cela dans un livre », conclut-elle, les yeux étincelants.

Rost tira sur sa cigarette. Tout entier tendu vers le profil d'Erna, prêt à surprendre le moindre mouvement de son âme. De ce côté-là, du côté droit, une chaleur nouvelle s'abattait sur lui, une chaleur de juillet qui n'avait rien à voir avec la saison. Cette nuit d'été au village, dont Erna venait de lui faire part, il aurait aimé s'y vautrer comme une bête sauvage, la poursuivre par monts et par vaux jusqu'à l'étourdissement, sentir l'odeur de son corps comme celle de la terre chaude et de l'herbe humide de rosée. À la place, il la poursuivait en silence, immobile. Il lâcha un rire bref, saccadé. Erna lui lança un regard surpris.

« Quel est ce rire effronté ?

– C'est involontaire, je me suis souvenu de quelque chose. »

À cet instant surgirent d'une allée proche Karl Greiner et Fritz Anker. Erna les aperçut de loin et s'élança à leur rencontre avec une joie surfaite. Elle les présenta à Rost et les invita à s'asseoir un moment avec eux, pour agacer Rost dont elle perçut une grimace. Pour elle, c'était un plaisir masochiste, involontaire. Elle riait à gorge déployée, d'un rire provocant que Rost entendit, tout comme son bavardage joyeux et artificiel.

Pétrifié, Fritz Anker disait à peine quelques mots et, dans sa confusion, déplaçait ses lunettes sur son nez. Il était bouleversé par cette rencontre inattendue et ses lunettes le dérangeaient comme des chaussures trop étroites. Quant à Karl Greiner, il était le symbole même de l'assurance, de l'amour et de l'estime de soi. Son parler – d'une arrogance agaçante – et ses gestes libres, sans contrainte ni hésitation, eurent vite fait d'irriter Rost. Sans plus attendre, il tira de dessous l'aisselle de ce dernier un carnet de croquis, comme on tirerait un livre d'une étagère, et l'ouvrit sans en demander la permission.

Greiner encaissa l'affront. Une étincelle de colère s'alluma dans ses yeux et s'éteignit aussitôt.

« Bien sûr, c'est pour tout le monde.

– Hmm, le monde, dit Rost en le feuilletant, vous voulez dire que le monde vous a passé commande. Ainsi, vous vous destinez à être peintre, ajouta-t-il en lui rendant son carnet.

– Je le suis déjà.

– Parfait. Un jeune Rembrandt, j'imagine.

– C'est la moindre des choses, non ?

– Asseyez-vous donc, ici, le pria-t-il en lui indiquant une place sur le banc comme s'il était chez lui.

– Mais vous n'êtes pas peintre évidemment, le provoqua Greiner sans s'asseoir. Et vous ne connaissez sûrement rien à la peinture.

– Non, je ne suis pas du tout peintre, mais je m'y connais en peinture.

– Nous avons passé une belle soirée chez Fridel, c'était sympathique, n'est-ce pas ? dit Greiner en s'adressant à Erna dans l'intention délibérée d'exclure Rost de la conversation.

– Nous devions faire ensemble une longue excursion, dimanche, dit Erna avec un enthousiasme feint. Vous auriez pu venir avec nous et même emporter votre matériel de peinture pour peindre de beaux paysages…

– Pas forcément, intervint Rost avec une pointe d'ironie dans la voix. La peinture exige une grande concentration et de la solitude.

– Vous avez raison, dit Greiner sans relever l'ironie. Je ne travaille pas en présence de gens. Il faut que je sois seul devant la toile pour voir l'image que je veux peindre.

– Précisément !

– Mais ça n'empêche pas de faire des excursions. »

Rost sortit son paquet de cigarettes et en proposa aux jeunes gens.

« Vous exercez aussi un métier artistique ? demanda-t-il à Fritz Anker.

– Moi… c'est-à-dire… non. »

Fritz Anker lui plut. Il devina le lien secret qui unissait les deux jeunes gens si différents l'un de l'autre.

« Mais vous appréciez l'art, j'imagine.

– Oui, assurément.

– Et vous étudiez la philosophie ou l'histoire ?

– Non, surtout la philosophie. Comment le savez-vous ?

– Comme ça.

– Vous l'avez deviné par hasard.

– Je suppose que vous manquez un peu de confiance en vous. C'est un défaut qu'il faut surmonter. Les gens font confiance à ceux qui se font confiance.

– Vous avez raison, mais à vrai dire… la quête de la vérité…

– Elle est inutile. La vérité ne procure pas le bonheur. Les rapports entre les humains, même l'amitié la plus intime, sont-ils fondés sur la vérité ? Sans le mensonge, le monde n'existerait pas.

– Il n'y a qu'une seule vérité scientifique.

– Bien sûr ! Ça concerne les laboratoires. Mais à l'extérieur, on n'en a pas besoin et elle n'a pas lieu d'être. »

Greiner prit des mains d'Anker sa canne de bambou et se mit à dessiner des formes invisibles sur le gravier. Puis, la tenant comme une canne de golf, il lança des cailloux. Le soleil disparut derrière la cime des arbres qui soudain devinrent silencieux. Erna jouait distraitement avec son sac et risquait par moments des coups d'œil vers Rost. Sans raison aucune, elle éprouvait une légère tristesse qui lui était agréable.

« Quand allons-nous commencer ? demanda Greiner à Erna.

– Commencer quoi ?

– Votre portrait.

– Je n'en ai pas envie, dit Erna en riant.

– Pourquoi ? Je sens que ce sera la plus belle de mes œuvres, un portrait génial. »

Mal à l'aise, Erna se leva d'un bond, sans lui répondre, elle voulait rentrer à la maison. Elle avait inconsciemment espéré que sa rencontre avec Rost l'aiderait à changer, à être plus claire, plus paisible, mais elle repartait sans avoir rien appris. Autour d'elle et en elle, tout était aussi compliqué qu'auparavant. Il ferait l'amour avec *elle* n'importe quand et Erna le saurait. Elle le devinerait avec ses sens, à travers les murs et les cloisons, elle serait au lycée et le saurait, dans la rue ou dans sa chambre, elle verrait sans pouvoir détourner son regard. Et lui ne ferait pas attention à Erna, à peine une gamine, même pas jolie peut-être, une parmi d'autres, et qui ne s'en distinguait en rien.

Ils marchèrent le long des rues enveloppées par le soir tiède et paisible, on y sentait un vent de liberté après le labeur de la journée que les humains chassaient comme un rêve pesant. Les gens se pressaient sur les trottoirs, dans les trams, aux terrasses des cafés, avec un pincement au cœur à la vue des étages supérieurs encore dorés par le soleil, encore un jour d'été passé sans s'en être aperçu. Mais en bas, une pénombre transparente couvrait déjà le dédale des rues, le timbre épais et sourd d'une cloche d'église résonnait dans un frémissement affligé, un son lourd et sombre qui évoquait une autre pénombre, ancienne, voilée, moisie, malsaine, qui n'avait rien de la présence proche du soir, mais dont l'écho continuait de frémir dans l'espace.

Erna sentit la tristesse l'envahir. La vie était opaque et impénétrable, faite d'une succession d'écrans, il suffisait d'en écarter un pour en découvrir un autre.

Karl Greiner les quitta et monta dans un tram. Les trois jeunes gens poursuivirent en silence. Ils n'étaient plus loin de la maison d'Erna. Au coin de la rue, elle s'arrêta et leur dit au revoir à la hâte. Elle regarda Rost comme pour parler mais se tut. La rue était calme, elle s'éloigna d'un pas souple, avec son corps mince et droit d'adolescente, le nœud de ses cheveux s'agitant comme un petit animal sur sa nuque fière.

Malgré son envie de regagner sa chambre qui lui était devenue chère, Rost sentit que mieux valait pour lui ne pas rentrer aussitôt, c'est pourquoi il accepta l'invitation hésitante de Fritz Anker de passer quelques heures en sa compagnie. Ils allèrent d'abord dîner dans un restaurant chic. Environ une heure plus tard, lorsqu'ils sortirent réchauffés par le bon repas et le vin italien excellent et capiteux, la soirée leur parut fraîche et Fritz Anker fut pris d'une légère mélancolie devant la vanité du monde. Au fil des heures, ce sentiment céda le pas à une tristesse poignante et insupportable. Anker connaissait le processus, c'était une tristesse gratuite, destructrice, qui lui coupait le souffle, transformait son lit en un brasier et lui ôtait le sommeil jusqu'au matin. Dans ces moments-là, il se détestait infiniment, il détestait son corps long, informe et maladroit, son âme pointilleuse, empêtrée, qui anéantissait tout élan spontané vers les autres et le monde, et lui dictait des détours maladifs qu'il détestait. Alors, il était capable de se vautrer dans la boue pour se détester encore plus, pour s'inventer de vraies raisons de se haïr. Il avait atteint l'âge où les êtres trop délicats ressentent une déception totale, sans retour, et les plus fanatiques d'entre eux, ceux qui ne savent pas faire des compromis, mettent fin à leurs jours. Toute créature est vouée à la mort, tout vivant à la déchéance et aucune valeur ne résiste à cette certitude.

Le repas en commun avait rapproché les deux jeunes gens comme s'ils se connaissaient de longue date. Anker avait pris de l'assurance, il faisait même des moulinets avec sa canne de bambou et donnait libre cours à son désespoir. L'imminence de la nuit le plongeait dans un état d'excitation qu'il voulait apaiser en parlant, mais elle surgissait dans les interstices entre les mots, les phrases et même les expressions dont elle déformait la signification. Il s'arrêta devant un café pour essuyer ses lunettes. Sans elles, avec son regard fixe et ses yeux plissés, l'arc rouge imprimé sur son nez et sa tête inclinée de côté, il paraissait encore plus pitoyable. Il entraîna Rost dans le café où ils burent un porto. Sur la peau parcheminée d'Anker et sur une joue seulement apparut une tache rouge de la taille d'une pièce de monnaie.

« Vous me prenez pour un homme malheureux, n'est-ce pas ? dit Anker.

– Non.

– Mais je suis un homme malheureux. C'est sûr. Regardez mon visage, mon allure. »

Il esquissa un geste de mépris désignant son corps, de haut en bas.

« Je ne vois pas de raison, dit Rost après avoir jeté un coup d'œil à son corps.

– Vous êtes poli.

– Pas du tout.

– Voyez-vous, j'aime bien que les comptes soient clairs : j'ai ceci et cela, il me manque ceci et cela. Et voilà ! Tout est clair ! Je n'aime pas jouer à cache-cache avec moi-même. Peut-être est-ce l'argent qui me corrompt.

– C'est une chose qui peut se régler, dit Rost en souriant.

– Je ne sais pas si je serai assez fort, je suis un enfant gâté.

– L'argent vous pose problème ?

– Les gens le devinent de loin, en un clin d'œil. Et même s'ils n'en tirent aucun avantage, je ne peux jamais savoir s'ils viennent vers moi pour cela.

– Quelle importance, vous n'avez pas besoin d'eux, que je sache !

– Et les femmes, c'est pour ma belle taille ?

– Mais non ! dit Rost avec le sourire dédaigneux des jeunes gens à qui la réussite sourit sans effort. Les chemins qui mènent vers elles sont nombreux et la beauté n'est pas indispensable. Plus on a confiance en soi, plus elles courent après vous. »

Tout en parlant, il sentit qu'il mentait un peu, que ce n'était pas toujours aussi facile. « Il ne faut jamais se décourager, reprit-il. À chaque homme, une femme est destinée. Pouvez-vous imaginer que toute une vie durant, il n'y ait aucune femme pour vous aimer comme vous êtes ? »

Fritz Anker ne répondit pas. Il commanda de nouveau à boire et proposa de finir la soirée au bordel. Rost commença par refuser, mais son compagnon le supplia et il céda. Ils quittèrent le café, Anker s'approcha d'un des fiacres qui stationnaient dans la rue et transmit l'adresse au cocher qui avait un visage lunaire garni d'une moustache. Une fois arrivés, ils pénétrèrent dans un immeuble qui ne se distinguait en rien des autres et montèrent un étage. Fritz Anker paraissait familier du lieu. Il appuya sur le bouton d'une porte qui comportait une plaque en laiton, avec un nom inscrit dessus : Mme Frantzi Weissbacher, masseuse.

Une soubrette en tablier blanc leur fit traverser un couloir et les fit entrer dans un petit salon aux sièges tapissés de rouge, une lumière rouge tamisée se déversait du plafond et d'un abat-jour posé dans un coin. La pièce ressemblait à la salle d'attente d'un médecin. Vêtue d'une robe du soir, la maîtresse de maison entra aussitôt par une autre porte. C'était une matrone d'une quarantaine d'années, polie et encore belle quoique fanée. Elle accueillit Anker comme un ami de longue date, l'appela « monsieur Stolf » et tendit à Rost des doigts blancs couverts de bagues. Après une ou deux phrases mondaines, elle dit qu'elle ferait venir sans tarder quelques jeunes filles pour se joindre à la compagnie et leur montra un album avec des photos de femmes. D'une pièce voisine s'échappaient les sons étouffés d'un piano. Quelques minutes plus tard, quatre jeunes femmes en robe du soir, vêtues comme des chanteuses de cabaret, les bras, le décolleté et le dos nus, entrèrent dans le salon. Toutes les quatre souriaient comme devant un objectif et défilaient avec une fausse modestie à pas lents et mesurés.

Fritz Anker ajusta ses lunettes. Aucune des quatre n'était laide. Dans le grand salon, des couples tournoyaient au son du piano, on buvait des liqueurs sur des petits guéridons, des rires d'ivresse et de débauche résonnaient dans l'air, mêlés à l'odeur d'alcool, de sueur, de maquillage et de tabac. Des femmes riaient, assises sur les genoux des hommes qui les pinçaient ou leur disaient des grivoiseries. Il y avait une cinquantaine d'hommes et de femmes. Elles étaient belles, la trentaine à peine, les hommes étaient jeunes et vieux, bedonnants, chauves, officiers ou hommes ordinaires.

Fritz Anker commanda du champagne. Sa timidité habituelle l'avait abandonné. Soudain, il ne valait pas moins qu'un autre, l'argent était un élément décisif et il n'en manquait pas. On sentait même dans sa voix une légère insolence que Rost remarqua avec un sourire en coin. Anker fit un signe à deux jeunes femmes qui venaient d'entrer, fraîchement fardées et recoiffées, l'une blonde, l'autre brune, avec des yeux verts, méchants.

« Et toi, mon prince, tu ne diras rien ce soir ? fit à Rost la brune aux yeux verts. Sois plus gentil avec moi, mon prince vaniteux. Je m'appelle Caroline et je peux être très gentille. Tu veux danser ? »

Rost n'avait pas envie de danser. Il parcourut l'assistance

du regard et sembla reconnaître un homme. Ce dernier le sentit, se leva et se dirigea vers sa table dans un état de joyeuse ébriété. Rost venait de le remettre.

« Vous avez quitté votre uniforme et on ne peut pas vous reconnaître, dit Rost en riant.

– Je vois que tu me trompes, Caroline, je ne te pardonnerai jamais, ironisa Felix von Brunhoff.

– Oui, il faut que je m'occupe un peu de ce jeune homme inexpérimenté pour le former et l'éduquer.

– Ne vous donnez pas la peine, je le suis déjà. »

Felix von Brunhoff resta un moment à plaisanter avec les jeunes femmes. Le moment étant malvenu pour se joindre à eux, il promit de revenir plus tard. Rost sentit qu'il s'efforçait d'être joyeux. Anker ajustait sans cesse ses lunettes. Rost avait oublié de le présenter à l'officier. C'était le genre d'endroit bizarre qui réunissait des étrangers comme dans une prison et où il n'était pas forcément nécessaire de faire connaissance.

La jeune femme blonde buvait déjà avec Fritz Anker dans une même coupe et caressait son menton imberbe. Elle s'appelait Yetty et était originaire de Linz. « Alors, tu pourrais m'acheter une bague en diamant, minauda-t-elle.

– Bien sûr que je t'en achèterai une », dit Anker en riant, déjà ivre sans raison. Puis ils quittèrent la salle ensemble.

Rost prenait des petites gorgées, il n'avait pas envie de boire. Les incitations pressantes de Caroline, qui pourtant n'était pas laide, ne servaient à rien. Soudain, il fut envahi d'une vague d'ennui insurmontable. La lumière tamisée, la musique, les danses, l'euphorie bruyante et exagérée, tout lui parut vain et artificiel. Tout était dirigé vers un but évident. Avec son visage imberbe et parcheminé, et le sentiment d'infériorité qui en découlait, Fritz Anker qui poursuivait la vérité pure était celui-là même qui se laissait prendre à cette piètre illusion de vie. Et Felix von Brunhoff aussi, l'officier arrogant et tyrannique. Mais Michaël Rost n'avait pas besoin de ces choses, le temps des compromis était encore loin de lui, Dieu merci.

« Quel homme ennuyeux vous êtes, s'irrita Caroline. Un vrai épouvantail sans vie.

– Vous avez raison, ma chère.

– Quelle honte ! C'est un jeune, ça ? Ha-ha-ha ! Vous ne vous comportez pas comme un homme !

– Combien gagnez-vous à cette affaire ? Je vous paierai la somme et vous ne perdrez rien.

– Je crache sur l'argent ! Alors quoi, je ne vous plais pas ? De l'argent, je pourrais vous en donner. J'en gagne suffisamment ! Si je l'avais voulu, j'aurais pu être riche, avoir l'attelage le plus somptueux de la ville. Avec des robes de grands couturiers, une villa, vous comprenez ? Je pourrais l'exiger, cela ne dépend que de moi ! Demain, mon vieux baron viendra me voir. Il me suffit d'un mot, et il sera ravi de dépenser son argent pour moi. Compris ?

– Compris.

– Voulez-vous me rencontrer en ville, demain ? En rendez-vous privé. Vous me plaisez. À quatre heures, au café en face du musée. J'y vais souvent. »

Rost se défila, il ne pouvait rien promettre.

« Vous vivriez chez moi comme un prince, dit Caroline, tandis que ses yeux verts brillaient d'excitation. Je vais accepter la proposition de mon baron. Il est très riche, c'est un magnat hongrois. Quand il vient me voir, il me laisse toujours des coupures de cent. En cachette de ma patronne, bien sûr. Vous voyez cette bague, lui dit-elle en lui montrant un grand saphir, c'est lui qui me l'a offerte.

– Belle bague, en effet.

– Alors, vous voulez bien ?

– Une autre fois, je suis occupé ces jours-ci. »

Fritz Anker revint. Pendant quelques minutes, il y eut un silence tendu qui le mit dans l'embarras. Il descendit quelques verres pour dissiper sa confusion, mais comme il était d'une lucidité maladive, sans cesse préoccupé par lui-même et sa vie intérieure, il lui était difficile de s'abrutir avec de l'alcool. Après ce genre d'aventures, il éprouvait de la répulsion envers lui-même, se sentait souillé, avili, perverti, et la distance entre lui-même et le monde supposé pur, dénué de mauvaises intentions, plein d'amour du prochain, lui paraissait infinie. Il continua de boire. Il était tard. Pour se détester encore plus ou peut-être pour s'étourdir, ne fût-ce qu'un instant, il se leva et sortit avec Caroline.

Rost resta assis, il s'ennuyait. Il avait senti l'humeur sombre d'Anker et éprouvait de la pitié pour lui, c'est pourquoi il décida de l'attendre. Felix von Brunhoff l'aborda de nouveau.

« Je viens de quitter mon amie, dit-il. Hier, j'ai été un peu trop… Excusez-moi. » Il paraissait encore mélancolique, mais tout à fait dégrisé. « Dans des endroits comme celui-ci, ce qui domine est l'ennui, vous ne trouvez pas ? Chacun s'efforce ouvertement de le surmonter, mais il n'en devient que plus visible. Si une guerre se déclarait, je serais volontiers… mais en temps de paix, un militaire est un homme inutile. Une vie sans but comme dans une maison de retraite, on perd le goût de la vie sans même savoir pourquoi. »

Rost fumait en silence, tandis que l'officier ne s'arrêtait plus de parler.

« Voyez-vous, nous autres, avec un passé au sommet de la culture, sommes voués à la dégénérescence. Je veux dire, nous autres, les aristocrates. Le simple peuple recèle encore beaucoup de forces vives. Voyez-vous, toute cette construction, celle de la monarchie, est vouée à l'effondrement, elle n'a pas de fondations solides. Dans les couches supérieures, tout est pourri et corrompu. C'est comme ça. »

Anker revint et les trois partirent ensemble. Dehors régnait le silence figé d'après minuit. Le long de la Heringstrasse, les cochers étaient tassés sur leur siège, aussi massifs que le silence. Les chevaux baissaient la tête avec la soumission de condamnés. Une certaine tristesse tranquille, sans chagrin, flottait dans l'air. Par moments, un croissant de lune se montrait entre les immeubles, disparaissait et revenait, suspendu au-dessus du néant. La vie semblait recouverte d'un mince voile transparent. En essayant d'entrevoir le lendemain et tous les jours suivants à travers ce voile nocturne, le cœur battait dans l'attente de promesses informulées.

Mais pas celui de Fritz Anker qui avait peur de regarder

la succession des jours, de crainte d'y voir un abîme noir et menaçant. Peur des douleurs qu'il risquait de s'infliger, des changements qui ne seraient pas à son avantage, il envisageait tout en négatif, comme s'il était atteint d'une infirmité mentale. Désespéré, il traînait son grand corps dans les rues vides, croyait entendre l'écho de ses pas solitaires, à l'écart de ses compagnons. La fraîcheur de la nuit dissipa son ivresse et il eut une vision étrange : ses compagnons le conduisaient à sa tombe. Il s'imagina couché dans un cercueil ouvert, mort, raide, avec ses lunettes sur son visage qui n'avait pas du tout changé. Le cercueil, à quelque distance devant eux, n'était porté par personne, ni posé sur un attelage, mais planait lentement dans la rue, suivi des trois. La vision ne dura qu'un instant, image fugace qui se dissipa aussitôt, cédant la place à un policier solitaire qui arpentait le trottoir et à deux prostituées qui disparurent sans se presser au coin d'une rue.

Il émit une petite toux pour se prouver qu'il était là, inchangé et à la fois étranger à lui-même, ses deux compagnons lui étaient plus proches, plus sympathiques que lui-même. Rost, ce jeune homme blond et robuste qu'il ne connaissait que depuis quelques heures était soudain un appui solide à son existence chancelante. Désormais, il ne pourrait pas se passer de lui, de son soutien moral. Il ignorait encore que tout être humain est condamné à se supporter seul jusqu'à la fin de ses jours, et que si la force nécessaire lui faisait défaut, son prochain ne lui serait d'aucun secours.

Ils entrèrent dans un café de la Heringstrasse pour boire un moka. La salle était silencieuse et étrangement déserte. Quelques clients attablés ici et là couvaient du regard leur verre d'eau. Deux jeunes filles étaient assises à une table, l'une d'elles se poudra le menton avec une houppette rose. Tout était recouvert d'une mince couche d'ennui et de fébrilité insomniaque.

Rost prit une gorgée de moka et sentit la chaleur monter en lui à l'idée de la douce pénombre pure et virginale qui régnait dans la chambre d'Erna, chambre qu'il ne connaissait pas mais n'avait aucun mal à imaginer, comme si elle lui était familière. Il vit Erna couchée dans son lit blanc, chaude, lisse, bras et jambes mollement écartés, une main dépassant du lit, pendant vers le plancher, sa respiration régulière dans le silence de la chambre.

« Tout cela n'est rien, dit Fritz Anker sans s'adresser à personne. Je pose la question : où est l'essentiel, le cœur de la chose ? »

Une légère odeur de fard flotta dans l'air du côté des jeunes filles. Felix von Brunhoff se tourna vers Anker.

« Toute la vie, nous courons après l'essentiel. Quand nous le tenons enfin entre nos mains, nous voyons que ce n'était qu'une illusion. Et aussitôt nous continuons de poursuivre cette lumière trompeuse.

– Alors, voulez-vous me dire pourquoi nous faisons cela et dans quel but ? dit Anker en remontant machinalement ses lunettes et en plissant les yeux dans la direction de l'officier.

– Peut-être uniquement pour le plaisir de la poursuite,

dit von Brunhoff d'un air détaché. La vie, reprit-il sans tenir compte de la remarque d'Anker, ne consiste pas à atteindre un but mais à le poursuivre sans cesse. C'est une passion jamais assouvie. La vie est ainsi faite que si vous l'atteigniez, vous seriez comme mort. »

Rost s'ennuyait un peu. Il n'y avait pas de quoi philosopher sur la question. À chaque instant sa beauté, à chaque jour, à chaque nuit, à la goutte de pluie, à la moindre brise. En mouvement ou au repos, la vie pétillait. Même la montagne immobile était vivante. Et si un jour il en arrivait à ne plus ressentir la beauté, le bouillonnement éternel, il mettrait fin à sa vie. En tout cas, il ne s'amuserait pas à philosopher. Mais ce jour n'arriverait pas.

Il suivit des yeux les volutes de fumée bleue qui s'élevaient de sa cigarette. À cette heure tardive de la nuit, plus sentimental et excité que d'habitude, il lui était agréable de penser que le monde était si vaste et changeant qu'il pouvait remplir à ras bord une brève vie humaine sans laisser aucune place à l'ennui ou à la mélancolie. Là-bas, dans la pénombre d'une chambre, Erna somnolait, chaude, pure, irréprochable, et un courant de plaisir serpentait le long des rues, de chez elle jusqu'à lui, jusqu'à son cœur. Et il y avait la mère, Gertrude, couchée, brûlante comme un feu, les yeux ouverts dans l'obscurité, s'épuisant dans un espoir vain. Avec un tempérament aussi enflammé, elle était capable de faire du mal.

Non, se dit Rost, la vie ne supporte pas les comptes, c'est le tempérament qui décide et le bouillonnement du désir.

« Dans certaines situations, reprit Felix von Brunhoff, les voyages aussi sont efficaces. Un simple voyage, un changement de lieu. On quitte son chez-soi et on s'éloigne d'une quantité d'obligations qui vous pourrissent la vie. Dans le nouvel endroit, elles perdent toute valeur, et on se demande comment elles ont pu nous tourmenter. » En fait, c'est lui-même qu'il essayait de persuader par ces arguments, mais à mesure qu'il parlait, il sentit que ce qu'il disait n'était pas tout à fait vrai. Il savait que le voyage auquel il pensait ne lui ferait pas oublier ce à quoi il pensait. Il fuirait la chose, mais elle le poursuivrait partout et ce serait mille fois plus difficile.

La tête entre les mains, le dos voûté, Fritz Anker se taisait. Son avenir lui pesait et la moindre perspective le fatiguait d'avance. Toute la vie, il lui faudrait acheter, acheter, tout acheter avec de l'argent. Il n'obtiendrait jamais rien par lui-même. Toute cette machinerie humaine n'était que phantasme et vacuité. En fait, il ne valait pas plus que la somme contenue dans son portefeuille. Bientôt, il lui faudrait rentrer chez lui, dans sa chambre vide, et hurler sa solitude à la folie, sans échappatoire possible.

Il posa un regard distrait sur ses compagnons et leur réalité lui sembla lointaine. Ils lui étaient aussi étrangers que le reste du monde. Il n'y avait aucune étincelle entre eux et lui. Il était seul à en perdre la raison. Il fallait qu'il supporte sa solitude, sans secours, sans partage avec quiconque. Brusquement, il se leva, lança une pièce sur la table et se hâta d'un pas maladroit vers la porte sans prendre congé des autres. On eût dit un homme accablé par l'existence, faisant ses derniers pas.

Rost s'empressa de saluer l'officier d'un geste militaire et courut après Fritz Anker qu'il avait peur de laisser seul. Il avait de la peine pour lui.

Devant la porte, il jeta un coup d'œil à droite et à gauche, dans la rue, et distingua aussitôt la silhouette titubante d'Anker qui n'avait pas eu le temps de s'éloigner. En quelques foulées rapides, il le rattrapa et marcha en silence à côté de lui. Fritz Anker ne faisait pas attention à lui, peut-être n'avait-il même pas remarqué sa présence. Arrivé au coin d'une rue qui débouchait sur une grande place au centre de laquelle se dressait un monument, Anker sembla hésiter un instant. Puis il se dirigea vers la place, en marchant au milieu du trottoir.

« Vous rentrez chez vous ? »

Anker tourna légèrement la tête et continua de marcher sans répondre.

« On peut aussi se suicider, chuchota Rost.

– Quoi ? Oui, bien sûr. Je n'y ai pas pensé encore. Je ne sais pas comment m'y prendre.

– Ce n'est pas très difficile. »

La place était déserte et bien éclairée. Un ciel bleu profond, presque noir, parsemé d'étoiles humides, formait une voûte au-dessus de leurs têtes. La place était bordée sur un côté d'un grand jardin dont les arbres immobiles dépassaient du grillage. Il dégageait une fraîcheur nocturne comme celle d'une cave. En face, l'alignement d'immeubles était plongé dans l'obscurité. Dans ce mutisme de la nuit, on se sentait plus proche de la mort que de la vie. D'une mort au tranchant émoussé, plus simple et évidente, moins cauchemardesque. Lui-même était réel, mais tout le reste, la vie dans ses moindres détails, était devenu aussi irréel qu'un rêve.

« Si on n'aime pas l'oisiveté, dit Rost, il existe une autre possibilité. Celle de s'investir dans une activité.

– Une activité ? Laquelle ? Et pour quoi faire ? Qu'est-ce que ça changerait ? Mon père n'a pas bougé le petit doigt de toute sa vie. Et mon grand-père non plus. La richesse passe de père en fils. Les affaires se font toutes seules, la richesse prospère toujours. Vous voulez de l'argent ? Mille ? Cinq mille ? Dix mille ? Mon père savait profiter de la vie, et il sait le faire encore, même à soixante-six ans. »

Il s'assit sur un banc, à l'extérieur du jardin public, où il y avait quelques passants.

« Je n'ai jamais manqué de rien, chacun de mes souhaits a toujours été exaucé avant même que je le formule. La richesse m'a atrophié, il n'y a plus eu de place en moi pour des souhaits. Tout ce qui s'achète avec de l'argent n'a pas la moindre valeur pour moi, le dégoût et les regrets ont été mon lot. Et le restant, je ne sais pas s'il existe dans la réalité. Quand bien même il existerait, je suis incapable de l'obtenir.

– Vous n'avez pas essayé. Il faut essayer plusieurs fois, recommencer, d'une manière, puis d'une autre. Il faut s'obstiner, c'est essentiel.

– Mais si on n'en a plus le goût ?

– C'est une situation passagère. Vous ignorez ce que vous réserve la vie. Vous ne la connaissez pas, vous vivez dans un tout petit cercle. Un jour, je vous emmènerai avec moi et vous verrez une autre catégorie de gens. Sortez un peu de votre trou et de vos ressassements. »

Anker alluma une cigarette et la fuma avidement tout en regardant distraitement la rue large et déserte.

« Savez-vous que je n'ai jamais eu d'ami, de véritable ami proche… Dans mon enfance, cela m'était impossible, je n'avais pas le droit de jouer avec les enfants du jardin public, ma gouvernante me l'interdisait, j'ignore pourquoi. Oui, ça me revient, pour ne pas attraper une maladie infantile. Et comme je n'avais pas de frères et sœurs, je jouais toujours seul. Je ne suis pas allé à l'école, quand j'ai eu l'âge d'être scolarisé, des précepteurs sont venus à la maison. Parfois, à mon anniversaire ou à d'autres fêtes, on invitait des parents proches et des amis de mes parents avec leurs enfants, et après le repas solennel nous avions toujours le droit de jouer. Tous les petits s'amusaient et faisaient du bruit, je restais toujours à l'écart et je les observais. La même chose se produisait quand j'étais invité chez eux. Plus grand, quand je suis allé au lycée, il m'arrivait d'avoir des amis, mais ils ne tardaient pas à s'éloigner de moi sans raison valable. Je pense qu'ils ne m'aimaient pas. Notre cocher, Johann, me conduisait en calèche à l'école, il m'attendait à la sortie et me ramenait aussitôt à la maison. J'étais comme un prisonnier. À seize ans, quand l'étau s'est un peu desserré autour de moi, je n'avais pas de contact avec les garçons de mon âge. Alors je me suis renfermé, peu enclin aux confidences. Par la suite, j'ai souvent essayé d'acheter l'amitié de quelqu'un, mais en vain. Et s'il m'arrive de rencontrer une personne qui m'intéresse, je me mets à le disséquer, le critiquer, lui trouver des défauts, analyser mon rapport à lui et vice versa jusqu'à ce qu'il n'en reste rien. C'est la maladie du ressassement. L'être humain n'est pas parfait et je le suis encore moins, pourtant j'aimerais avoir un ami parfait, aux intentions pures et fortes à mon égard. Et c'est une chose impossible, je le sais.

– Ne soyez pas si exigeant, les gens ne sont ni bons ni méchants, ils sont tantôt l'un, tantôt l'autre, selon les situations. Peut-être sont-ils plus stupides que méchants. En tout cas, ils ne sont pas simples, et on aura beau fouiller en eux, on ne parviendra jamais à les connaître. »

Rost consulta sa montre et se leva. « Il se fait tard », dit-il. Anker arrêta un fiacre qui passait dans la rue et accompagna Rost jusque devant sa porte.

15

Micha l'anarchiste était étendu dans son lit d'hôpital. Il était maigre et pâle, ses longues jambes touchaient le bout du lit. Un faible sourire éclaira son visage à la vue de Rost. Il lui tendit une main fiévreuse et moite. « Je vais mieux, dit-il sans attendre que la question lui soit posée. Mais je crache sur la vie. »

Rost rapprocha une chaise et s'assit à son chevet. C'était une salle tout en longueur, avec deux rangées de lits, et des fenêtres symétriques de part et d'autre, dont les rideaux, côté soleil, étaient tirés. L'air était saturé d'odeurs de médicaments, de phénol et de maladie.

Micha prit un glaçon dans un récipient carré noir posé sur sa table de nuit et le mit dans sa bouche. Sa pomme d'Adam s'éleva et s'abaissa pendant que le glaçon franchissait sa gorge. Sa barbe de quelques jours et ses mèches de cheveux collées à son front en sueur faisaient penser à une ruine sur laquelle avaient poussé des herbes folles.

« Tu es au courant de l'attentat ? chuchota Rost.

– Oui. Dommage qu'il ait raté la cible. La prochaine fois, le boulot sera mieux fait.

– Parle moins fort.

– Je n'ai pas peur. Que peuvent-ils me faire ? Je ne mourrai pas cette fois-ci, je le sais. J'ai encore du temps devant moi. »

Le malade du lit voisin était chauve, avec une grosse moustache et des petits yeux. Il était occupé à sucer des quartiers d'orange que lui tendait une femme du peuple plantureuse, assise à son chevet.

« Crois-moi, je ne crains pas la mort, dit Micha. Mais pas ici et pas maintenant. Je ne ferai pas de vieux os, on s'en est déjà soucié. Et d'ailleurs pour quoi faire, tu peux me dire ? Vingt-huit, trente, tout au plus trente-cinq ans, n'est-ce pas assez ? Mais je ne partirai pas seul d'ici, je te le promets. »

D'un faible geste de la main, il rejeta en arrière une mèche de cheveux et, ce faisant, dénuda jusqu'au coude un bras maigre et poilu qui dépassait de la chemise d'hôpital en toile grossière.

Par la fenêtre, on voyait les malades et leurs familles se promener dans les allées du jardin, ou s'asseoir sur les bancs verts disposés ici et là. Une partie de la pelouse bien tondue était éclairée par le soleil qui pointait au-dessus du bâtiment. Les visiteurs chuchotaient avec les malades. Par moments, on entendait une toux sèche et creuse. Il régnait dans la salle une solennité oppressante et figée. On sentait que la mort n'était pas une fiction, mais qu'elle était toujours présente, impitoyable, embusquée derrière chaque pas. Non pas la mort sublime et instantanée des héros, chantée naïvement par les poètes, mais la mort vile, frauduleuse, laide, la mort nue, véritable, sans aucune poésie. Celle à laquelle on ne pouvait échapper, toujours prête à nuire, que l'on y pense ou non, celle qui donne à la vie une signification nouvelle, qui annule toutes les lois que s'imposent les humains.

« C'est une autre possibilité, dit Rost en conclusion à une suite de pensées silencieuses.

– Quant à toi, tu vois une vaste zone devant toi, jusqu'à quatre-vingts ans, ou quatre-vingt-dix et plus, hein ?

– Je n'y pense pas. C'est comme ça.

– Une vie paisible et modérée. Une portion de femme, une portion d'enfants, une poignée de bonheur, je crache dessus.

– Tu parles de moi ? dit Rost en souriant.

– Je parle en général. Je préfère les températures élevées, le moment de fusion, tu comprends ? Les longues agonies ne sont pas à mon goût. Moi, c'est pleins gaz et en avant ! Accrocher une tirelire pour y jeter de temps en temps un kilo de santé, économiser six mois de vie pour la vieillesse ? Très peu pour moi ! Une maison de retraite, je n'en ai pas besoin. Si tu me demandes mon avis, il faut les éliminer de ce monde. Je crois que la coutume existe dans une tribu sauvage, on donne aux vieux des vivres pour deux jours et on les envoie mourir dans la forêt. J'aime l'idée. La vieillesse est laide, elle est une altération de notre image. »

Tandis qu'il parlait, une légère rougeur colora ses larges joues, entre les poils de sa barbe. La conversation l'avait fatigué et Rost le lui fit remarquer. Micha avala un autre glaçon.

« Elle ne m'impressionne pas. La mort dépend toujours de la peur, tu comprends ? Elle va vers ceux qui ont peur d'elle. Moi, je n'ai pas peur. D'ici une semaine, je pourrai me lever.

– Si tu veux guérir, aller dans un village pour te reposer, on peut arranger ça.

– Pas maintenant. Je n'ai pas le temps de me comporter comme un malade. »

Une jeune fille entra dans la salle. Assis face à la porte, Rost devina aussitôt qu'elle venait pour Micha qui la lui présenta : Liouba. Vêtue avec une négligence étudiée, elle avait des cheveux noirs coupés court, une peau brune comme celle des tziganes et des dents étincelantes. Elle plissait ses yeux myopes en regardant les gens, et si elle avait été plus coquette, on aurait pu la trouver belle.

Rost lui céda sa place. Par politesse, il s'apprêta à les quitter mais tous deux protestèrent : non, il ne les dérangeait pas, d'autant plus que l'heure de la fin des visites était proche. Il resta debout et regarda par la fenêtre.

Les deux jeunes gens chuchotaient. Puis Liouba resta silencieuse et caressa le dos de la main de Micha mollement posée sur la couverture.

Il est perdu, se dit Rost en un éclair, on ne peut rien contre la nature. Et c'est ainsi que, sans chagrin, il accepta le sort de Micha. Personne au monde ne méritait qu'on le pleure, sauf par politesse ou convention. L'un cesse d'être et aussitôt naît quelque part son remplaçant. On ne peut pas trop s'attarder sur le sort d'un individu.

Pendant ce temps, une pancarte circula dans le jardin pour annoncer la fin des visites et Rost quitta l'hôpital en compagnie de Liouba. Ils s'engagèrent dans une rue animée, inondée de soleil et d'été, qui ne laissait aucune place aux maladies et aux pensées sombres. Il aspira goulûment dans ses poumons cette vie bouillonnante. Sa taille se redressa d'elle-même et son torse avança. Tout était à sa portée, fait pour lui, pour son plaisir, toute chose aspirait à être à portée de main pour qui savait la tendre. D'un signe de la tête, il rejeta en arrière sa mèche blonde.

« Et tu étudies… ?

– La chimie.

– Pourquoi ?

– Hein ?

– Je demande pourquoi.

– La femme ne vaut pas moins que l'homme.

– Et la preuve, c'est l'étude de la chimie ?

– Je peux réussir aussi bien qu'un homme.

– Dommage !

– Pourquoi ?

– Parce qu'il n'y aurait plus que des hommes dans le monde, ce serait ennuyeux.

– Tu préfères des poupées stupides, uniquement occupées à des choses frivoles ?

– Bien sûr.

– À partir d'aujourd'hui, il faudra que tu changes de goût. Ces temps sont révolus. Une nouvelle époque commence.

– J'espère que non. Qu'il restera encore quelques femmes véritables et que sur elles reposera le monde. »

Comme ils passaient devant un square, en face de l'université, ils y entrèrent. L'endroit était ensoleillé et des bébés s'amusaient sous la surveillance de gouvernantes ou de mamans.

Liouba dit :

« Durant des générations, vous nous avez enfermées dans des harems, des cuisines, des nurseries. Vous nous avez empêchées par tous les moyens de regarder d'un peu plus près vos occupations élevées et en quelque sorte viriles. Vous avez choisi de régler vos affaires entre vous, en excluant la moitié de l'humanité. Assez, maintenant ! Désormais, c'est le tour des femmes. Nous essaierons là où vous avez échoué et peut-être réussirons-nous. Vous verrez que nous ne valons pas moins que vous.

– Bien, mais qui donnera naissance à des fils ? C'est une tâche que l'on ne peut pas confier aux pauvres hommes. Avec la meilleure volonté du monde, ils ne le pourraient pas, or il faut bien des garçons.

– Tu tournes la chose en ridicule. C'est ce que vous avez toujours fait, faute d'arguments valables. C'est plus facile, évidemment.

– Non, pas du tout ! Je veux savoir le plus sérieusement du monde, je n'ai pas d'imagination. »

Liouba avait une démarche rude, sans souplesse, comme celle d'un ouvrier. Rost l'avait remarqué et la soupçonnait de se forcer à adopter ce style artificiel. On la sentait incapable d'avoir des fils, la stérilité transparaissait dans tous ses gestes.

Comme elle se taisait, il reprit :

« Si les femmes se mêlent de la conduite du monde, des sciences, de la culture et de tout le reste, et qu'elles mettent au monde des enfants, comment feront-elles ? Et quand ? Entre deux grossesses ? Le temps manquera.

– On ne peut pas débattre de ces questions avec un homme comme toi, dit-elle en s'asseyant sur un banc libre.

– Pourquoi un homme comme moi ?

– Parce qu'on voit à des kilomètres que tu es un homme léger, un coureur de jupons.

– C'est exact, sauf que je ne considère pas cela comme de la légèreté. Je vais te dire une chose, mais ne te fâche pas, ajouta-t-il après avoir allumé une cigarette. D'après tes idées et tes positions, nous sommes tous les deux presque du même sexe, des égaux, et je peux te parler ouvertement. Il faut tout simplement que tu couches avec un garçon, comme tout le monde, tu comprends ? Ça te permettra d'éloigner de ton esprit toutes ces fausses idées. »

La jeune fille rougit sous son teint brun, et Rost le remarqua aussitôt. « Tu es grossier », lui dit-elle et ce fut tout.

Rost était content de l'avoir fait rougir.

« Excuse-moi, mais comme tu veux être l'égale des hommes en toute chose, je me suis permis de te parler sans détour, d'égal à égal.

– Je n'ai pas besoin de tes conseils. Je sais ce qui est bon pour moi. De toute façon, tu ne seras pas cet homme. »

Cette possibilité farfelue insinuée par son interlocutrice le mit physiquement mal à l'aise. « Dieu nous en garde ! Je ne parle pas de moi. Je ne prétends pas en être digne », et pour clore le débat, il se tourna vers une petite fille aux boucles dorées qui jouait avec une grande poupée qu'elle cajolait comme si elle pleurait, et lui demanda comment elle s'appelait.

Elle s'appelait Lena et la poupée, Karla, répondit sans la moindre timidité la petite.

Rost caressa ses boucles blondes entourées d'un ruban bleu et se tourna vers Liouba : « Tu aimes les bébés ? » Mais la jeune fille éprouvait de l'aversion pour cet homme prétentieux. Tout ce qu'il disait portait atteinte à son existence, à ses opinions, à la vie qu'elle s'était tracée. Elle le détestait pour cela.

Elle eut envie de le taquiner, de le griffer et lui dit soudain : « Tu parles sur le ton d'un professeur d'université. Tu te crois sûrement le plus intelligent au monde.

– Oui, dit Rost avec un sourire moqueur, tu as raison.

– Eh bien, tu as tort. Tu n'es encore qu'un adolescent à peine sorti de l'enfance. »

Elle a envie de se chamailler, nota Rost avec plaisir, mais elle n'y parviendra pas, pas avec moi. Il regarda l'église qui se dressait de l'autre côté du jardin, le soleil faisait sur les murs blancs des taches dorées éblouissantes.

« Micha est condamné, tu le sais, lui dit-il au bout d'un moment. Je lui ai proposé d'aller se reposer quelque part après avoir quitté l'hôpital. Je peux lui arranger ça, mais il a refusé. Si tu as une quelconque influence sur lui…

– Personne ne peut influencer Micha. S'il a refusé, c'est qu'il a ses raisons.

– Dommage », dit Rost en baissant les bras.

Il salua la jeune fille et partit. Dans sa ville natale, quand les jeunes filles quittaient le lycée, elles se coupaient les cheveux et fumaient des cigarettes. Les unes suivaient des cours dans leur pays ou à l'étranger, portaient un pince-nez sur un vilain nez, partaient en excursion dans les Alpes avec des garçons, rabâchaient Marx, Nietzsche et les autres, faisaient du thé sur un réchaud à alcool dans leur chambrette, attendaient tous les mois l'argent de papa ; d'autres voulaient changer le monde, croyaient en la lutte des classes et le « retour au peuple » ; d'autres encore s'ennuyaient chez leurs parents en escomptant un destin d'exception, elles lisaient et s'ennuyaient, jouaient du piano et s'ennuyaient, détestaient leurs parents conservateurs et s'ennuyaient et finissaient par conclure que ce n'était pas la peine… Puis elles trouvaient une issue dans les cours ou dans le « peuple ».

Durant leurs études, elles étaient belles, avec des cheveux longs, des joues rouges et des sourires qu'elles adressaient à des officiers bien repassés. Parfois, elles condescendaient à faire un tour de toboggan avec lesdits officiers, buvaient une liqueur, dansaient au son de l'harmonica ; quelques-unes s'adonnaient à l'« amour libre », puis se rendaient dans une ville proche pour se faire opérer d'une « occlusion intestinale ». Des drames secrets éclataient dans les maisons, la mère pleurait, le père tapait du poing sur la table et la fille se révoltait : « Le monde a changé ! Vous appartenez à l'ancienne génération ! Nous en savons plus que vous ! » Tout cela se passait en cachette et toute la ville devinait la vérité.

Rost prit la Heringstrasse où circulaient dans les deux sens trams et fiacres dans la joyeuse animation d'un jour d'été tiède. Il espérait croiser Erna et marchait vers le parc, quand il croisa devant la porte Jan le borgne qui se dirigeait vers lui. Comme il ne pouvait plus l'éviter, ils avancèrent l'un vers l'autre.

Jan fit une grimace de dégoût.

« J'ai un compte à régler avec toi, lui dit-il en le fixant de son œil unique.

– Tu te trompes. Nous n'avons plus de comptes à régler, dit Rost en guettant les gestes de son ennemi.

– Si tu as perdu la mémoire, je peux te la rafraîchir.

– Je n'ai pas perdu la mémoire et je te préviens, tu as intérêt à dégager. »

Jan était plus petit que Rost, mais trapu et large d'épaules. Il avait la trentaine.

« Tu vois, dit-il en changeant de ton, je ne veux pas faire la guerre mais la paix. Tu me plais.

– Alors ?

– Allons prendre un verre ensemble. C'est moi qui invite pour changer. »

Rost devina une arrière-pensée. D'ailleurs, il n'irait jamais boire avec Jan.

« Je n'ai pas envie, dit-il sur un ton catégorique.

– Alors, tu rejettes la main tendue. Bon, on se reverra.

– On ne se reverra pas, dit Rost en détachant chaque mot. Si tu as quelque chose à me dire, c'est le moment ou jamais.

– Je te le dirai dans un coin obscur.

– Tu es un lâche.

– On verra bien, siffla Jan entre ses dents, tandis que son œil unique lançait des éclairs.

– En tout cas, il n'y aura pas d'autre rencontre », dit Rost en s'éloignant d'un pas décidé.

Toute son attention était concentrée sur son dos, mais personne ne le suivait. Le borgne semblait s'être calmé cette fois-ci. Mais lorsqu'il franchit la porte du parc, au lieu de s'engager dans la grande allée, il prit à droite vers une contre-allée. Mieux valait être prudent, Jan était capable de le surprendre par-derrière. Après avoir fait quelques pas, il regarda à travers le grillage la vaste place devant l'entrée du parc. De loin, il distingua, parmi les passants, Jan avec sa casquette qui marchait dans la direction opposée et, rassuré, il revint sur la grande allée.

Il était quatre heures et demie. Rost flânait en regardant les nombreux promeneurs et ceux qui étaient assis sur les bancs. Dans le kiosque du parc, un orchestre accordait ses instruments pour le concert de l'après-midi. Non, si elle avait eu l'intention de venir, elle serait déjà là.

Comme il n'avait plus envie de rester dans le parc, il sortit par une autre porte qui donnait sur la Heringstrasse, du côté des musées, et se dirigea, quelque peu déçu, vers l'Opéra. Il avait espéré la rencontrer, mais la journée s'étendait devant lui, soudain vide et il se sentait désœuvré. Pourtant, il faisait chaud et beau, les rangées de marronniers de part et d'autre de la rue étaient en pleine floraison, ils dégageaient des bouffées de fraîcheur revigorante comme dans une forêt, et quand on levait la tête vers la voûte, on ne voyait pas le moindre bout de ciel bleu. Quelque chose manquait au paysage. Une demi-heure plus tôt, tout était à la bonne place, mais c'était fini.

L'éclat naturel des choses ne suffisait pas à les embellir. Il fallait une présence extérieure pour leur prêter une dimension supplémentaire, une étincelle de son propre éclat. Et la créature en question n'était pas venue, n'avait pas jugé nécessaire de venir. Rost était déçu, il n'avait envie de rien. C'était un sentiment nouveau, mais il n'en tint pas compte, le chassa aussitôt et esquissa un sourire. Tant que ça ? se dit-il. Tu es bien empêtré, mon vieux.

C'est alors qu'elle fit son apparition. Au même moment, il se trouvait non loin du café chic, en face de l'Opéra. Elle se dirigeait vers le parc en compagnie de Fridel Kobler. Qui donc avait besoin de Fridel Kobler, il n'avait pas le choix…

Le visage d'Erna rayonna à sa vue. Après l'avoir salué, elle dit avec joie, ou malaise :

« Vous surgissez toujours là où on ne vous attend pas.

– Vous auriez préféré me voir couché par terre, transpercé ? dit Rost en riant.

– Oh, non !

– Transpercé comment ? demanda Fridel.

– Avec un couteau.

– N'écoute pas ses élucubrations, tu es un peu naïve.

– Il y a trois quarts d'heure, j'ai failli être transpercé. J'étais à deux doigts de la mort, dit Rost entre le sérieux et la plaisanterie.

– Il veut se rendre intéressant », lui lança Erna.

Plantés au milieu du trottoir, ils bloquaient le passage. Rost proposa d'aller au café le plus proche. Après une hésitation, Erna accepta. Ils s'assirent près du mur, au coin de la terrasse qui occupait toute la façade, protégés du regard des passants par la rangée de tables devant eux. Vêtue d'un manteau d'été couleur crème et d'un chapeau de paille à bord large, Erna était de toute beauté. Les traits fins de son visage semblaient balancer entre l'adolescence et la maturité, un mélange de femme et d'enfant qui la rendait encore plus séduisante. Ses lèvres charnues et rouges étaient déjà barrées d'un trait d'obstination capricieuse qui ferait chavirer plus d'un cœur.

Rost l'observa à la dérobée pendant qu'elle prenait des petites gorgées de chocolat chaud et la jeune fille rougit. En quelques mois, nota Rost, elle avait changé et n'était plus la petite lycéenne. Quelle différence entre elle et Fridel Kobler avec ses traits grossiers, son nez long et charnu et ses yeux de veau inexpressif. En fait, elle n'était pas vraiment laide, elle avait de beaux cheveux blond-châtain, mais il lui manquait quelque chose, la touche essentielle, indéfinissable, qui ne tenait à rien et donnait sens à l'ensemble. Comme quand une œuvre d'art, pourtant parfaitement exécutée et dans les bonnes proportions, vous laisse de glace. Il lui manquait ce frémissement de l'âme qui faisait tout.

« J'adore aller au café, annonça Fridel après avoir fini de boire son soda grenadine. Mon père n'est pas très sévère, mais ma mère me l'interdit. Elle dit que les jeunes filles n'ont rien à faire au café. Elle a sûrement peur des tentations, pourtant je ne suis plus une enfant, j'ai seize ans et demi !

– Et il n'est plus interdit de vous tenter ? dit Rost en riant.

– Ce n'est pas ce que je voulais dire », s'exclama Fridel en rougissant.

Erna regardait d'un air distrait les gens passer devant la terrasse. Elle avait tant attendu cette heure-là. Toute la journée au lycée, elle n'avait pensé qu'à le voir. Enivrée par cette idée, elle n'écoutait pas les cours ni les professeurs qui finirent par lui demander si elle n'était pas malade. À la maison, elle avait sauté son déjeuner sous prétexte de maux de ventre. Puis elle avait attendu, l'oreille aux aguets. À cette heure-là, il ne rentrait pas toujours à la maison. Mais elle l'avait tout de même attendu. Et quand Fridel était venue la chercher, elle n'avait accepté que dans l'espoir de le rencontrer au parc. Or voilà qu'elle était assise en face de lui le plus naturellement du monde, mais n'avait pas la force de le regarder ou de dire un mot. Elle baignait dans un bonheur pur qui ne laissait de place à aucun autre souhait. Sans doute avait-elle oublié la présence de Fridel et même celle de Rost. En fait, elle le sentait en elle, sans conscience, ni concepts ni images, imprimé dans tout son corps, comme le sang qui coulait dans ses veines. Elle aurait pu rester assise ainsi jusqu'au bout de sa vie. La conversation entre Rost et Fridel lui parvenait de loin, celles des tables voisines aussi, dont elle n'entendait que le son et pas les mots. La vie était si belle, si belle, et elle ne le savait pas. Belle, juteuse, et triste aussi, à en pleurer, à la folie.

« Pourquoi tu ne dis rien, Erna ? » lui demanda Fridel en l'arrachant à sa rêverie. Erna se contenta de les regarder. Puis elle esquissa à l'adresse de Rost un sourire léger et pur qui se figea sur ses lèvres. Il est assis devant toi en chair et en os, se dit-elle. Il te suffit de tendre la main pour le toucher, et pourtant il te manque comme s'il était loin de toi, dans une autre ville.

« Comment savoir à quoi rêvent les jeunes filles ? dit Rost.

– Vous auriez voulu savoir ?

– Oh, oui.

– Je vous le dirai peut-être un jour, dit Erna en riant.

– Quand vous serez vieille ?

– Bien sûr, quand je serai vieille.

– D'ici là, vous aurez oublié. Mieux vaut le dire tout de suite.

– D'ailleurs, je ne serai pas vieille, je ne veux pas l'être. Je resterai toujours jeune. Et après…

– Il faut avoir une belle vie, une vie intéressante, dit Fridel. Pour la revivre une deuxième fois à la vieillesse, avoir du plaisir à s'en souvenir. Sinon, la vieillesse sera un poids stérile. »

Rost lui lança un regard étonné. Comment savait-elle ces choses-là ? À la voir, il ne la croyait pas capable de dire de telles phrases.

« Où avez-vous lu ça ?

– Je le sais par moi-même. Ce n'est pas difficile de le savoir.

– Je ne sais pas si on peut choisir, dit Erna. J'imagine que la plupart des gens sont aliénés, ils n'ont pas choisi la vie qu'ils mènent. Vous ne croyez pas ?

– C'est vrai, rares sont ceux qui peuvent vivre selon leurs souhaits.

– D'ailleurs, je me demande, dit Erna en s'adressant à Rost, quels buts un jeune homme comme vous s'est fixés dans la vie, à quoi vous aspirez. Vous n'étudiez pas, vous n'avez pas d'occupation, vous ne faites rien. Ma question n'est pas indiscrète, ça m'intéresse vraiment de le savoir.

– Je vous le dirai un jour, lui répondit Rost sur le même ton. C'est le genre de question que m'aurait posé ma tante si j'avais eu une tante.

– Quoi qu'il en soit, dit Erna avec une grimace involontaire, vous êtes ce qu'on appelle une personnalité douteuse.

– C'est exactement cela, dit Rost en éclatant de rire, une personnalité douteuse. Mais vous, ajouta-t-il, vous n'êtes pas une personnalité douteuse. Vous êtes une belle jeune fille sympathique.

– C'est ce que je pense aussi », dit Fridel, pendant qu'Erna lançait un regard reconnaissant à Rost.

Une brise légère rejeta en arrière la mèche de Rost. Le soleil éclairait en diagonale la porte de l'Opéra et au-dessous, entre les colonnes majestueuses, des ombres se pressaient déjà, annonciatrices du soir. Fridel se leva pour partir. Elle avait une leçon de piano de six à sept heures.

Rost demeura un long moment silencieux, suivant des yeux

la fumée de sa cigarette dont le vent s'emparait presque entre ses lèvres pour la disperser.

« Tout à l'heure, je vous ai cherchée dans le parc. J'ai cru que vous y seriez.

– Et moi… » dit Erna, qui n'acheva pas sa phrase.

Rost proposa une promenade en calèche, mais Erna était occupée. Il était déjà tard pour elle, il fallait qu'elle rentre dîner à la maison. Alors ils se donnèrent rendez-vous pour le lendemain.

Erna avait été agréable ce jour-là, sans agressivité, et Rost avait éprouvé du plaisir en sa compagnie. Le courant qui passait d'elle à lui le remplissait de bonheur. Il avait soudain la certitude intime que la jeune fille élancée, capricieuse, bouillante et imprévisible, n'était pas indifférente à son charme. Il lui adressa un regard plein de tendresse, elle le saisit aussitôt et lui envoya un sourire enjôleur, comme si elle lisait dans ses pensées. Tous deux surpris par ce sentiment nouveau que la moindre parole risquait de troubler, ils se turent. La vie autour d'eux s'interrompit, comme s'ils s'en étaient éloignés de quelques pas et que la rumeur et l'agitation incessantes ne leur parvenaient qu'à travers un écran inconsistant.

Un tram s'arrêta à la station proche, des voyageurs en descendirent à la hâte, d'autres montèrent, puis il redémarra dans un cliquetis sonnant et grinçant. Tout cela était bizarre et irréel. Un homme moustachu avec une verrue à côté du nez était assis à la table voisine, il parlait fort avec un jeune homme aux yeux pâles et au nez répugnant, le regard captait ces images sans en avoir conscience.

Rost osa lui caresser le dos de la main mollement posée sur la table, et Erna le laissa faire. Puis ce fut l'heure de partir. Ils firent un détour par des petites rues sombres, à peine éclairées par le soleil couchant, et qui sentaient déjà les préparatifs du dîner. Des enfants aux joues rouges s'empressaient de finir leurs jeux, des servantes en tablier blanc sortaient des tavernes et traversaient la rue avec des bocks de bière débordant de mousse. Après une journée de labeur, la tranquillité du soir s'étendait sur les rues de la ville. Ils marchaient lentement, sans parler, sur les trottoirs étroits. Au coin de la rue où ils habitaient, Rost la quitta et revint sur ses pas.

Après avoir dîné dans un restaurant qu'il fréquentait parfois, il rentra chez lui. Il voulait prendre son courrier et repartir aussitôt, puis téléphoner à Dean pour lui proposer de passer la soirée en sa compagnie. Mais aucune lettre ne l'attendait et il prit le temps de s'asseoir dans son fauteuil. L'appartement était silencieux, sans doute la famille était-elle sortie par cette belle soirée tiède. À peine quelques minutes s'étaient-elles écoulées que Gertrude frappait discrètement à la porte et entrait. Elle se jeta dans ses bras en poussant un gémissement et, sans dire un seul mot, le couvrit de baisers sur le visage et dans le cou. Une fois calmée un peu, elle se plaignit : « Je n'en peux plus. Je ne sais pas ce qu'il adviendra de moi. Je n'ai plus de forces. »

Rost n'avait pas allumé la lumière. La pénombre était à peine éclairée par les fenêtres d'en face qui dessinaient sur le mur des losanges dont la pointe traînait sur le parquet. Rost ne voyait pas le visage agité de Gertrude.

« Que s'est-il passé ? lui demanda-t-il avec un certain détachement.

– Rien. À mon grand regret, il ne s'est rien passé.

– Alors pourquoi cette émotion ?

– Mais tu ne comprends pas, chuchota Gertrude, l'haleine brûlante contre son visage. Tu ne comprends pas que je t'aime ?

– Ce n'est pas nouveau. En quoi est-ce tragique ? »

Le ton était glacial, distant, mais Gertrude ne le remarqua pas tant elle était agitée. Elle prit la main de Rost entre les siennes, contre sa poitrine, et chuchota comme pour elle-même : « Erna et lui, ils sont sortis il n'y a pas longtemps. Et j'ai attendu, sans savoir si ce n'était pas en vain, comme cela m'arrive tout le temps, à chaque instant de la journée. Peut-être ne faut-il jamais dire de telles choses à un homme, cela ne donne rien de bon, mais je ne peux pas me taire. Tu n'es jamais là, je ne te vois jamais. Je n'en peux plus, il faut en finir. » Elle se jeta de nouveau sur lui, l'embrassa, le mordit, avec une telle passion qu'elle semblait vouloir le tuer. Puis elle reprit :

« Je veux entendre un seul mot de toi. Tu m'aimes ? Un seul mot.

– Bien sûr », dit Rost en allumant une cigarette.

Non, se dit-il, tout cela était un peu exagéré. Et il ajouta à voix haute :

« Il faut faire attention, ils peuvent revenir à tout moment.

– Ça m'est égal, ça m'est complètement égal. J'ai besoin de savoir, dis-moi, pourquoi on ne te voit plus ?

– Comment donc ? J'habite ici, je suis là tous les jours.

– Tu habites ici, mais tu n'es jamais là. Et je n'en peux plus, répéta-t-elle dans un chuchotement encore plus obstiné, comme si elle voulait se libérer du chagrin qui la rongeait.

– Au début, tu étais différente, dit Rost sur un ton de léger reproche. Tu étais gaie, libre. Je ne comprends pas. Tu as tellement changé.

– Je n'ai pas changé. Que faire ? Je t'aime trop. Il ne faut pas aimer tant. C'est une faute d'aimer tant. Je ne sais pas si je pourrais supporter que… je ne sais pas. Il arrivera un malheur. »

Soudain, il ne la supportait plus. Son amour qui frisait le ridicule la rendait pitoyable. Et pour l'amadouer un peu, il caressa sa nuque couverte d'un duvet et son dos enveloppé dans un peignoir en soie. Puis il se leva et alluma la lumière dont l'éclat les éblouit.

« Pourquoi ? dit Gertrude, les yeux mouillés par les larmes.

– Il faut que je parte. J'ai rendez-vous avec un ami.

– Tu pars de nouveau », dit-elle d'une voix pleine de chagrin.

Planté devant la glace de l'armoire, Rost se recoiffa. Une partie de la pièce avec ses meubles se reflétait dans le miroir, sauf le canapé sur lequel Gertrude était assise. Il traîna un peu comme s'il hésitait à la quitter. Puis il glissa son peigne dans sa poche et se retourna.

Gertrude restait assise, repliée sur elle-même, la tête inclinée sur sa poitrine blanche qui pointait entre les pans de son peignoir. Au même instant, ils entendirent des pas et des paroles résonner dans le couloir.

Gertrude se leva aussitôt, effrayée. « Quand ? » eut-elle le temps de lui lancer avant de se glisser hors de la pièce sans attendre sa réponse. Il attendit que Georg Stift et Erna passent du couloir au salon pour quitter la chambre à son tour.

16

La Krantenstrasse était comme d'habitude éclairée et animée, Rost se joignit à la foule des promeneurs. Le café n'était pas loin, il avait encore le temps. Il pensait à la scène qu'il venait de vivre avec Gertrude et qui lui avait laissé une impression désagréable. Cette histoire prenait une tournure qui n'était plus à son goût. Une liaison amoureuse comme la leur ne devait pas se transformer en tragédie. Il ne se laisserait pas faire. Il fallait mettre un terme à cette aventure.

Il arriva au café et s'installa à l'étage, dans une alcôve dont la fenêtre s'ouvrait sur la rue. Sur le trottoir d'en face, un magasin chic de chaussures pour femmes brillait de tous ses feux. Rost prenait plaisir à observer les passants, à détailler les femmes qui surgissaient dans son champ de vision et disparaissaient à jamais. Erna était tellement plus belle, se disait-il, la soirée était douce et tiède, traversée d'effluves de parfums, de la senteur délicate des bourgeons de lilas que son nez crut capter.

Très loin, dans la ville où il était né, le jardin du curé et ceux des environs embaumaient le lilas aux couleurs pâles, les adolescents glissaient par les fentes des palissades des mots d'amour aux filles de leur âge, aux Sonia, Wanda, Tsila, qui éclataient d'un rire rond et clair, et lançaient des « oui » ou des « non » qui résonnaient dans la rue. Ils se fâchaient et se réconciliaient pour un rien, et le soir s'écoulait avec lenteur et lassitude, tiède et odorant, le chien du curé mêlait ses aboiements aux rires clairs des filles, au scintillement humide des étoiles qui parfois pleuvaient comme des écailles brûlantes ou des étincelles électriques. Puis ils descendaient la rue deux par deux et se cachaient dans la pénombre des ramages d'arbres qui s'inclinaient vers la rue, des rires étouffés fusaient ici et là, chatouillés et coquins. Et Rost n'était plus parmi eux, il se sentait mieux dans la cohue de la métropole, au milieu de la foule pressée, gardant au fond de lui la rue de son enfance, ses odeurs et ses couleurs, comme un objet précieux que l'on sortirait de sa poche pour s'en repaître les yeux.

Erna vint à l'heure au rendez-vous. Ils se dirigèrent vers la rue principale où Rost arrêta un fiacre. C'était un jour d'été doré, une brise légère caressait leur visage. Illuminées par le soleil, les rues paraissaient si belles que l'œil croyait les découvrir. Erna était silencieuse, baignant dans un bonheur tranquille au fond duquel frémissait une curiosité effrayée, l'attente d'une chose inconnue, étrangère, qui recelait peut-être le secret même de la vie. Rost lui prit la main, elle ne la retira pas. Il la caressa tendrement plusieurs fois et la porta à ses lèvres.

Les rues s'écartaient de part et d'autre, les sabots des chevaux soulevaient des étincelles sur le macadam et la rumeur de la ville assourdissait quelque peu leur galop. Erna se sentait comme une femme mûre, importante, libre d'agir à sa guise. Elle était instantanément devenue adulte et femme, sans la moindre trace des hésitations de l'adolescente. Ce n'était plus l'enfant de la veille, ni même celle d'il y a à peine une heure. Confortablement assise sur les coussins moelleux d'un fiacre, tout contre l'épaule de Rost qui l'occupait tout entière, c'était la première fois qu'elle voyageait ainsi. Comme si elle n'avait jamais pris de fiacre auparavant. Derrière eux s'étalait le canal aux eaux calmes et lisses où s'étaient noyés à l'envers les maisons des remparts et les arbres, ceux du haut en bas et ceux du bas en haut. Par moments, Erna lançait un coup d'œil involontaire à son compagnon. Puis ils se laissèrent emporter sur la pente ventrue de l'avenue tachetée de soleil. Les pneus roulaient sans faire de bruit et, de part et d'autre, les arbres et les buissons dégageaient une fraîcheur agréable, un peu humide, comme celle du foin.

Une fois arrivés presque au bout de l'avenue, ils descendirent et Rost congédia le fiacre. Ils vacillèrent sur leurs jambes ramollies par le voyage. C'était une fatigue agréable, on eût dit que des milliers de fourmis les parcouraient. Erna éclata d'un rire clair et sonore d'enfant espiègle et s'éloigna de Rost à cloche-pied. Puis elle revint vers lui et le saisit par le bras : « Viens, courons un peu pour réveiller nos jambes endormies ! » Et elle l'entraîna dans un jeu : « Attends ici, je vais te devancer un peu et tu me rattraperas, d'accord ? »

À cet endroit, l'avenue était quasiment déserte. Un fiacre passait de temps en temps, ou quelques promeneurs. Rost laissa Erna avancer d'une vingtaine de pas, puis il courut et la rattrapa. Elle était essoufflée et riait à pleine gorge en découvrant ses dents blanches. Rost la serra dans ses bras et sentit à travers sa robe ses petits seins fermes. Elle appuya avec abandon sa tête sur l'épaule de Rost et son chapeau à large bord tomba sur le côté. Le parfum délicat de sa chevelure monta aux narines de Rost qui, pour ne pas l'effaroucher, réprima de toutes ses forces l'envie d'y poser ses lèvres. Soudain, elle s'arracha à ses bras.

Ils s'engagèrent dans une allée étroite, parmi des bosquets qui bordaient l'avenue, et tournèrent vers un sentier verdoyant, inondé de soleil, piétiné ici et là par les promeneurs du samedi. On y voyait des bouteilles renversées, des journaux froissés, jaunis et gras, qui avaient servi à envelopper de la nourriture. C'étaient les restes des agapes familiales de petits employés, d'honnêtes ouvriers et de leurs bien-aimées disgracieuses qui n'oubliaient pas de relever leur robe du samedi avant de s'asseoir sur l'herbe, et d'enfants sales qui dépassaient obstinément de leurs vêtements trop courts, comme des plantes de leurs pots. Trois pigeons picoraient des graines invisibles.

Rost et Erna traversèrent en diagonale le sentier et se dirigèrent vers des buissons qui le bordaient. Ils marchèrent sur un chemin étroit et mal dégagé, où leurs vêtements se prenaient dans les branches. Quelques minutes plus tard, ils débouchèrent sur une petite clairière et Rost proposa de s'y arrêter un peu. Il y régnait un silence presque palpable, souligné par le bourdonnement d'une abeille égarée. La ville était loin, invisible, inaudible. Rost ôta son manteau, l'étala par terre et proposa à Erna de s'asseoir. Il s'allongea à côté d'elle.

« C'est comme si nous n'étions pas là, dit Erna. Ni dans la ville, ni même au monde. Nous sommes très loin, n'est-ce pas ?

– Nous sommes loin du monde, mais proches l'un de l'autre. »

Erna fit semblant de ne pas entendre. Elle ôta son chapeau et le mit près d'elle, sur l'herbe.

Rost caressa doucement sa jambe, entre la cheville et le mollet. « Tu m'en veux encore, Erna ?

– T'en vouloir ? Pourquoi ? » Erna semblait embarrassée. Elle aurait aimé rester ainsi jusqu'à la fin de ses jours, tout contre lui, avec la voûte de ciel bleu très au-dessus d'eux, le mur de buissons tout autour, et la fourmi en train de grimper jusqu'à l'extrémité du brin d'herbe. Soudain Rost se pencha sur elle à genoux et, avant de lui laisser le temps de réagir, il colla ses lèvres sur sa bouche pour un long baiser, entoura ses épaules de ses bras. Lorsque enfin il se détacha d'elle, il vit que ses joues étaient en feu. Elle semblait sourire et dans ses yeux brillaient deux larmes qui ne coulaient pas. Puis elle l'attira à son tour et couvrit de baisers son visage, ses yeux, ses cheveux. Elle tenait son visage tout contre le sien et l'examinait avec attention, comme pour le graver une fois pour toutes dans son cœur. Ensuite elle posa la tête de Rost contre sa poitrine et caressa sa mèche blonde de ses doigts fins et longs.

« Et moi qui croyais que tu me détestais, ma petite et merveilleuse Erna. » Il regarda son visage penché sur lui, ses yeux d'un bleu profond au fond desquels brillaient ses pupilles.

« Je te déteste et je t'aime. Je pourrais te tuer d'amour. »

Tout était immobile. Le crépuscule d'été les alanguissait,

eux seuls, subrepticement. Ils étaient seuls au monde, rien n'existait en dehors d'eux. Ils ne parlaient pas.

Le bras de Rost passé autour de sa taille, ils étaient assis l'un à côté de l'autre. L'idée le traversa que, désormais et pour plusieurs raisons, il valait mieux qu'il déménage. Il se tourna vers Erna et regarda insatiablement son visage rayonnant d'une grâce pure. La jeune fille se dégagea, il était temps pour elle de rentrer à la maison.

Après l'avoir accompagnée jusqu'à la grille du parc, Rost entra dans un café et téléphona à Fritz Anker. Le jeune homme était libre et dix minutes plus tard il arriva au lieu de rendez-vous. Ils traversèrent la Heringstrasse et s'engagèrent dans la Krantenstrasse. Rost refusa le fiacre proposé par Fritz. Il sentait en lui une énergie débordante et avait du mal à rester assis, il fallait qu'il se dépense. Une canne à la main et une cigarette aux lèvres, Fritz Anker était d'humeur plus paisible, plus résignée, moins tourmentée par tout ce qui le rongeait. Il marchait à côté de Rost, long et dégingandé, tâtonnant de ses yeux myopes. Son costume, taillé dans un tissu précieux et cousu par le meilleur tailleur, semblait ne pas être fait à ses mesures à cause de sa démarche chancelante et de ses gestes désordonnés. Rien ne semblait à sa place, lui-même le ressentait et les autres aussi. Il suscitait chez ceux qui ne le connaissaient pas un malaise indéfini qui persistait même parmi ses proches. Pourtant, on ne pouvait pas le qualifier d'homme peu sympathique. On pouvait même lui trouver un air affectueux et dévoué.

Le crépuscule tachait l'espace de petits éclats roses et une lune pâle montait déjà dans le ciel bleu, transparent. Rost éprouvait une allégresse qui l'étouffait presque et qu'il ne pouvait pas extérioriser. Il sentait encore sur sa bouche les lèvres douces et pulpeuses d'Erna, le parfum simple et délicat de ses seize ans. Ses mains gardaient le souvenir de sa chevelure et de ses petits seins fermes. Tout était là, présent, mais il refusait d'y toucher, comme un trésor précieux enfoui en lui, dont il disposerait plus tard.

Au restaurant de l'Ahdout, les convives étaient rares ce jour-là. Fritz Anker dévisagea ouvertement les têtes nouvelles dont certaines avaient des barbes touffues, collées aux mâchoires, leur crâne rasé coiffé d'une kippa en forme de petit monticule noir. Reb Hayim Schtock arpentait la salle de son pas mesuré, les mains croisées dans le dos, son binocle posé en travers du nez. Max Karp était adossé au comptoir où Malvina servait des cruchons de vin et de l'alcool de prune, et entre deux clients il lui chuchotait à l'oreille. Dans la deuxième salle où Rost entraîna Anker pour y rencontrer la bande, il n'y avait que Markus Schwartz occupé à manger du cou de poulet farci, et Arnold Kroyn, le ténor héroïque qui suivait du coin de l'œil chaque bouchée de ce dernier.

« Ah, dit le ténor de sa voix enrouée, quel honneur ! Tu nous négliges ces derniers temps, Mister.

– On va festoyer aujourd'hui ! Vous n'êtes que tous les deux ? Où sont les autres ? »

Et Rost alla chercher dans l'autre salle Max Karp pour qu'il se joigne à eux. « Où est Yasha ? Je vous ai amené un nouveau copain. Que vous le croyiez ou non, il s'appelle Fritz Anker et il porte des lunettes, ça c'est évident. »

Anker eut un sourire embarrassé.

« Et toi, ténor, tu n'as pas encore dîné ? Chaque chose en son temps. Commençons par le commencement. »

Par la fenêtre ouverte, on entendait comme d'habitude des pleurs de bébé. La grosse Fritzi passa la tête par la fenêtre et regarda à l'intérieur.

« Ah, Fritzi, viens, dit Rost tout en commandant à boire et à manger pour toute la compagnie. Où est Yasha ?

– Nous ne sommes plus ensemble, répondit-elle sur un ton doucement plaintif.

– Alors tu es libre en ce moment ?

– Pas pour toi, mon petit Rost, lui répondit-elle, non sans une certaine coquetterie.

– Merci, heureusement que je ne t'ai pas attendue, sans quoi je resterais vieux garçon. »

Entra un jeune homme d'environ vingt-six ans, grand, aux épaules larges, avec un énorme crâne aux cheveux courts, et une chemise ouverte sur un torse aussi poilu que celui d'un singe. « C'est un étudiant qui vient de Belgique et fait du tourisme dans notre ville. Il s'appelle M. Shur et trouve que les jeunes filles d'ici ont plus de goût que les Belges. Elles ne sentent pas l'oignon.

– Assez de compliments », dit Shur en riant. Son visage large était avenant, il paraissait intelligent et courageux. Il était vêtu avec une simplicité presque négligée et paysanne.

Tout en lui respirait la générosité, la bonté, l'absence totale de calculs mesquins. Son grand front était déjà creusé de rides horizontales et profondes.

Il fit bonne impression à Rost qui l'invita à se joindre à eux et Shur accepta avec un grand rire, sans faire de chichis, comme s'ils étaient amis de longue date. Rost leva son verre dans sa direction : « À la santé des filles qui ne sentent pas l'oignon ! Et toi, dit-il en se tournant vers Karp, il est sorti ?

– Qu'est-ce qui est sorti ?

– Le mensuel littéraire pour les jeunes, pardi. »

Karp fit une grimace embarrassée et amère.

« Non, dit-il entre ses dents.

– C'est mieux ainsi. Alors à la santé du mensuel pour la jeunesse qui ne sortira jamais !

– Il sortira ! » s'exclama Karp avec effroi, comme s'il avait été mordu par un serpent.

Assis à côté de Rost, Fritz Anker ne disait pas un mot et grignotait sans appétit un blanc de poulet. De temps en temps, il lançait des regards furtifs à ses voisins de table et se sentait déplacé parmi eux. Ils paraissaient inauthentiques, chacun avec son air de fausseté. L'un faisait bonne figure, l'autre jouait un personnage, aucun n'était lui-même, ils arboraient des masques, des masques. Prenons cette jeune fille, Fritzi, qui affichait en permanence un sourire figé, et ce garçon avec sa cravate, ses cheveux et sa barbe postiche sortie tout droit d'une opérette grotesque, et ce géant à la voix enrouée, au visage sale et non rasé, qui s'éclaircissait la voix comme s'il s'apprêtait à chanter, et Max Karp qui se donnait des airs importants et condescendait à se joindre à cette compagnie minable. Quelle comédie ! Shur et Rost étaient ceux qui avaient le visage le plus humain.

Dehors, c'était déjà le gris du soir, quelqu'un jouait à l'harmonica les couplets à la mode. Un homme rit d'une voix puissante, puis d'une voix fine et criarde, un autre cria d'un bout à l'autre de la rue : « Deux et demi, Karl, deux et demi, pas plus ! »

Pourtant, Fritz Anker sentit en lui un frémissement de douce tristesse, le souvenir fugitif de paysages et de choses détachés, effacés, qui remontaient de profondeurs qu'il ignorait. C'est là que se trouvait la réalité vraie, aussi éternelle que le monde, alors que ces visages proches étaient le contraire absolu de la réalité. Il continua de boire et de manger machinalement, sans y prendre goût. Comme tous les solitaires, il avait jeté l'ancre au fond de lui-même et avait du mal à sortir de ses gonds, ou à se laisser aller. Les propos joyeux et taquins qui fusaient de la table lui parvenaient de loin, comme des bogues vides.

Anker repoussa loin de lui l'assiette encore pleine de poulet et de riz. Il leva la tête et regarda avec hostilité la compagnie qui continuait de manger et que le plaisir émoustillait. Il éprouva un sentiment obscur et injustifié de rater quelque chose ailleurs. S'il en avait eu le courage, il se serait levé et les aurait quittés. En étant si loin de lui et indifférents, ces gens le protégeaient de lui-même, mais dans le même temps leur réalité était un poids qu'il sentait peser sur son dos. Il avait de plus en plus de mal à supporter leur vacuité, les rires, les voix, le bruit des couverts, l'odeur de la nourriture. Il regarda autour de lui, à la recherche d'un secours. Ses yeux se posèrent involontairement sur Shur, à sa gauche, qui s'essuyait la bouche avec une serviette.

« Quelle bêtise ! dit Anker à voix haute, ces nerfs, il faut les surmonter, sans quoi…

– Des nerfs ? Tu as dit des nerfs ? »

Anker était confus. Dans son trouble, il saisit son cruchon à moitié plein et en but quelques gorgées.

« Tu ne te mêles pas aux autres, dit Shur.

– Non, pas vraiment. Les jeunes de notre génération ne sont pas une compagnie exceptionnelle. Excès et décadence, je veux dire, l'Europe occidentale. En Russie, c'est différent. Et toi, tu aimes être avec des gens ?

– Je ne sais pas. Peut-être que je ne les aime pas, mais je suis capable de me joindre à eux et de me battre à leurs côtés pour améliorer les choses.

– La situation matérielle. Et après ?

– La situation spirituelle.

– Pour qu'ils finissent eux aussi par être pervertis par la culture. Vengeance satanique.

– On en est encore loin ! À la base, le peuple est sain. Et en plus, si c'est la seule voie possible, inutile de la retarder.

– Inutile aussi de l'encourager, de la précipiter.

– Ça dépend de la situation, bien sûr. Entre nous, ce n'est pas tant le but qui m'importe, que la manière de l'atteindre : la guerre. J'aime voir se réveiller dans les masses cette force aveugle, terrifiante, comme un volcan qui se réveille, comme une coulée de lave incandescente.

– Tu aimes donc les vaines illusions.

– Ce n'est pas tout à fait vrai. J'imagine des milliers, des millions de gens en train d'avancer sur une grande avenue, à la conquête d'une ville. C'est une force à mille têtes, impétueuse et terrible, un spectacle grandiose !

– Pas très humain.

– Humain ? Tu veux rire ? On ne le trouve pas dans cette forme pure et idéale, comme le croient les sots ! La nature de l'homme est de penser directement ou indirectement à son propre bien, d'être impulsif et capricieux, non, il n'est pas parfait et il n'a pas à l'être. Le but ? Quoi qu'il en soit, je préfère ce moment où la bête sauvage qui sommeille en chacun de nous se réveille, plutôt qu'un quelconque but impérialiste. Et atteindre alors le sommet des passions au-delà desquelles il n'y a rien. L'anéantissement. »

Adossé au montant de la porte, Reb Hayim Schtock surveillait le service avec un sourire détaché. Alfred, le garçon, se démenait entre les tables, emportait la vaisselle et rapportait des plats, le visage cramoisi, en sueur, sa kippa glissée sur le côté de ses cheveux coupés court. Il criait comme si on l'égorgeait : « Deux litres de vin ! Cinq parts de tourte ! Trois cognacs ! » Le ténor héroïque était affalé sur sa chaise, masse informe farcie jusqu'au cou de nourriture et de boisson. Son visage avait pris une teinte terreuse. « Tu comprends, dit-il de sa voix enrouée, après le spectacle qui était une grande réussite, je commandais cinq litres ! C'était à Boston avec une troupe d'acteurs. Et quel vin ! Et que croyez-vous qu'il arrivait ? dit-il d'un air victorieux. Rien ! Ça passait comme de l'eau gazeuse. »

Markus Schwarz essaya de pincer Fritzi, assise à côté de lui, et celle-ci dit en riant : « Tire tes pattes ! »

« Je t'invite, ténor, dit Rost. Tu peux boire dix litres si ça te plaît.

– Nous ne sommes pas en Amérique, Mister, dit-il en montrant sa gorge. Ma voix.

– Ta voix, fit Rost en riant. Il ne lui arrivera rien de mal. J'en prends la responsabilité !

– Non, pas aujourd'hui.

– Et toi, Karp ? J'ai une proposition. Si tu bois cinq litres, non, trois, je te donne cent couronnes pour le mensuel littéraire. Vous êtes tous témoins ! T'es d'accord ? »

Malvina, qui venait de quitter le comptoir et observait la compagnie, fit signe de la main et de la tête à Karp pour qu'il refuse. Mais Karp qui était déjà un peu éméché ne la vit pas, et l'enjeu ne lui parut pas insurmontable.

« Bon, dépose cent couronnes chez… » Il fit le tour de la compagnie. « Chez Shur, il sera l'arbitre.

– Il faut d'abord fixer la durée, dit Shur. En combien de temps ?

– En une heure.

– Non, c'est trop court. »

Finalement, ils se mirent d'accord sur une heure et demie. Rost exigea une autre condition : que les trois litres de vin soient mis sur la table et que lui, Rost, goûte à chaque bouteille pour s'assurer que le vin n'était pas coupé d'eau. De plus, Karp devait boire sans manger. Rost chuchota à l'oreille d'Anker et ce dernier lui tendit un billet de cent couronnes qu'il remit à Shur. Karp commença par boire coup sur coup deux verres en fermant les yeux, comme on se jetterait dans un précipice. Puis il rouvrit les yeux et posa bruyamment le verre vide sur la table. Avec un sourire stupide, il jeta sur la tablée un regard embrumé. Le ténor héroïque observa Karp d'un air connaisseur. Puis il jaugea la première bouteille dont il restait les deux tiers.

« Karp est un brave, dit-il en s'adressant à Shur. Je mise une couronne sur lui !

– Et moi, une couronne contre toi, lança Markus Schwarz.

– De l'argent ! Sur la table ! »

Pendant ce temps, Karp descendit un autre verre. Son visage bouillait, comme s'il avait été dépecé.

« Encore une couronne sur Karp. Deux en tout, s'excita le ténor.

– Encore une couronne contre toi !

– *Come on, boy !* dit le ténor en anglais en lui servant un verre.

– Interdit de l'aider ! » protesta Schwarz.

Il n'y avait rien de répréhensible à cela, répliqua Shur, et le cas de figure n'avait pas été précisé.

Rost affichait un léger sourire narquois. De temps en temps, il lançait un regard à Malvina, immobile, rouge d'émotion, tordant un mouchoir entre ses mains. Quant à

Max, il affichait soudain son vrai visage, tranquille, débarrassé de son air « après moi le Déluge ».

Il était dix heures du soir, la première salle s'était vidée. Karp buvait depuis plus d'une demi-heure devant deux bouteilles encore pleines. Le ténor le pressait sans cesse : « Bois, le temps passe ! Tu me coûtes deux couronnes ! » Mais dans un ultime éclair de lucidité, Karp se révolta et cria d'une voix incertaine : « Ta gueule, espèce de locomotive enrouée. »

De la sueur perlait à son front. Après un regard trouble à la ronde, il se resservit machinalement et but à petites gorgées. Dans un dernier sursaut, son esprit faisait encore le lien entre lui et le vin, le poussait obscurément vers les bouteilles pleines. Fritz Anker observait la scène avec indifférence et un dégoût réprimé.

On vit arriver Akidus, grand, maigre, l'air buté, le visage glabre et sans âge. Il s'assit sans un mot à côté de Markus Schwartz, son colocataire, et considéra la scène avec une moue offensée et supérieure, comme si rien ne pouvait l'impressionner.

Le ténor continuait de le presser. « Le temps passe ! cria-t-il au milieu du brouhaha. Deux couronnes ! Tu es incapable de boire de l'eau et tu prétends boire du vin… » Mais Max Karp, congestionné et en sueur, la tête retombant sur son épaule, ne l'écoutait pas. Un vague sourire aux lèvres, il fredonnait une chanson à peine audible :

Nous n'étions plus que vingt-deux
Après la bataille

Allez chercher des fiancées
Nous ont-ils ordonné
Tra-la-la-la-la

Rien que vingt-deux
Nous l'avons battu dans la rue
Sonnez cymbales
Tapez tambour et casserole
Tir-la-tira-boum !

Œil et dent et bouche,
Il nous suffit d'une.
Son chien creuse et fouille
Faites-en cadeau à l'unicorne !
Tir-la-tira-boum !

Son chien creuse et fouille
Faites-en cadeau à l'unicorne !

Avec la poisse de bottes
Pansez pustules et postérieur
Dansez, chantez,
Levez la queue avec grâce !
Tir-la-tira-boum !

Dansez, chantez
Levez la queue avec grâce !

« Chantez, les enfants ! bredouilla-t-il. On voit bien que vous n'êtes pas des poètes ! » Dès lors, il fut clair qu'il serait perdant. Il restait un litre et demi qu'il ne boirait pas. Entretemps, Yasha était arrivé avec une jeune fille rousse au nez retroussé et insolent. Il tapa sur l'épaule de Rost avec une amitié débordante et dit de sa voix de baryton :

« *Servus*, Fritzi, salut !

– Et qui est ce drapeau rouge ? dit Fritzi avec une grimace, en pointant le menton vers la jeune fille.

– Et toi, dit la rousse en reculant, on dirait une truie à mamelles.

– Ferme ta gueule ! »

En un clin d'œil, elle bondit et lui assena une gifle retentissante. Un instant plus tard, les deux femmes emmêlées comme une pelote criaient et s'empoignaient par les cheveux, se donnaient des coups de pied et de genou. Tout le monde regardait en silence et Yasha aussi qui, au bout d'un moment, finit par dire : « Arrêtez, ça suffit ! » Il s'approcha d'elles, les empoigna d'un seul bras et les sépara. Pour rétablir la paix à sa manière, il les gifla à tour de rôle : « Tiens, une pour chacune ! Et maintenant, on se tait ! »

Les deux femmes étaient abasourdies, elles-mêmes surprises de ce qui venait de se passer. Le corsage déchiré de la rousse laissait poindre un sein orphelin d'une blancheur laiteuse et son visage empourpré ne faisait plus qu'un avec sa chevelure. Projetée dans un monde qui lui était étranger, elle paraissait désemparée. Fritzi serrait encore entre ses doigts une boucle de cheveux arrachée à son ennemie. Elle finit par crier : « Tu vas voir ! Je vais te régler ton compte ! » et s'en alla vers les cuisines, laver le sang qui lui coulait du nez.

Le ténor profita du désordre pour prélever du vin pour lui et Akidus dans la bouteille de Karp. Mais Akidus, que l'empoignade des femmes avait fait reculer, continuait de regarder la rousse. Celle-ci remettait de l'ordre dans ses cheveux et ses jupons, tout en lâchant une bordée d'injures en direction de Fritzi qui avait disparu. Il était question de sa laideur, de son immoralité, de ses père, grand-père et arrière-grand-père, et surtout de ses mère et grand-mère qui traînaient déjà dans le ruisseau avec les gueux et les ivrognes. Le tout dit avec une assurance qui ne souffrait aucune contradiction, à croire qu'elle avait assisté à toute cette déchéance. Au point que Yasha mit un terme à sa logorrhée : « Assez ! Tu m'entends ! Assez ! »

La rousse comprit le message et se tut. Elle traîna une chaise près de la table de Shur et se laissa tomber dessus, épuisée. Une fois sa colère refroidie, elle commença à sentir son corps douloureux et sa tête brûlante, comme si elle était ébouillantée.

Fritzi revint à son poste, lavée et rhabillée. Akidus lui tendit d'un geste chevaleresque son propre verre de vin, mais Fritzi lui lança un regarda assassin et repoussa aussi bien le verre que le geste. Soudain, tout le monde était dégrisé, à l'exception de Max Karp dont la conscience embrumée n'avait rien enregistré et qui continuait de fredonner son air, tassé sur lui-même comme un vieux pantin.

Le ténor qui se faisait du souci pour ses deux couronnes

dissipa le premier l'atmosphère étrange qui régnait dans la salle. « Alors, tu vas réussir à tout boire ce soir ? chuchota-t-il à l'oreille de Karp qui fit un vague geste de la main comme pour écarter une mouche.

– Patate ! dit le ténor d'un air désespéré. Il ne reste plus que vingt minutes ! »

La grosse tête de Karp s'enfonça de plus en plus lourdement entre ses épaules. Les yeux baissés, presque fermés, il ne somnolait pas et ne chantait plus mais nageait dans les vapeurs d'alcool.

Soudain Rost partit d'un éclat de rire. Tout cela était ridicule. Le souvenir de l'après-midi lui réchauffa le cœur. Quelle distance entre ici et là-bas, heureusement que la vie avait mille visages pour se protéger de l'ennui.

Il raconta le pari à Yasha qui trancha : « C'est terminé ! Il ne gagnera pas ! »

« Tu as vu comment la bête s'est déchaînée ? dit Anker à Shur. Tu trouves ça beau ? Pour ma part, je trouve ça horrible.

– Il ne s'agit pas de beauté. La beauté est affaire de vieillards », dit Shur.

Rost appela le garçon et paya l'addition. Il n'éprouvait plus aucun plaisir en compagnie de ses amis. Il se leva et entraîna à sa suite Fritz Anker et Shur. Ils traînèrent un peu dans les rues vides et calmes, sous le ciel nocturne parsemé d'étoiles, entre les arbres de l'avenue fraîche et parfumée, dans une espèce de nostalgie pour cette vie faite de choses minuscules, secrètes et aussi éternelles que le monde.

Shur marchait d'un bon pas, faisant passer le poids de son corps d'un pied sur l'autre, un peu comme un marin. Puis il chantonna un air où poignait une certaine tristesse. Il avait une voix grasse, un peu abîmée, qui la rendait humble et réservée, venue des profondeurs des générations qui l'avaient précédé.

Tu marches à côté de ces deux personnes, se dit Fritz Anker, elles ne sont ni pires ni moins intéressantes que d'autres, tu pourrais même dire que d'une certaine manière elles te sont proches. Et pourtant tu es seul, d'une solitude absolue, le monde est vide devant toi et ne t'offre rien à quoi t'accrocher. À qui la faute ? Où est le défaut ? C'est irrémédiable, conclut-il, irrémédiable.

Dans la Rotenturmstrasse, des prostituées faisaient les cent pas, éclairées par une lumière criarde. Rost échangea avec elle des grivoiseries et son rire résonna, creux et nu.

Entre elles et moi, il n'y a rien, se dit Anker, je suis seul comme elles, seul et vidé. Bientôt ou à la première lueur, il faudrait qu'il rentre chez lui mais son chez-lui n'était pas un refuge.

« Faisons un tour en fiacre, proposa-t-il soudain, lui-même surpris par sa proposition. Allons jusqu'au Prater par exemple. »

Rost acquiesça, mais pas au Prater, pas à cette heure-ci. Mieux valait boire un verre dans un café, il avait la gorge sèche.

Aussitôt, Anker n'eut plus envie de rien. À présent ou dans deux heures, cela n'y changeait rien, il n'y avait pas d'échappatoire. Il était obligé de vivre avec lui-même. Des fuites momentanées ne lui seraient d'aucun secours, le retour à la réalité n'en serait que plus amer.

« Alors, remettons ça à plus tard, dit-il. Je veux rentrer chez moi. » Et il les quitta brusquement d'un pas traînant et maladroit.

La tête penchée, il longea la rue sans un regard pour les vitrines chargées de vêtements ou d'objets, éclairées ici et là par la lueur des réverbères, rapetissées et endormies. Une jeune femme maquillée l'arrêta à un coin de rue. D'abord, il recula, lui lança un regard vide, puis il dit « d'accord » et se mit à la suivre en silence. Passant devant un petit café, il lui proposa d'y entrer. À cette heure de la nuit, les clients étaient rares. Dans un coin, deux hommes jouaient aux dominos en fumant des cigarettes bon marché. L'un d'eux répétait sans cesse d'une voix éraillée : « Cette fois-ci, tu ne m'échapperas pas ! Je t'ai attrapé ! » Et il posait les pions avec un claquement victorieux.

Anker commanda du cognac. La fille avait une vingtaine d'années, avec de beaux yeux un peu tristes, ni belle ni laide, une parmi d'autres. Elle buvait à petites gorgées prudentes, la main étalée sous son verre, pour recueillir d'éventuelles gouttes.

« D'une part c'est vrai, dit Anker sans s'adresser à personne, c'est ce que veut la nature. Sans détour, ni crédit. C'est le prix à payer, mais d'autre part…

– Qu'est-ce que tu racontes ? lui dit la jeune femme qui n'y comprenait rien.

– Rien, je ne m'adresse pas à toi. »

Il finit de boire son cognac et alluma une cigarette.

« Je ne te demande pas de raconter ta vie, lui dit-il au bout d'un moment. La réponse est prévisible, c'est toujours la même histoire, comme si on l'avait lue dans un livre et apprise par cœur : séduite par un officier, grossesse, abandon, pauvreté, chassée de chez ses parents, etc., etc. Tout ça est connu à satiété. Elles mentent toutes, comme elles mentent pour le reste, pour l'essentiel. Mais comme le mensonge est connu d'avance, il n'y a pas tricherie. On achète dès le départ de la fausse marchandise. Bon ! Seule une des deux parties est sincère, c'est le client. Pour lui, le mensonge n'est pas possible, ou alors l'affaire échoue. »

La chambre d'hôtel où les fit monter un garçon d'étage ensommeillé était carrée, avec des murs tapissés d'énormes fleurs roses sur fond vert. Elle sentait le savon et le maquillage bon marché.

Anker ouvrit sans se presser un battant de la fenêtre qui donnait sur un jardin obscur comme toutes les fenêtres alentour, sauf une dont les rideaux étaient tirés. La jeune femme ôta son chapeau et s'apprêta à se déshabiller, pendant qu'Anker, assis sur une chaise face à elle, suivait ses gestes avec une attention extrême, tout en fumant une cigarette en silence. À peine à deux pas de lui, elle lui paraissait lointaine et irréelle, comme si elle était dans un autre appartement et qu'il l'épiait par la fenêtre. Elle s'étendit sur le lit, nue par-dessus les couvertures, et lança un « Alors ? » à Anker qui restait immobile. Puis il se leva et s'assit à côté d'elle, sur le bord du lit.

« Tu ne veux pas fumer ? lui demanda-t-il en passant la main sur sa cuisse.

– Tu ne te couches pas ? le pressa la jeune femme. Déshabille-toi et viens t'étendre à côté de moi.

– Bon, je vais enlever mon manteau. Le restant, je ne sais pas encore. Peut-être pas aujourd'hui. Je ne suis pas prêt, je veux dire que je ne suis pas d'humeur à ça. »

Brusquement, la femme comprit la situation et se redressa sur le lit. Sa nudité semblait soudain inutile, pitoyable et impudique.

« Quoi ? siffla-t-elle entre ses dents avec fureur. Tu es une chiffe molle ! Tu n'es pas un homme ! Si tu ne veux pas coucher avec une femme, on se demande ce que tu veux ! Espèce de dégonflé !

– Ferme-la !

– Et si je ne la fermais pas, qu'est-ce que tu me ferais ? Je ne suis pas assez belle pour toi ? Trop bonne pour toi ! On se demande où tu as grandi. En tout cas, pas avec les gens d'ici. Fais ce que tu as à faire et fous le camp, vieux singe ! »

Anker se retourna lentement comme pour lui répondre et, d'un geste incontrôlé et involontaire, sa main se leva et assena une gifle retentissante sur la joue de la fille. Anker était le premier surpris par son acte. Pourtant, il n'éprouvait ni colère ni haine à son égard. Et lorsqu'il prit conscience de ce qu'il venait de faire, il en éprouva même une légère honte.

La main sur sa joue, la jeune fille pleurait en silence et sans larmes. Anker était debout devant le lit, dépenaillé, hagard. Il ne voyait pas son visage, mais son corps était parcouru de frissons. Puis elle se tourna doucement vers lui et le regarda avec des yeux humides, suppliants et serviles comme ceux d'un chien battu. Soudain, elle saisit la main d'Anker et la porta à ses lèvres. Puis elle murmura : « Il ne faut pas me frapper, il ne faut pas », et avec une ardeur brûlante, sans lui lâcher la main : « Tu ne veux pas, dis ? Tu ne veux vraiment pas ? »

Anker se laissa tomber sur le lit à côté d'elle et s'excusa presque : « Je n'ai pas fait exprès, je t'assure. Une sorcière au fond de moi a surgi et fait déborder le vase. » Embarrassé, il ôta ses lunettes pour en essuyer les verres. Son regard nu était mal assuré, sans point d'appui.

Étendue sur le dos, encore effrayée et la respiration désordonnée, la fille caressait ses jolis petits seins ronds. Par-delà sa honte, Anker éprouvait une certaine satisfaction à avoir manifesté un fond animal intact et sain, à avoir réagi impulsivement, sans hésiter ni douter. Grâce à cette étrangère qui vivait dans les bas-fonds et que les gens bien-pensants condamnaient, il se découvrait sous un jour nouveau. Il lui en était reconnaissant et se dit que leurs âmes étaient proches et semblables, qu'ils vivaient de gré ou de force en marge de la société, révoltés, tous les deux libres et marginaux.

Ce n'était pas la première fois qu'il passait la nuit en compagnie d'une de ces femmes et qu'il ressentait obscurément ce qui le reliait à elles. Par-delà une certaine répugnance à leur égard, c'était la première fois qu'il formulait clairement ce lien. Il éprouva de la compassion, pour lui-même, pour cette jeune fille nue qui attendait un mot gentil, un mot d'amour de quelqu'un, fût-ce de lui qui n'avait rien d'autre qu'un peu d'argent pour satisfaire un bonheur trompeur et illusoire. Alors il se pencha vers elle et l'embrassa sur la bouche.

La fille noua ses bras autour de son cou, se colla à lui et chuchota des mots d'amour brûlants d'une passion servile et maladroite, des mots pitoyables dans leur nudité, et qui pourtant exprimaient un sentiment vrai. C'était une même solitude radicale jusqu'à la folie, un même regard englobant qui voyait le dérèglement des choses dans leur nudité extrême, sans la feuille de vigne. Soudain, Anker comprit qu'il n'était pas seul, qu'un autre être se trouvait avec lui dans la chambre. « Tu ne peux pas comprendre, lui dit-il. Et ce n'est peut-être pas la peine, c'est mieux ainsi. À partir de ce point, il n'y a qu'une issue, unique et particulière. »

La jeune femme se redressa et s'assit sur le lit. « Peut-être veux-tu que je parte, parce que tu ne…

– Non, pourquoi ? Nous avons le temps. À deux, la nuit est plus peuplée. Au contraire, je te trouve sympathique, très sympathique. » Il alluma une cigarette. « Sais-tu, il y a un écrivain qui a inventé, disons, une espèce d'appareil pour mesurer la part de virilité chez la femme et celle de féminité chez l'homme, rien que ça. Il y a tant de grammes de féminité chez l'homme, presque rien ! Car selon son opinion, il va de soi que la femme est une créature inférieure, atteinte d'une quantité de défauts, et qui ne sera jamais un génie. Génie ! Et après avoir inventé cette chose, il a mis fin à ses jours. Voilà ! En tout cas, une chose est vraie : homme ou femme, ne sommes-nous pas des créatures pitoyables, dignes de compassion dans toutes les situations ? Le génie, l'invention, à quoi servent-ils, que nous apportent-ils ? Avec ou sans eux, il n'y a pas d'issue. Quant à mettre fin à ses jours, c'est une autre affaire ! Il faut y réfléchir ! Mais pour d'autres raisons. Imagine un homme atteint de cancer, qui souffre mille morts et sait que son mal est incurable, que lui importe le génie, ou de savoir qu'il existe un Spinoza dans le monde, ou Kant et Goethe, ou quiconque ? Aura-t-il moins mal pour cela ? Échappera-t-il à la mort ? Tout cela n'est que distraction, manière d'échapper au vide, à la peur insupportable de faire face au néant qui est l'essentiel, le but ultime. Voilà. »

Pendant tout ce temps, il avait parlé sans faux pathos, d'une voix basse qui pénétrait au fond du cœur, empreinte d'un chagrin réprimé et sans espoir. Il semblait avoir oublié la réalité de la femme nue à ses côtés. Puis il se tut, et le silence régna dans la chambre et dans la ville.

Au bout d'un moment, la jeune fille dit : « Ce que tu dis est triste et ta voix aussi, surtout ta voix. Pourquoi es-tu si triste ? » Soudain frissonnante, elle tendit la main vers la chaise où elle avait posé ses vêtements, prit son jupon et l'enfila par la tête. « À t'entendre parler, on a envie de pleurer, d'être inconsolable.

– Et toi, comment tu t'appelles ? »

Elle s'appelait Gretel, mais ses amies l'avaient surnommée « la nonne » parce qu'elle n'était pas d'humeur joyeuse.

« Une enfance difficile, j'imagine. Et après, la grande ville cruelle, la pauvreté, la faim, un homme séduisant, puis un autre, ainsi de suite.

– À la maison, dit Gretel, j'ai eu un beau-père. J'avais dix ans à peine. Un jour, il est revenu de la taverne complètement ivre. Ma mère n'était pas à la maison. Il m'a regardée avec un mauvais sourire. J'étais occupée à coudre une robe pour une poupée cassée que j'avais trouvée. Il m'a attrapée et m'a jetée sur le canapé. J'ai cru qu'il allait me taper, comme il avait l'habitude de le faire presque pour son plaisir, mais il ne m'a pas battue. L'odeur d'alcool de son haleine m'a coupé le souffle, il m'a fait mal. J'ai beaucoup pleuré. Puis il m'a dit : "Maintenant, tu te tais ! Si tu dis un seul mot, je te coupe la langue." Il était capable de le faire. À partir de ce jour-là, j'ai fait ce qu'il voulait chaque fois qu'il me le demandait. Avec le temps, j'ai commencé à éprouver du plaisir, d'autant plus que je n'avais plus mal. C'était comme un jeu. Je l'ai fait aussi avec des jeunes, mes amis. Mais mon beau-père, je ne pouvais pas le supporter. Il ne se cachait même plus de ma mère. Elle le savait et ne protestait pas. Il la terrorisait. Une fois, il l'a battue au sang. Et il n'éprouvait plus la moindre honte. Il me jetait sur le divan devant elle, et ma mère continuait son travail sans faire attention à nous. Mais après, elle me coinçait dans un coin, me frappait et me traitait de traînée, d'ordure. Un jour, il l'a surprise avec Yohann le boiteux et l'a tellement frappée qu'elle a passé deux semaines au lit. Mais il a eu son châtiment. Un soir où il était ivre, il s'est disputé avec Poldi le forgeron qui lui a réglé son compte. Parce que Poldi n'était pas un enfant de chœur. Il l'a transformé en bouillie. On l'a ramené à la maison en mille morceaux, méconnaissable, et trois jours plus tard il a rendu l'âme. Ma mère l'a pleuré sans repentir, moi je n'ai eu aucun chagrin, bien au contraire. À l'époque, j'avais déjà quatorze ans. »

Elle demanda une cigarette à Anker et reprit son récit : « Je ne suis pas restée longtemps à la maison. Mon beau-père était menuisier, il dépensait tout son argent dans les tavernes, mais il en restait tout de même pour tenir la maison. Une fois qu'il est mort, nous sommes restées sans ressources. Alors, je suis partie. »

Anker consulta sa montre. Il était deux heures moins le quart. On entendit une voix de femme dans la pièce voisine : « Je ne veux pas comme ça ! Nous ne l'avons pas marchandé, il faut ajouter une couronne. » Puis le silence se fit de nouveau.

Il a ajouté une couronne, se dit Anker en rêvassant, parce qu'il y tient et que ça vaut une couronne. Et il revint à Gretel qui avait raconté son histoire sans amertume, résignée, comme si tout cela était naturel. À vingt ans, elle avait déjà épuisé une vie entière.

Il se tourna vers elle. Elle était assise avec une chemise rose qui lui arrivait au-dessous du nombril, ses belles cuisses longues, à la peau blanche de vraie blonde, étaient allongées sur une couverture piquée en satin vert, assortie à la tapisserie des murs. Soudain, dans un geste impulsif que ne lui dictait pas la pitié, il se pencha et lui embrassa les cuisses, l'une après l'autre. Comme pour demander pardon au nom de tous les humains pour l'offense subie, pour leur bassesse et leur perversité. Même s'il n'en était pas responsable, ni d'ailleurs quiconque, il ne se faisait pas d'illusions sur la part de responsabilité que lui-même et les autres devaient endosser…

« Tu es un type bizarre, dit Gretel, tu ne ressembles pas aux autres hommes. » Elle prit une de ses mains et la caressa avec douceur. « Tu as des mains merveilleuses ! dit-elle, admirative. Je n'en ai jamais vu d'aussi belles. »

Anker eut un léger sourire. Il y a quelque temps, une autre femme avait admiré ses mains, mais qui était-ce ? Ah, oui ! C'était la petite Erna, Erna Stift. Son souvenir lui réchauffa le cœur. Quelle jeune fille merveilleuse. Oh, s'il lui avait été permis de l'aimer ! Mais elle ne lui était pas destinée. Il pensa à Rost et l'idée d'une liaison possible avec Erna lui traversa l'esprit en un éclair. Si c'était le cas, elle souffrirait parce qu'il n'était pas homme à rester longtemps attaché à une femme. Et il en éprouva du chagrin.

Les nerfs d'Anker étaient affaiblis par l'émotion et l'heure tardive qui déformait les choses, les sortait de leur contexte, les exagérait jusqu'à en faire des catastrophes. Et comme pour la protéger, il commença à caresser son dos par-dessus la chemise, lentement, de haut en bas, jusqu'à ce qu'un léger frisson la parcourût. Puis il remonta ses jambes, s'allongea sur le lit et attira Gretel contre lui.

Accoudée, son visage contre le sien, elle l'observa un instant et dans ses yeux humides poignit de la gratitude. « Tu es capable d'être très affectueux », chuchota-t-elle, excitée, et elle colla avec passion son corps contre le sien. Après, sa tête posée sur le bras d'Anker, elle somnola, détendue, avec un sourire repu. Les traits de son visage creusés par la vie se détendirent, apaisés, reflétant soudain l'innocence d'un bébé.

Anker retira lentement son bras de dessous sa tête. Elle ouvrit un instant des yeux somnolents, puis les referma, les lèvres mollement entrouvertes. Anker sentait une lassitude chaude et agréable se répandre dans ses membres, mais il n'avait pas sommeil. Doucement, il se redressa et s'assit.

Il contempla la jeune femme nue à ses côtés, ses jambes légèrement écartées, couchée sans honte sur le dos, aussi vraie que la nature, sans perversité, capable de jouir sans faire de comptes, respirant à l'unisson avec lui de tous les pores de son dos relâché comme un animal assouvi.

Il éprouva un pincement de jalousie mêlé à un bien-être qui n'était pas celui de la chair repue, mais un bien-être spirituel suscité par l'union de leurs deux corps. À peine deux heures plus tôt, leurs existences étaient étrangères l'une à l'autre, irréelles. Et voilà qu'elle avait fait irruption dans sa vie et il fallait que désormais, fût-ce inconsciemment, il compte avec elle jusqu'à la fin de ses jours.

Rien ne se perdait dans le monde, même le contact le plus fugace avec quelqu'un se gravait profondément dans l'âme et ne s'effaçait pas. Et cette femme étrangère, qu'il le voulût ou non, aurait à jamais une place dans sa vie, idée qui non seulement ne le gênait pas mais lui procurait une espèce de tranquillité. La nuit n'était plus aussi cauchemardesque. Il pouvait rentrer chez lui sans appréhension. Mais il demeura assis, immobile.

La respiration de la fille endormie était régulière et paisible. Le vide apparent de l'heure tardive débordait d'une vie secrète, ardente, pétillante. Il suffisait d'allumer la lumière et tout ce fourmillement incessant, en soi et hors de soi, serait mis à nu, surpris par cette activité de l'ombre qui ne s'arrêtait jamais. Cela faisait longtemps qu'Anker n'avait éprouvé une sensation de vie aussi pleine. La nuit lui parut lisse et caressante comme un velours sombre. Après tout, cela valait la peine peut-être. De tels moments adoucissaient la sévérité du destin. Non, se dit-il, il ne rentrerait pas encore chez lui.

Il s'allongea de nouveau auprès de la jeune endormie. Au loin, un brusque sifflement troua la nuit, un unique sifflement qui explosa et s'éteignit sans se répéter. La nuit se ressouda, plus dense encore qu'auparavant. Aussitôt, Anker plongea dans un trou sans fond.

Il ne savait pas s'il avait dormi. Il aurait juré qu'il venait seulement de fermer les yeux. Qu'il avait à peine perdu conscience. Mais à mesure qu'il émergeait, il entendit tout près de lui un bruissement réprimé, presque irréel et abstrait. Les yeux fermés, il tendit l'oreille et se concentra, immobile. Tout était silencieux. Ses sens l'avaient peut-être trompé. Non, pas de doute. Il y avait une présence étrangère.

Il entrouvrit prudemment les yeux. En face de lui se dessina la fenêtre qui commençait à bleuir. Sans bouger, il tourna les yeux vers la droite. Tout près du lit, à côté de la chaise sur laquelle il avait posé son manteau, Gretel encore nue fouillait dans son portefeuille. C'était donc ça !

Il continua de regarder sans bouger. Tout cela lui parut ridicule et enfantin comme s'il n'était pas concerné mais curieux de savoir comment l'affaire se terminerait. Gretel sortit du portefeuille une liasse de billets de cent couronnes, coinça le portefeuille entre ses cuisses et s'apprêta à les compter. Anker fit de même. Il y avait huit billets. Elle les recompta, prit deux billets, les mit entre ses lèvres et s'apprêta à remettre le restant à sa place.

« Tu n'as besoin que de deux billets ? » lui lança Anker d'une voix tranquille.

Gretel sursauta. De peur, elle fit tomber sur la chaise le portefeuille qui fit un bruit sourd et les billets, y compris les deux qu'elle serrait entre ses lèvres, s'éparpillèrent dans la pièce. Elle esquissa d'abord un geste instinctif pour se baisser et les ramasser, mais elle ne le fit pas. Les yeux baissés, elle resta immobile, désorientée, nue et pitoyable, dans l'attente d'une sentence.

Anker aussi attendait, plutôt amusé par l'histoire. Peu à peu, le silence devint de plus en plus explosif et insupportable.

Sans lever les yeux et tout en grattant obstinément un morceau de peau près de son nombril, Gretel bégaya :

« Je ne voulais pas... vraiment... c'est la première fois que... c'est vrai... ce n'est pas mon genre... mon manteau d'été est trop vieux, je voulais juste... » Et elle lui lança un regard hésitant.

« Ramasse les billets et donne-les-moi ! » lui ordonna Anker.

Effrayée, Gretel obéit aussitôt et ramassa un par un les billets qu'elle lui tendit. Il les compta, les plia en deux et les fourra dans la poche de son pantalon.

« Tu aurais dû me demander, je n'aurais sans doute pas refusé.

– Je n'y ai pas pensé, répondit Gretel, encouragée. L'idée m'en est venue il y a quelques minutes, quand je me suis réveillée et que je t'ai vu endormi. Non, ce n'est pas vrai. En fait j'étais curieuse, je voulais voir ce que tu avais dans tes poches, c'est tout, et devant la quantité de billets, je n'ai pas pu me retenir. Mais ne crois pas que ce soit dans mes habitudes, je te jure que c'est la première fois !

– Bien ! Effaçons tout cela et n'en parlons plus. »

Gretel se tenait à distance, ne sachant trop quoi faire. Et elle regrettait un peu les deux billets, quelle malchance !

« Viens t'asseoir à côté de moi », dit Anker en lui faisant de la place. Une fois assise, il l'entoura de ses bras et l'attira à lui. Un sein rond et ferme se trouva contre son visage. Il sentit l'odeur puissante de sa chair qui troublait et embrasait ses sens. Il colla sa joue contre le sein frais et resta un moment ainsi. C'était bon de sentir les pulsations d'un corps tout contre soi, d'écouter sa respiration régulière, les battements de son cœur.

Dehors, l'obscurité pâlissait. Une brise d'été matinale entra par la fenêtre ouverte, légère et pure. La lampe électrique paraissait de plus en plus terne et pauvre. Avec le matin à peine éclos et la réalité de ce corps vivant, respirant, frémissant entre ses bras, toutes les pensées tortueuses disparaissaient sans laisser de trace. Il n'y avait plus au monde que ce matin frais et bruissant qui entrait par vagues, et cette femme lisse et ardente qui le brûlait avec son haleine chaude.

Quant à Fritz Anker, seule une petite partie de lui-même, où se concentraient tous ses sens, brillait encore quelque part.

Puis tout se mêla : le matin, la femme et lui, tout s'unit et se fondit en une chose frémissante. La conscience s'éteignit. Dans la chambre immobile, il ne resta plus que leurs deux respirations pesantes, bouillantes, saccadées, qui éclaboussaient l'espace. Après, ils demeurèrent étendus l'un à côté de l'autre, inconscients, les membres fourmillant d'une lassitude repue.

Gretel déposa un baiser sur le dos de la main d'Anker.

« Veux-tu que nous nous revoyions ? lui dit-elle. Ce n'est pas pour l'argent, je t'assure, je ne veux pas de ton argent.

– Nous nous reverrons sans doute. »

Anker allongea le bras vers le bouton électrique au-dessus du montant du lit et éteignit la lumière. Il faisait déjà jour. Il fuma un certain temps en silence et suivit des yeux les bouffées de fumée bleu-gris qui s'élevaient droit vers le plafond crépi de blanc, piqueté de chiures de mouches, et se dispersaient dans l'espace, entraînées vers l'extérieur par une brise imperceptible. Il était quatre heures du matin. On entendit une fenêtre s'ouvrir, des roues grincer lourdement, s'approcher, passer, s'éloigner, lentement absorbées par un silence épais. Brusquement, Anker fut pris d'une hâte fébrile. Il sauta hors du lit comme s'il avait un rendez-vous important, enfila sa veste et se recoiffa. Puis il tendit les deux billets à la jeune femme.

« Pour ton manteau d'été, c'est largement suffisant, n'est-ce pas ! »

Il lui dit au revoir et quitta vite la chambre.

17

Lorsque Rost se leva, il était déjà dix heures du matin. Dans l'entrebâillement des rideaux, le soleil dessinait des lignes obliques chaudes sur le plancher et le faux tapis persan aux motifs colorés. Il n'y avait aucun bruit dans les autres pièces. Erna était au lycée et Gertrude était sans doute sortie avec la domestique, faire des courses pour le repas de midi. C'était mieux ainsi. Une heure plus tôt, il avait vaguement entendu un grattement timide à sa porte, le bruit avait pénétré dans son demi-sommeil. Il n'avait pas bougé et fait semblant de dormir. Il savait qui grattait à sa porte. Ces derniers temps, Gertrude affichait une expression tragique qui l'agaçait. Il commençait à en avoir assez. Heureusement, les vacances approchaient, dans une semaine ou deux ils partiraient en villégiature et le problème se réglerait naturellement, sans crises ni scènes inutiles. Il fallait qu'il déménage, il ne pourrait pas continuer d'habiter dans l'appartement vide, et il éviterait ainsi drames et récriminations. Ensuite, il partirait les rejoindre en vacances, mais en toute liberté, et le mari de Gertrude serait obligé d'être plus souvent auprès d'elle.

Tout en pensant à ces projets, il acheva de faire sa toilette. À vrai dire, il avait un peu pitié d'elle : elle ne pouvait tout de même pas lui demander de lier sa vie à la sienne ! Et si elle s'était trop attachée à lui, était-ce la faute de Rost ? Une liaison faite pour être légère, joyeuse et éphémère, n'avait pas d'autre vocation. Et il n'avait pas l'intention de s'engager plus loin ni d'y investir son énergie. Pour lui, l'affaire était close.

Au moment où il s'apprêtait à sortir, il entendit la porte du couloir s'ouvrir et la voix de Gertrude. Il attendit dans sa chambre pour ne pas la croiser, mais quelques minutes plus tard, on grattait déjà à sa porte et, sans attendre de réponse, Gertrude entra chez lui avec son chapeau et son manteau ample.

« J'ai cru que je ne te retrouverais plus, dit-elle en se laissant tomber sur le canapé. Je me suis dépêchée. »

Debout devant la table, Rost l'observait.

Gertrude poussa un gros soupir et rougit. « Tu t'en vas de nouveau, lui dit-elle d'une voix plaintive. Et tu ne m'embrasses pas ?

– Que voulais-tu me dire ? Je n'ai pas encore pris mon petit déjeuner. »

Le ton était impatient mais Gertrude ne le remarqua pas. Elle ôta son chapeau de paille bordeaux et le posa à côté d'elle sur le canapé. Tout en passant la main dans ses cheveux bouclés, elle proposa à Rost de lui faire un café ou autre chose.

Rost ne lui répondit pas. La chambre était inondée du soleil qui entrait par les fenêtres ouvertes.

« Tu veux bien fermer un peu les rideaux ? Il fait trop chaud. Et le soleil abîme les meubles. »

Rost alla tirer les rideaux à contrecœur. Aussitôt, la présence de la femme devint plus tangible, comme si elle venait à peine d'entrer dans la pièce plongée à présent dans une demi-pénombre. Rost revint se poster près de la table. Une odeur indistincte de naphtaline flottait dans l'air.

« Je n'ai pas trop de temps, dit Gertrude, il faut que je prépare le déjeuner. Mais dans l'après-midi, Erna va chez son amie, Frida Kobler. » Comme Rost demeurait silencieux, elle ajouta d'une voix hésitante : « Tu es libre dans l'après-midi ? »

Non, pour tout l'or du monde, il ne serait pas libre dans l'après-midi.

« J'avais déjà deviné ta réponse », dit-elle d'une voix faussement enjouée et en continuant de lisser ses cheveux d'un geste distrait. « Tu me négliges ces derniers temps. Je dirais même que tu m'évites. » Et pour éveiller son désir, elle ajouta : « La domestique sort aussi, je lui ai accordé un congé. J'étais si contente à l'idée d'avoir un après-midi rien que pour nous deux.

– C'est impossible aujourd'hui, trancha Rost.

– Pas aujourd'hui, ni hier, ni demain, tu n'es jamais libre !

– Tu me fais une scène d'amour ?

– Pourquoi une scène ? s'agaça Gertrude. J'étais heureuse à l'idée de cet après-midi et je n'ai plus de raison de l'être. »

Elle sortit un mouchoir de son sac et épongea son visage sec. Les yeux brillants, elle le regarda un instant en silence.

« Et dans deux semaines, nous partons en vacances. Je ne sais pas comment je vais faire.

– Ce qui veut dire que je dois me chercher une chambre, dit Rost qui ne suivait pas sa pensée.

– Tu pourrais venir avec nous. On louerait un grand appartement, l'endroit est très beau, dit-elle, le regard suppliant.

– Je pourrais venir une ou deux semaines, mais pas pour toute la durée des vacances. »

Il y eut un silence. Gertrude baissa la tête, plongée dans ses pensées. Elle caressa machinalement son sac à main. Rost s'impatientait. Il fallait mettre fin à cette scène assommante. Il n'aimait plus cette femme, c'était évident. Elle lui était devenue étrangère.

Gertrude se redressa, traversa lentement la pièce et se planta devant lui. Elle était un peu plus petite que Rost.

« J'ai tout perdu ces derniers mois, chuchota-t-elle avec une émotion contenue. J'ai soudain découvert que j'avais les mains vides. Tout m'est étranger. Rien ne m'attache à lui, rien ne m'attire, je continue de vaquer à mes occupations habituelles. Rien n'a changé en apparence mais je fais tout par habitude. Je ne sais pas où tout cela me conduira. Je t'ouvre mon cœur comme si je me parlais, dit-elle en reprenant son souffle. Il y a des moments dans la vie où tout orgueil est vain. Le chagrin est là dans toute sa nudité. Et toi ? Tu n'as rien à me dire ? Tu te tais ?

– Je ne peux pas t'aider. »

Ce n'était pas la phrase que Gertrude attendait, il le savait. Elle espérait d'autres mots qu'il ne pouvait pas dire, du moins pas en ce moment et pas à elle. Mieux valait mentir peut-être, remettre la décision à plus tard et laisser le problème se régler tout seul, avec le temps. Il se tenait debout, s'imaginant déjà dehors, loin de cette femme et de son chagrin qui commençait à lui peser.

Gertrude se laissa tomber d'un air las dans le fauteuil le plus proche. « C'est vrai qu'il n'y a pas de quoi t'accuser. Ni toi ni un autre. » Elle se couvrit le visage des deux mains.

Tout cela tournait au ridicule. Dans l'espoir trompeur de couper court à cette situation embarrassante et peut-être par pitié, il fit un pas vers Gertrude et posa la main sur son épaule, comme pour la réveiller. Elle eut un mouvement de recul et rejeta sa main. Les yeux pleins de larmes, elle lui lança un regard hostile.

« Mais qu'est-ce qui se passe ? s'écria Rost, à bout de patience. Après tout, qu'est-ce qui se passe ?

– Je n'en peux plus.

– Ce n'est pas un si grand malheur, essaya de la consoler Rost. Tu as un mari et une fille, tu es en bonne santé, tu es belle, tu vis les meilleures années de ta vie, dans des conditions matérielles excellentes, et tu as même un amant, où est le drame ?

– Je n'ai rien, répéta obstinément Gertrude. Je n'ai rien. Je n'ai ni besoin d'un mari, ni d'une fille. Et je n'ai pas encore… Un mot de toi et je quitterais tout sur-le-champ ! Un mot, une allusion à ton désir et je quitte tout pour te suivre où tu voudras. Un seul mot.

– Assez ! l'interrompit Rost sur un ton catégorique. Qu'est-ce que tu racontes ? »

Il lui lança un regard surpris où pointa l'idée que peut-être elle devenait folle. Toute cette histoire était si bizarre qu'il avait du mal à croire qu'il en faisait partie. Et comme s'il venait seulement de découvrir le ridicule de la situation, il éclata d'un rire sonore. Gertrude sursauta.

« Pour toi, tout cela n'est qu'une plaisanterie !

– Je vais prendre mon petit déjeuner. Au revoir ! » dit-il, et il quitta la chambre.

Le même jour, à quatre heures de l'après-midi, il rencontra comme prévu Erna. Mais d'abord il chercha une chambre et en visita une qui lui convenait presque, non loin de là où il habitait. Il promit de donner une réponse le lendemain. Puis il se dirigea vers le jardin de la place Karl où il avait rendez-vous. Quelques minutes plus tard, il vit Erna venir vers lui. Son visage de lycéenne tourmentée et capricieuse rayonna à la vue de Rost qui l'attendait à l'ombre d'un vieux marronnier aux branches touffues. La hâte ou l'émotion la laissa un instant sans voix. Elle se figea, un sourire sur les lèvres et le regarda avec des yeux brillants comme des braises. Rost se taisait aussi. Il prit sa main fine entre les siennes et la regarda, surpris, comme s'il la voyait pour la première fois. Son chapeau blanc à large bord ombrait son visage allongé, aux traits fins, à la peau claire. Sa bouche rebelle, obstinée, charnue, attirait l'attention au premier regard. C'était une bouche mûre, expérimentée, qui promettait des plaisirs inédits et contrastait avec son visage d'adolescente. Il était impossible de ne pas remarquer cette bouche étrange et envoûtante.

« Je suis ravi, je suis vraiment ravi. » Rost éprouvait une joie de vivre irrésistible qui le remplissait tout entier. « Comme tu es belle, ma petite Erna ! On ne se lasse pas de te regarder. »

Erna rougit comme un coquelicot.

Ils marchèrent ensemble dans le parc, entre les parterres de fleurs, le gazon bien entretenu, les enfants aux joues colorées par les jeux, en train de construire dans le sable des châteaux prêts à s'écrouler, les nourrices penchées sur un ouvrage ou un livre, entre des vieux et des vieilles qui profitaient peut-être d'un ultime été et en tiraient un plaisir brouillé par des sens émoussés d'avoir servi. Ils marchaient en silence, les doigts entrecroisés, inondés d'un bonheur profond, inexprimé, qui accélérait les battements de leur cœur. Le moindre mot se teintait d'un sens particulier, simple et innocent. La journée estivale était d'une beauté inégalée, à couper le souffle. Un soleil orange pesait sur la ville, alourdissait les gestes, les rendait mous, maladroits et somnolents. Mais entre les deux amoureux, tout était clair, profond et transparent. De minces fils invisibles tendus entre les deux frémissaient dans la chaleur du jour. Ils voyaient tout ce qui se passait autour d'eux, en étaient à la fois conscients et inconscients. Les yeux grands ouverts, les sens aiguisés, ils captaient le moindre mouvement et dans le même temps ils étaient sourds et aveugles. Longtemps plus tard, le souvenir de cette heure unique remonterait peut-être à la surface, un détail le réveillerait, l'ombre d'une odeur, un son étouffé capté par leurs sens engourdis, et ce détail entraînerait à sa suite, arracherait à la confusion, au parfum de blés mûrs et de foins mêlés aux pétales des coquelicots, leur état d'âme de cet instant lointain.

Une idée se fit jour alors dans l'esprit de Rost : voilà l'essentiel. Tout valait la peine pour cet instant unique. Même cinquante ans de tourments. Même une vie entière pour cet instant unique.

Ils se retrouvèrent devant la sortie et Rost proposa d'aller dans un café, ils avaient tous les deux soif. La rue était agitée. Le va-et-vient incessant des trams qui brinquebalaient dans les deux sens, le grincement de wagons tirés par des chevaux de trait, des fiacres et d'élégantes calèches, des passants pressés. Une odeur de crotte fraîche, de poussière séchée et de goudron flottait dans l'air. Les magasins de sucreries exhalaient un parfum insipide de vanille. Les vendeurs de journaux criaient à tue-tête les gros titres du soir. Les marchands de glaces poussaient leurs voiturettes étincelantes et attiraient le chaland en répétant de leur grosse voix : « Mangez mes glaces, mes bonnes glaces ! »

Ils s'installèrent à la terrasse ombragée d'un café, dans une ruelle. Erna buvait à petites gorgées de l'eau gazeuse fraîche au sirop de mûres, dans un verre long et étroit. Par moments, elle lançait à Rost des regards insistants.

« Tu n'étais pas avec Fridel Kobler ?

– Si… Ma mère est bizarre ces derniers temps, dit-elle après une pause. Elle est continuellement énervée, surtout contre moi. En tout cas, c'est mon impression.

– J'ai cherché une chambre aujourd'hui, répondit Rost en changeant de sujet. J'en ai trouvé une qui pourrait me convenir.

– Quoi ? s'écria Erna, déçue. Tu as vraiment l'intention de quitter l'appartement ?… Oui, c'est mieux ainsi », ajouta-t-elle aussitôt.

Un regret fugitif s'afficha sur son visage. La maison de ses parents lui parut soudain vide, sans intérêt.

« Vous partirez bientôt en vacances.

– Tu ne viendras pas nous voir ?

– Je viendrai.

– En fait, c'est égal, dit Erna sur un ton de reproche.

– Qu'est-ce qui est égal ?

– Rien. »

Puis elle se tut. Elle ressentait une douleur secrète et inexpliquée, un malaise. De l'autre côté de la rue, des ouvriers réparaient la chaussée. Ils disposaient des blocs sur la terre meuble, puis stabilisaient les pierres avec des coups de maillet brefs et énergiques. Certains avaient le torse nu, bronzé et poilu. Ils portaient de larges pantalons en velours côtelé. Erna les observa un moment. Elle paraissait distraite par une idée, plongée dans un état de léthargie et de détachement agréable, accompagné d'une douleur diffuse.

Le soleil déclina sans qu'ils le remarquent, il passa sous le store de la terrasse et dessina des taches sur le bord de la table couverte d'une nappe en toile cirée marbrée de gris.

Comme si elle s'arrachait à un rêve lointain, Erna leva la tête et regarda longuement Rost, avec un sourire enfantin sur son visage détendu. À la vue de cette jeune vie bouillonnante qui se déversait sur lui, Rost sentit son cœur se soulever de joie.

« Je pourrais te répéter jour après jour, à la folie, combien tu es belle et mignonne. Ma petite Erna, lui chuchota-t-il en se penchant sur son visage. Sans la certitude de ton existence, rien n'a plus de sens. Ni le soleil, ni l'été, rien n'existe sans toi.

Tu comprends ? Rien n'a de goût, rien ne fait envie. Les jours et les années passés jusqu'à aujourd'hui, jusqu'à ce moment avec toi, me paraissent vides. Ma vie commence avec toi. »

Erna posa la main sur le dos de celle de Rost et la caressa, les yeux baissés. Le soleil se posait à présent sur elle, sur le creux de son bras nu, jusqu'au bord des manches courtes de sa robe d'été bleue, mais elle ne sentait rien.

« Bientôt, dit-elle sans lever les yeux, je me sentirai très importante, comme un ministre et même plus.

– Tu es très importante ! Tu es la plus importante !

– Pourtant, il m'arrive encore de me sentir comme une enfant, comme un petit poisson stupide.

– Ton corps est plein d'intelligence ! Ces bras, ces jambes, tes cheveux, ton nez, tes yeux, tout est plein d'intelligence, je veux apprivoiser l'intelligence de ton joli corps. Il n'y a pas une forme unique d'intelligence au monde, il y en a de toutes sortes, et la sottise présumée des jeunes comporte plus d'intelligence que les divagations de tous les philosophes réunis ! Toi et moi, nous sommes très intelligents parce que nous sommes jeunes et pleins de vie jusqu'au bout des ongles. »

Ils se levèrent et se dirigèrent vers le jardin public tout proche en évitant les rues principales, de crainte de faire des rencontres indésirables. C'étaient des rues tranquilles, entourées de murs, assoupies sous la chaleur, où s'amusaient quelques enfants à l'écart de l'agitation urbaine. Par une fenêtre ouverte surgirent les têtes d'une vieille d'un autre temps et de son chat. Des sons affolés de piano se déversaient d'un étage supérieur. Une autre rue était déserte à l'exception d'un fiacre arrêté devant un portail, avec son cocher somnolent et le cheval qui agitait sa courte queue pour chasser les mouches. Puis ils traversèrent la Heringstrasse vaste et animée et se retrouvèrent devant une des entrées du jardin public. Ils empruntèrent des avenues peu fréquentées et marchèrent en silence, de crainte de troubler leur bonheur par un mot ou un geste. Les buissons serrés et les grands arbres aux branches touffues dégageaient une fraîcheur bienfaisante. Il y avait peu de monde, à peine quelques promeneurs et des couples qui cherchaient la quiétude. Par moments, on entendait les sons lointains et irréels de l'orchestre du parc, balayés par une main mystérieuse qui les faisait apparaître et disparaître. Alors il restait dans l'air un bout de mélodie qui n'avait rien de triste mais qui pinçait le cœur et amplifiait l'été, le bonheur et la jeunesse. Rost regarda Erna qui marchait à côté de lui, son chapeau à la main, une mèche folle d'un noir bleuté sur sa joue pâle à peine colorée de rose.

Puis ils trouvèrent un banc et s'assirent. Il était à l'ombre et devant, dans une allée, se dessinaient les branches d'un arbre taché de soleil. Rost choisit un moment où personne ne passait et l'embrassa furtivement sur la bouche et dans le cou.

« Non, chéri, protesta doucement Erna en rougissant. Quelqu'un peut nous voir.

– Qu'il nous voie ! Nous n'avons rien volé. De quoi serions-nous coupables ?

– Je ne sais pas. Maman ne serait pas contente, dit Erna en souriant.

– Maman ! Pour elle, tu n'es encore qu'un bébé de six ans.

– Je n'ai que seize ans, dit Erna. Mais je me sens souvent comme une femme mûre. Je sens que je peux aimer, que j'ai le droit d'aimer comme une femme, que je n'ai à demander la permission de personne d'autre que moi-même ! »

Elle prononça ces derniers mots avec assurance et, comme pour renforcer ses dires, elle saisit Rost sans la moindre retenue et l'embrassa fougueusement sur la bouche, les yeux, les cheveux, lui mordit la lèvre jusqu'au sang et ne le lâcha que lorsqu'il se dégagea doucement de ses bras.

« Ma parole, tu veux me manger tout cru ! »

Ils se regardèrent et soudain éclatèrent d'un rire libérateur qui dura un moment.

Deux jeunes gens que Rost reconnut aussitôt apparurent à l'horizon. « Au diable, jura-t-il. On ne peut pas se cacher dans cette ville. » Et à Erna : « Nous sommes cuits. »

C'était Fritz Anker, accompagné de Shur que Rost présenta à Erna.

« On vous dérange ? dit Shur.

– J'ai oublié de dire au gardien de verrouiller les grilles », dit Rost en se forçant à plaisanter.

Anker, debout, lança des regards embarrassés en direction d'Erna.

« Quand on cherche la solitude, mieux vaut aller ailleurs, dit Shur. Moi, je n'en ai pas besoin. Au contraire, je suis ravi de vous avoir rencontrés. Surtout en compagnie d'une si belle jeune fille ! » ajouta-t-il avec un grand sourire adressé à Erna.

Il s'assit à côté de la jeune fille qui invita Anker à s'asseoir aussi : « Tu ne veux pas t'asseoir ? Viens te joindre à nous. »

Mais Anker n'en avait pas envie. Appuyé sur sa canne, voûté comme d'habitude, il fixait le monde à travers ses grosses lunettes et regrettait de s'être approché d'eux. Ses nerfs à vif lui disaient qu'il avait fait une erreur. Il ne fallait pas les déranger. Mais il ne pouvait pas détacher son regard d'Erna. Quel éclat de bonheur dans ses yeux ! Il le nota sans jalousie mais avec un pincement au cœur qui souligna sa solitude extrême. « Allons nous promener, proposa-t-il involontairement, et après nous dînerons en plein air. »

Mais Erna devait rentrer à la maison à sept heures tapantes.

« Dommage que tu sois obligée de nous quitter si vite, dit Shur. Nous aurons peut-être plus de chance la prochaine fois. »

Et ils partirent. « Ce pauvre Anker, dit Erna. Je ne sais pas, j'ai de la peine pour lui. Un jeune homme qui fait l'effet d'un vieillard. Il n'est pas doué pour la vie. »

Quand ils quittèrent le parc, la Heringstrasse était déjà pleine de monde, les gens rentraient à la maison après une journée de travail. Rost remarqua les regards de convoitise que les hommes lançaient à Erna, il en éprouva un sentiment d'aise. Il était léger, riche, voué à un destin supérieur. Fort aussi, doué d'une force exceptionnelle, à la fois physique et spirituelle.

Le soleil éclairait les étages supérieurs d'une lueur rougeâtre, tandis que les rues étaient plongées dans une ombre opaque. Les murs et la chaussée, brûlants dans la journée, libéraient à présent la chaleur emmagasinée et seule la place Karl, ouverte aux quatre vents, dégageait de la fraîcheur. Au coin de leur rue, au moment où ils s'apprêtaient à se quitter, Gertrude surgit devant Rost et Erna comme si elle sortait de terre.

« D'où venez-vous ? demanda-t-elle avec une fausse désinvolture.

– J'ai rencontré Erna et je l'ai accompagnée, répondit Rost en dissimulant sa confusion sous un air détaché.

– Vous la croyez incapable de trouver son chemin toute seule ? Elle n'est plus un bébé.

– C'est ce que je pense aussi, dit Rost sur un ton de plaisanterie à peine voilée.

– Tu étais chez Fridel ? demanda-t-elle à Erna.

– Oui, bien sûr, pourquoi tu me poses la question ? Tu sais bien que j'étais chez elle.

– Oui, mais je croyais que le chemin ne passait pas par ici.

– Tu crois qu'il faut toujours suivre le même trajet ? D'ailleurs, il n'est pas encore sept heures, ajouta très vite Erna.

– Bon, dit Gertrude. Monte à la maison, je viens dans un instant. »

Erna ne bougea pas de sa place.

« Qu'est-ce que tu attends ? se fâcha Gertrude. Je t'ai dit que je revenais dans un instant. Il faut que j'achète une ou deux choses.

– Je viens avec toi.

– Qui te le demande ? Je n'ai pas envie que tu viennes avec moi, compris ?

– Ne te fâche pas, maman, dit Erna pour l'apaiser. Je m'en vais. Je croyais que ça te ferait plaisir, mais puisque tu ne veux pas… »

Elle salua Rost de la tête et partit.

« Alors ? dit Gertrude en indiquant d'un geste sa fille qui s'éloignait.

– Alors quoi ? fit Rost en feignant de ne pas comprendre.

– Ne joue pas l'innocent, tu sais très bien de quoi je parle.

– Non, je ne sais pas, dit Rost en s'apprêtant à partir.

– Peu importe, dit Gertrude. Je ne le permettrai pas, note-le une fois pour toutes. Elle n'a que seize ans.

– Personne ne dit le contraire.

– L'heure n'est plus à la plaisanterie ! Tu sais que je t'aime.

– Alors ?

– Je ne laisserai personne te prendre à moi, tu m'entends, personne !

– Personne n'a essayé de le faire.

– Tu vois Erna trop souvent. Je ne veux pas que tu la voies.

– C'est un hasard.

– Un hasard qui se répète trop souvent pour être vraiment le hasard.

– Tu te rends ridicule. Le fait que nous ayons une liaison ne m'empêche pas de faire quelques pas avec Erna quand je la rencontre. Je n'y vois aucun mal.

– Là n'est pas la question ! J'ai l'impression que tu tournes autour d'elle.

– Tu te trompes.

– En tout cas, je ne laisserai pas faire et je ne reculerai devant rien. »

Ils étaient près du jardin et Rost s'adossa aux grilles de fer peintes en noir.

Mieux vaut en finir avec cette aventure avant qu'elle ne se complique, se dit Rost. Malgré cette rencontre désagréable, sa joie intérieure le remplissait tout entier. Il était dans un état de jubilation qui l'inclinait à l'indulgence à l'égard de Gertrude et du monde entier. Le clocher de l'église sonna sept coups distincts comme une sentence inéluctable. Immobile devant lui, Gertrude se taisait, dans l'attente de quelque chose. Rost remarqua pour la première fois un pli profond au coin de sa bouche et quelques rides, presque imperceptibles, autour de ses yeux. Soudain, elle lui parut pitoyable, digne de compassion, même si extérieurement ces légers signes de vieillesse n'entamaient pas son visage ferme et rond, son regard jeune et ardent. Ses lèvres pleines s'entrouvrirent comme pour dire quelque chose, mais aucun son n'en sortit. Et son regard semblait le traverser vers un point très éloigné.

Rost attendait. Il cueillit une feuille d'une branche qui dépassait de la grille et l'examina distraitement. Brusquement, dans un accès d'impatience, il se demanda ce qu'il faisait là, devant elle. Toute cette scène était insupportable, insupportable ! Il fit un geste pour la saluer et partir.

Gertrude réfléchit et lui tendit la main en silence. Puis elle s'éloigna en vitesse, sans tourner la tête.

18

Après avoir fini de dîner, Georg Stift plia sa serviette et se redressa. Il avait un rendez-vous d'affaires et n'était pas sûr de pouvoir rentrer tôt à la maison. « Amusez-vous, mes chères Trudi et Erna, et surtout ne m'attendez pas. » Le jour qui entrait encore par les fenêtres ouvertes éclairait la pièce, mais on y percevait déjà le gris du soir imminent. La domestique, Mitzi, débarrassa la table dans un bruit de vaisselle familier. Erna approcha sa chaise de la fenêtre et reprit le roman qu'elle lisait avant le repas. Elle regarda les fenêtres des immeubles d'en face. Une tête d'adolescente blonde apparaissait et disparaissait à l'une d'elles.

Il était là, se dit Erna, présent pour elle, assis ou marchant, en train de manger ou de parler avec ses amis, mais présent et réel. Même ses amis lui étaient chers, tout ce qui était en contact avec lui s'imprégnait de sa vie et gagnait en noblesse. Elle se leva distraitement, se dirigea vers le piano disposé dans un coin et parcourut une ou deux fois le clavier du bout de ses doigts. Puis, pivotant sur elle-même, elle se tourna vers la pièce où sa mère, de dos, n'avait pas bougé de sa place à table. Dans un élan d'amour, elle entoura de ses bras le cou de sa mère, lui renversa un peu la tête en arrière et l'embrassa sur le menton, sur le front, exactement comme elle l'avait fait avec Rost quelques heures plus tôt.

« Arrête ! lui dit sa mère, agacée, en se dégageant brusquement de ses bras.

– Tu es une belle femme, maman, dit Erna, admirative. Une vraie beauté. »

Gertrude n'avait pas l'esprit libre pour participer à l'allégresse de sa fille. Tout à coup, elle se sentait étrangère à cette adolescente. Elle l'examina avec une certaine hostilité. Sans pour autant s'attarder sur ce sentiment nouveau, elle sentit obscurément qu'il l'envahissait. Mais elle reconnut aussi qu'Erna était très belle, douée d'un charme irrésistible. Et ce n'était plus une enfant, sa jolie petite fille était une jeune fille mûre et belle, étrangère, dotée d'une arme dangereuse, une rivale de taille. La combattre ne serait pas facile et sa victoire n'était pas assurée. À cet instant-là, Gertrude aurait préféré que sa fille fût laide, infirme, atteinte d'une maladie.

Elle n'était pas vraiment méchante ni cruelle, mais un sentiment d'infériorité commençait à la ronger. Elle n'avait que trente-sept ans, ses plus belles années, l'âge ne l'avait pas encore marquée et la peur de la vieillesse inéluctable s'était glissée en elle. C'était une peur secrète et inavouée, liée à des manifestations infimes : tantôt une faiblesse passagère après le repas, une vague lassitude après deux heures de marche, autant de choses qui n'étaient pas forcément des signes avant-coureurs. Elle était encore débordante d'énergie, d'une soif de vie bouillonnante, inapaisée. Et elle avait la certitude d'années gaspillées, sans but, sans plaisir, des années insipides et monotones auprès d'un mari ennuyeux, médiocre, qui ne savait même pas exciter sa féminité, des années irrémédiablement perdues. À part quelques aventures sans conséquence, qui n'étaient même pas des aventures mais une simple distraction de l'ennui quotidien, toutes ces années se présentaient comme un long désert aride. À l'époque où elle les vivait, leur inanité ne s'imposait pas clairement à sa conscience, sinon par un vague sentiment d'insatisfaction, par une faim permanente pour une chose inconnue. Sa vie antérieure ne lui apparut dans toute sa crudité qu'après avoir connu Rost et goûté à la richesse de nuances, de désespoirs et de peurs, de bonheurs infinis que recèle une seule journée, une seule heure. À peine avait-elle mesuré la profondeur merveilleuse de cette vie que déjà elle percevait chez lui une lassitude à son égard. Comme s'il s'évaporait entre ses doigts. Non, elle ne se laisserait pas faire ! Même s'il y allait de sa vie ! Et Erna, chair de sa chair, comment pouvait-elle lui faire une telle chose ! Mais rirait bien qui rirait la dernière ! Car elle avait la conviction intime qu'une histoire se tramait entre lui et Erna et qu'elle devait la faire cesser par tous les moyens. Loin de voir qu'elle était mue par la jalousie, elle invoquait d'autres raisons à son hostilité et tout se confondait dans sa tête en un enchevêtrement irrationnel dont la tonalité principale était une haine naissante à l'égard de sa fille.

« Je voudrais savoir comment tu as rencontré Rost alors que tu allais chez Fridel ? demanda-t-elle avec une fureur contenue en lançant un regard perçant à Erna.

– Par hasard », mentit Erna, sur le même ton détaché que Rost.

Mais cette similitude retint l'attention de Gertrude. Elle parle déjà comme lui, se dit-elle dans un éclair.

« Quoi qu'il en soit, dit Gertrude en essayant d'être calme, je te demande de ne pas le revoir.

– Pourquoi ?

– Parce que je ne le veux pas. Je te demande de ne plus le revoir.

– Lui en particulier ? demanda Erna avec une indifférence feinte.

– Ce n'est pas une compagnie de ton âge.

– Et toi ?

– Quoi moi ?

– Toi aussi tu le rencontres et tu n'y vois aucun mal.

– Ce n'est pas comparable. Tu es encore une petite adolescente.

– Primo, je ne suis plus une petite adolescente et, secundo, je suis ta fille. Ce qui convient à la mère convient à la fille, tu ne crois pas ?

– Quelle impertinence, explosa Gertrude. Je ne te reconnais plus !

– Ce n'est pas de l'impertinence », dit Erna pour calmer sa mère.

Elle sentit obscurément qu'elle était la plus forte et la plus calme.

« C'est une question de logique. Si tu m'interdis la compagnie de quelqu'un, tu dois le justifier.

– Je n'ai rien à justifier, tu es jeune et tu ne comprends pas tout. Je t'ai dit que je ne veux pas, et c'est suffisant.

– Oui, mais moi, ça ne me suffit pas », dit Erna en retournant s'asseoir près de la fenêtre.

La pénombre s'étendait sur la pièce. Gertrude se leva et appuya sur le bouton électrique à côté de la porte. La lumière orangée qui inonda brusquement l'espace brûlait les yeux. Gertrude s'approcha d'Erna.

« Tu dois avant tout t'occuper de tes devoirs, surtout à la veille des examens. Voilà ce que tu as à faire au lieu de te distraire avec des futilités.

– Je ne néglige pas mes devoirs et je n'échouerai pas aux examens. Mais tu ne m'as toujours pas dit pourquoi je devrais prendre la fuite comme une sauvageonne à la vue de Rost.

– Je n'ai rien à expliquer et je ne veux rien expliquer. Je ne veux pas te voir en sa compagnie, compris ? »

Erna regarda par la fenêtre. Une phalène entra en bourdonnant et se cogna obstinément sur l'ampoule en verre translucide. Elle n'avait pas envie de prolonger la discussion : sa mère n'avait pas raison ! Erna devinait le vrai motif de cette interdiction et toute cette discussion lui était désagréable, comme si des mains grossières abîmaient un objet précieux. À l'avenir, il lui faudrait être prudente pour protéger Rost. En attendant, Gertrude avait réussi à gâcher sa bonne humeur et à la rendre agressive et rebelle. Quelques minutes plus tard, quand sa mère lui demanda de s'habiller pour sortir se promener avec elle, Erna prétexta un mal de tête et Gertrude n'insista pas.

Il était encore tôt, Erna se retira dans sa chambre et resta assise à sa table, désœuvrée. Peu à peu, la soirée fraîche et tranquille finit par l'apaiser. Mais dans le secret de son cœur, elle sentait une flamme précieuse, un appel vers la chambre au fond du couloir, vers les rues de la ville dont l'une abritait les pas de Rost.

Elle prit une feuille blanche et commença à écrire à la hâte : « J'ai toujours su que tu viendrais un jour. J'étais prête à t'accueillir, mais je ne savais pas que tu viendrais maintenant et sous cette forme. Désormais, mon corps et mon âme ne m'appartiennent plus, ils sont à toi, rien qu'à toi, il suffit que tu viennes les chercher. Ordonne et je t'obéirai. Prends-moi et je me donnerai, à toi et à personne d'autre. Ma mère se mettra entre nous. Je ne la laisserai pas faire. Ni elle, ni personne. Et si tu me quittes, je continuerai de t'aimer. Je ne pleurerai pas, mais je serai triste, je t'appellerai, je t'attendrai, je ne me lasserai jamais de toi. Je te tuerai et je t'aimerai, et je ne cesserai jamais de t'appeler pour que tu reviennes. Je suis dans ma chambre et en même temps ailleurs, partout où tu te trouves, dans chaque rue où j'ai marché avec toi et dans toutes celles qui nous attendent.

« Je connais cette chambre depuis mon enfance. J'y ai grandi. Mais je n'aime ces murs blancs, le plafond, les meubles et chaque recoin, que depuis que je te connais. Tu ne sais pas que mon lit a des boules en laiton, qu'une des chaises est branlante et que la porte de l'armoire refuse parfois de se laisser fermer à clé. Pourtant, tu es toujours ici, assis sur une chaise en face de moi ou en train d'arpenter la chambre, de fumer, de rire, et quand je me déshabille, tu me regardes et tu souris. Je n'ai pas honte devant toi. Tu caresses mes seins et mon ventre, mes cuisses et mon dos, tu déposes des baisers sur tout mon corps, sous mes aisselles et derrière mes oreilles. Je voudrais ôter toutes mes robes et être entièrement nue pour toi, pour que tu me voies telle que je suis, telle que je t'aime. Je n'ai pas honte parce que je n'ai pas de soupçons, je suis une partie de toi, de ton être, alors comment avoir honte de toi ? Je veux que le moment de t'aimer comme une femme, comme une amante, arrive vite, mon corps brûle au contact de ta main, il frémit à l'approche de ton corps. » Le visage d'Erna était empourpré d'émotion, son cœur battait à toute allure. Elle relut ce qu'elle avait écrit de son écriture juvénile de lycéenne, qui dénotait aussi du courage et de la fermeté. Un sourire joyeux illumina son visage à la lecture de sa confession sauvage. Quand elle eut fini, elle s'adossa à sa chaise et resta un moment immobile. Puis elle se leva, prit la page qu'elle avait écrite et la déchira en petits morceaux qu'elle jeta par la fenêtre. Ils s'éparpillèrent aux quatre vents, voletèrent sans hâte et disparurent parmi les branches de l'arbre sous la fenêtre. Elle revint à sa table et écrivit sur un bout de papier, sans adresse ni signature : « Demain à quatre heures. Attends-moi au café où nous étions aujourd'hui. J'essaierai de venir si ma mère ne m'en empêche pas. »

Elle mit le mot dans une enveloppe, sortit à pas lents dans le couloir et se glissa dans la chambre de Rost. Sans allumer la lumière, elle fit un bond avec l'agilité d'un chat jusqu'à la table, y déposa le billet et ressortit.

Ce furent les vacances, des journées torrides et lumineuses, transparentes comme l'onde, somnolentes, sans la moindre brise pour les troubler. Erna termina avec succès la section moyenne et passa à la section supérieure. Les Stift s'apprêtaient à partir deux jours plus tard. Gertrude était sans cesse irritée, elle déversait sa mauvaise humeur sur Erna, tous les prétextes étaient bons, tout ce qu'elle faisait était mauvais, elle critiquait sa manière d'être et de se tenir et de manger et de parler ou de se taire. Le moindre de ses gestes l'irritait, au point que même le père remarqua la bizarrerie de son comportement et en fit part à sa femme en l'absence d'Erna. Mais Gertrude réfuta ses accusations en mettant en avant le changement de caractère d'Erna, sans entrer dans les détails.

Consciente de ne pas avoir raison et de torturer sa fille injustement, elle ne pouvait pas s'empêcher de faire pleuvoir sur Erna reproches et remontrances. Sa faiblesse et son infériorité, l'avantage de la jeunesse que sa fille avait sur elle, la poussaient à exagérer et à redoubler de méchanceté contre ce bébé qui ne savait pas se moucher sans l'aide de ses parents, argument dont elle usait et abusait.

Pendant tout ce temps, Erna ne manifestait pas la moindre nervosité à l'égard de sa mère et rien ne la faisait sortir de ses gonds. Elle accueillait ses provocations comme une chose naturelle, ce qui redoublait la fureur de Gertrude. Parfois, quand ses attaques glissaient sur Erna comme sur une cuirasse et que sa colère débordait sans aucune retenue, la fille essayait de calmer la mère en détournant son attention sur un autre sujet, ou en désamorçant les conflits, comme on le fait avec un malade ou un enfant. Ne se heurtant à aucune résistance de la part de sa fille, Gertrude ruait dans le vide, se sentait ridicule et redoublait de ressentiment à l'égard d'Erna qui lui échappait de plus en plus. Elle ne reconnaissait plus son enfant dans cette jeune fille fière au caractère bien trempé, qui savait si bien se dominer.

Rost quitta sa chambre chez les Stift et emménagea dans un appartement non loin du domicile des parents de Fridel. Désormais il disposait de deux pièces : un salon et une chambre à coucher dont les fenêtres donnaient sur une petite place tranquille où picoraient quelques pigeons, où quelques gamins taquinaient le ballon. Son nouvel appartement lui plaisait. Sa logeuse, Mme Stangelberg, une matrone respectable aux cheveux blancs et au visage plutôt jeune, habitait avec une domestique dans le grand appartement et recevait la visite de ses fils ou filles les dimanches et jours de fête. Elle venait de perdre son deuxième mari et ne savait pas encore si elle en épouserait un troisième.

Elle était déjà vieille, disait-elle non sans une certaine coquetterie, qui voudrait bien d'elle ? Pourtant, les traits d'une beauté perdue étaient encore visibles et il suffisait de regarder sa fille pour imaginer combien elle avait été belle dans sa jeunesse.

Rost se sentait bien dans cet appartement vaste et tranquille.

Épilogue[1]

Le sommeil agité de Marie-Anne fut interrompu par le bruit d'une porte qui s'ouvrait dans le couloir. Elle tendit la main et alluma la petite lampe posée sur la table de nuit. Une clarté rose se répandit dans la chambre spacieuse, mais pas suffisamment pour chasser les ombres embusquées dans les coins. La montre indiquait cinq heures moins le quart.

À moitié étendue dans le double lit, elle resta un moment accoudée, immobile. Dans le silence épais, elle perçut les pas étouffés de Michaël Rost dans la pièce mitoyenne, puis le bruit de l'eau dans la salle de bains. Trop impatiente, elle finit par se lever, enfila sa robe de chambre et ouvrit la porte qui communiquait avec la chambre voisine.

« Tu es encore allé là-bas ? demanda-t-elle sur le pas de la porte.

– Tu ne dors pas ?

– Je n'arrivais pas à m'endormir… je n'arrivais pas…

– Je n'ai pas réussi, dit Rost d'un ton détaché, tout en mettant son pyjama de soie grise.

1. Ce titre ne figure pas dans le manuscrit original. Nous l'ajoutons par souci de clarté. (*Note de l'Éditeur*)

– Tout ?....

– Tout.

– Je t'ai demandé de ne pas y aller. Tu n'as fait que perdre ces derniers temps, et perdre beaucoup.

– Ça m'est égal. J'en suis dégoûté.

– Et moi ? »

Grand et élancé, il était debout devant elle et essayait d'allumer sa cigarette avec son briquet.

« Tu as envie d'écouter des paroles sincères ?

– Je ne pouvais pas dormir, dit-elle comme en aparté. De mauvaises pensées toute la nuit, tu vois…

– Je veux tout recommencer depuis le début. Je ne peux pas rester longtemps dans cette situation.

– Alors ?

– Tu es une femme mûre, ajouta Rost. J'ai perdu tout mon argent. Tout.

– Tu crois que j'ai besoin de ton argent ? »

Sa voix tremblait. Elle s'approcha et lui entoura le cou de ses bras. Sa robe de chambre glissa le long de son dos et tomba au sol. Elle resta dans sa chemise de nuit bleue dont le décolleté et les manches courtes étaient garnis de dentelle. Elle renversa la tête en arrière et sa chevelure rousse retomba sur ses épaules.

« Tout est donc fini ? »

Il la conduisit jusqu'à un fauteuil tapissé.

« Assieds-toi et parlons calmement. »

Marie-Anne répéta : « Tout est donc fini, Michaël ?

– Que croyais-tu ? Que nous allions conclure notre vie

commune par un acte de mariage ? Que nous aurions des enfants par ennui ou par habitude, que nous chercherions tous les jours une nouvelle aventure ? Avant d'en arriver là, il faut que tu connaisses au moins cinquante hommes. Tu n'as que vingt ans.

– Je croyais que... Tu n'as pas vingt ans mais... pourquoi parler de mariage ? Je ne veux pas t'épouser ! Quelle idée saugrenue !

– Voilà qui est bien. J'ai toujours pensé que tu étais une femme sage et peu sentimentale. »

Marie releva la tête avec la fierté d'une fille de riches comblée, et après un silence elle dit :

« Comme ça, tu pourras reprendre tes affaires louches ?

– Louches ? Une pincée de morale en guise de viatique ?.... Au fait, tu peux rester dans l'appartement si tu le souhaites.

– Non, merci. »

Elle se leva, se dirigea vers la chambre à coucher, changea d'avis et s'arrêta dans son élan. Faisant demi-tour, elle s'approcha de Rost et lui assena une gifle retentissante. « Salaud ! »

Michaël la repoussa de la main, elle tomba en arrière sur le tapis. « Va te coucher, Marie ! Je n'aime pas les drames ! »

Étendue par terre, nue jusqu'au-dessus du nombril, Marie pleurait en silence. Dehors, sous les fenêtres, une voiture ronronna et passa. Le silence revint. On n'entendait plus que ses sanglots entrecoupés.

Au bout d'un moment, elle se traîna sur le tapis, s'approcha de Rost qui fumait, assis, et entoura ses genoux de ses bras. Elle leva vers lui son visage baigné de larmes et lui dit : « Pardonne-moi, mon amour… tu sais combien… »

Rost la souleva, la prit dans ses bras, la porta jusqu'à la chambre à coucher et la déposa sur le lit.

Puis il se dirigea vers la salle de bains.

Réalisation : Nord Compo à Villeneuve-d'Ascq
Impression : Corlet Imprimeur S.A. à Condé-sur-Noireau
Dépôt légal : octobre 2014. N° 0119 (166911)
Imprimé en France